新潮文庫

涙

下巻

乃南アサ著

新潮社版

目次

涙

下巻

第四章　ヨイトマケの唄(うた)

1

日帰りで郡山へ行った翌日から、韮山は熱を出した。この十数年というもの、風邪一つひいたことのない韮山に、這うようにして訪ねていった医者は、インフルエンザと診断を下した。

「売薬は飲まないようにして下さい。このところ、アンプル入りの風邪薬で死ぬ場合があるようですからね。どのみち、インフルエンザには効かないし」

太い注射を打たれ、山ほどの薬をもらって、やっとの思いで家へ帰り着くと、韮山はふらつく足で大きな鍋一杯に粥を作り、枕元に薬缶を置いて、一人で布団の中でうずくまって過ごした。骨の芯まで冷え切ったような悪寒が、徐々に熱で溶けていく。次には熱風に巻き込まれたような苦しさが、全身を包み込んだ。粥を運んでくれる人もいなければ、着替えを出してくれる人もいない侘しさを噛みしめる余裕もなく、一日中うつらうつらとしながら、韮山は、郡山で目の当たりにした光景を繰り返し思い出していた。

——母親ですから、それでも生きていて欲しいと思ってしまうんです。申し訳ないことです。

奥田の母親は、握りしめたハンカチで何度も涙を拭いながら、韮山に向かってひれ伏すように頭を下げ続けていた。奥田からは、未だに何の連絡もないままなのだという。せめて、生きているのか死んでいるのか、それだけでも知りたいのだと、彼女は言った。

——あの子の一徹なところが、心配でした。

年老いた母親は、そうも言った。これまで一度として人に迷惑などかけたことのない息子だが、一度言い出したら聞かないところがあり、また、損をすると分かっていながら、妙なところで義俠心のようなものを出す息子の性格を、母親は十分に承知していた。もう少し早く生まれていれば、真っ先に特攻隊にでも志願したに違いないという言葉には、韮山も仕事を通して思い当たるところがあった。

だが、だからといって、許すことは出来ない。もしかすると、殺してはいないのかも知れない。だが、それほど一本気で強い気性なら、どうしてのぶ子を守り抜いてやってくれなかった、非力な娘を、なぜあんな目に遭わせたのだと、やはりその思いを拭い捨てることは出来なかった。

――だって一緒にいたんだろうが。ええ？　それとも、これは逆恨みか？　八つ当たりか？　なあ、のぶ子。

熱に浮かされながら、韮山は、何が現実で何が幻かも分からないような世界をさまよっていた。これまで一度として、夢枕にさえ立ったことのないのぶ子が、呆れた顔で立っているのが見える気がした。

――父さんの、勘違いだっていうのか。じゃあ、それならお前、誰にやられたっていうんだよ、ええ？　言ってくれ、教えてくれよ、父さんに。よう。のぶ子。

頭の中で、柱時計の音がぼおん、ぼおんと響く。しばらく見上げたことさえなかった天井の木目が歪んで、やがて、どろどろと流れ出すように感じられた。結局、熱が下がるまでの三日間、韮山は、冷えきった粥と薬缶の水だけで過ごすことになった。途中で何度か、家の呼び鈴を鳴らす者がいたようだが、出ることなど、出来るはずもなかった。

久しぶりに寿々江の見舞いに行かれるようになったのは、翌週のことだ。病人に風邪をうつしてはことだと思うから、咳もおさまり、関節の痛みも退いて、完全に治るのを待っているうちに、そうなった。

「あなた、少しお痩せになった」

寿々江は、寝台の脇に腰掛けた韮山を見るなり、まずそう言った。風邪で寝込んでいたことを言うと、女房の瞳に初めて表情が生まれた。

「あなたが、風邪？」

「俺だって、驚いた。仕方がないから、粥だけすすって、布団の中で丸まってたさ」

「お医者様にもいらっしゃらないで？」

「それは、行った」

寿々江は「珍しい」と微笑み、それなら、さぞ熱が高かったのだろうと気の毒そうな表情になった。数日前までの惨めさや心細さを思い出しながら、韮山は、どういうこともないという表情を崩さなかった。病人に憐まれては立つ瀬がない。

「お洗濯が山じゃないんですか」

「こう寒いと、乾きが悪くてな。部屋の中に干したり、足りなくなったら買ったりしてるんだが」

「やっぱり、お父さん一人じゃ、駄目かしらね」

韮山が仏頂面で黙っていると、寿々江は久しぶりに、また微笑みを浮かべた。諦観。穏やかさの裏には、それがあると思う。悲しみなど癒えるものではない。ただ寿々江なりに、のぶ子が逝ったという現実を、納得出来ないまでも、取りあえず承知したというところなのだろう。その現実を受け容れなければならないのは、寿々江だけではない。ここにいる韮山自身も同様だ。

「新しい仕事を始めようと思ってる」

韮山の言葉に、寿々江は静かにこちらを見た。韮山は、かつての相棒だった茂田のすすめで、自分も個人タクシーを始めるつもりだということを簡単に説明した。茂田のことは、寿々江もよく覚えている。古い友人のすすめだと聞いたせいか、彼女の表情には、それほどの驚きも、不安も浮かばなかった。

「三月に、次の免許が下りるそうなんだ。その辺のことは、全部シゲさんに任せてあるんだが」

「車、どうなさるの。どこに駐めるんです」

「塀を壊して駐車場にするさ。その辺がしっかりしてないと、免許が下りないんだ」

寿々江の胸が上下した。そして、蛍光灯のぶら下がっている天井を、少しの間、黙って見上げている。

「あなたが、タクシー」

「時間も自由になるし、車があると便利だぞ」

「だったら——」

そこで、寿々江は再びこちらを見た。相変わらず穏やかな表情をしている。そして彼女は、「私も、そうのんびりとはしていられないわね」と続けた。

「家に職人さんが入るんだったら、お父さん一人に任せておいたら、もう家中がめちゃめちゃになりますものね」

韮山は、憮然(ぶぜん)とした表情のまま、口の中で「まあな」とだけ答えた。

その後、病院から品川に足を延ばした韮山は、いつもの喫茶店で玉木と落ち合った。今朝のうちに一度、電話を入れておいたお陰で、いつもほど待たされることもなく、コーヒーが冷め切らないうちに、玉木は現れた。

「郡山は、とんだ無駄足だったでしょう」

韮山の向かいに腰を下ろし、これもいつものミルクコーヒーを注文するとすぐに、玉木は珍しく笑顔で口を開いた。

「すぐに連絡をもらえるかと思ってたんですがね」

「いや、失敬しました。何十年ぶりですか、風邪をひきまして」

玉木が「ほう」とわずかに眉(まゆ)をひそめる。

「この仕事を辞めると、急にぽっくり逝くなんていう人もいるもんですが、そういうもんですかな。気が抜けるんでしょうかな」

「そういうつもりも、ないんですが。まあ、郡山が寒かったもんで、それもあったのかも知れません」

ああ、寒かったようですね、と玉木も頷く。その表情は、いつもほど憂鬱そうでもなく、むしろどこか潑剌として見える。これは、何か捜査に進展があったに違いないと韮山は直感した。

「それで、奥田の家には寄られたんですか」

「寄るには寄りましたが。仰る通り、無駄足でした。野郎は手紙一本、寄越してないそうです」

玉木は、心なしか満足げに頷いている。

「奥田のことは別にして、捜査そのものには、ねえ、何か進展があったんじゃないんですか」

韮山はコーヒーをすすりながら、試すように玉木を見た。運ばれてきたミルクコーヒーにたっぷりと砂糖を入れ、玉木は穏やかな表情のまま「そうでも、ありませんがね」と答えた。

「ルミって、おったでしょう。あれ、一体、どこに消えたんだか、知らんですかね」

話題を逸らされて、韮山は嫌な気分になった。だが、歌舞伎町のヌードスタジオを、ある日突然ぷいっと辞めてしまったという娘に関しては、韮山も未だに多少の興味を抱いている。

「ああいう娘が、新聞やテレビのニュースを観ているとも思えんですから、ひょっとすると、まだ伸二が殺されたことも知らないんじゃないかと思うんですが」

ふうふうと湯気を吹き、コーヒーカップを傾けた後、玉木は小さく舌鼓を打った。

韮山は、一度だけ訪ねていった淫靡な雰囲気のヌードスタジオを思い出し、まだ姿も見たことのない娘を思った。確か、どこからか電話がかかってきて、その直後に店を辞めていったという話だった。誰が、どういう目的で電話をかけたのだろうか。ルミは逃げたのか、それとも、誰かに呼び出されたのだろうか。

「いないんだよなあ、どこに消えたんだか」

玉木の口調は、さほど深刻そうにも聞こえない。韮山は微かに苛立ち、「それで」と相手を見た。

「伸二が郡山に行くまでの足取りは、どうです」

「今のところ、まだね。ニラさんがこだわってる、その、郡山に行った理由に関してもね。だから、ルミなら、何か知ってるんじゃないかなあと、思っとるんですがねえ」

「じゃあ、寺瀬の方は、どうなんです」

韮山が率直に切り出すと、玉木は、おいでなすったという表情になって、口の端だけで「寺瀬、か」とわずかに笑う。

「伸二を殺ったチンピラっていうのは、地の者じゃないらしいじゃないですか。そうすりゃあ、ルミなんかより、寺瀬が絡んでると思うのが当然でしょう」

「まあ、無理のない推測では、ありますがな」

妙に勿体ぶった返答の仕方だった。韮山の中で、さらに苛立ちが膨らみかけ、その一方で、玉木がこれほどまでに勿体をつけた物言いをするということは、それだけ核心をついているに違いないという思いも浮かんだ。こういう勿体のつけ方は、韮山にも身に覚えがある。

新聞記者などにせっつかれた場合、刑事は様々な反応を示すものだ。夜討ち朝駆けで貼りついてくるブンヤ連中の中には、特ダネを狙って、とにかく払っても払っても寄ってくる者がいる。だが、そのうちに少しずつ打ち解けてくると、デカによっては独自の方法で、ちょろり、ちょろりとネタを流してやる場合がある。捜査の内容まで話すことは出来なくとも、ヒントになることを与えたり、表情や受け答えで、相手に判断させるのだ。玉木という男は、恐らくそういう連中から核心をつかれた場合などは、わざとこういう、勿体ぶった素振りを見せる類の刑事なのだろうと韮山は推測した。

「まさか、寺瀬まで行方が分からないっていうんじゃないんでしょう」

「分かってますって。そりゃあ、大丈夫。だが、まあ、奴は、相変わらずですがね」

「話くらい、聞いておるんでしょう」

「無論、揺さぶりはかけてますよ」

韮山はわずかに身を乗り出し、玉木の顔を覗き込んで話の続きを待った。玉木はわずかに身体を捻った姿勢で、コーヒーカップを手にしたまま、「野郎はね」とため息混じりに言った。

「実に巧妙な、というか、計算高い奴らしいです。それに、もう十分すぎるほど悪ずれしてる。こっちの取り調べにも慣れきってますからね、若い奴なんかじゃあ、馬鹿にされるくらいです」

「なるほど」

「それに取りあえず、鉄壁のアリバイってやつがあるんですわ。伸二が殺された前後は、奴が東京を離れてないっていうことを証言する人間が、複数いる」

「またですか」

それでは、のぶ子の場合と同じではないか。のぶ子が殺された日も、寺瀬には確固たるアリバイがあった。確か、複数の女を連れて、どこかの温泉に行っていたという話だったのを思い出して、韮山は何とも不快な気分になった。自分のすぐ身近にいた人間が事件に巻き込まれ、挙げ句の果てに殺害されたというのに、そういう時に限って確固たるアリバイを持っていた兄貴分というのは、どうも気に入らない。

「実際、どういう野郎なんです。寺瀬っていうのは」

韮山は眉根を寄せながら、煙草に火をつけた。玉木は、自分も面白くなさそうに顔をしかめ、はげ上がった頭を掻きながら「寺瀬ねえ」と呟いた。

「前科は三つ。直接、看板を掲げるようなところまではいってませんが、まあ本人は、いっぱしのボス気取りですがね。色々と聞き込んでるが、いい評判というのは聞きません。だが、とにかく常に何人かの取り巻きを連れてます。ひと言で言うなら、煮ても焼いても食えない奴っていうところですか。いかにも執念深そうで、ヘビみたいな目つきのね、嫌あな、野郎です」

自分も懐から煙草を取り出しながら、玉木は「ニラさん」と再び口を開いた。

「これ以上は、もう勘弁してくれませんか。あんた、奥田を追ってるんでしょう。だったら、他の件に関しては——」

「私が一番に知りたいのは、真実だ。一体、誰が娘をあんな目に遭わせたのか、それを知りたいんです。その、寺瀬は本当にシロなんですか。可能性はないんですか」

深々と煙草の煙を吸い込み、ため息と共に、その煙を吐き出しながら、玉木はちらりとこちらを見て、また窓の外に目を向ける。午前中は晴れていたが、午後から薄く雲が出てきたらしい街は、いつにも増して寒そうに見えた。

「ニラさんだって、分かってるでしょう。私らが真実にたどり着くことなんて、あるんですかね」

韮山は、思わず口を噤んで玉木の顔を見つめた。

「真実なんてえものは、当事者以外は知らないもんじゃないですか。私らに出来ることは、せいぜい真実の傍を撫でる程度だ。誰よりも真実を知ってるのは、ホトケさんたちで」

「だからこそ、あたしは——」

「ニラさん」

ふいに玉木は、いつになく真面目くさった顔つきになって、韮山を見つめた。

「あんた、娘さんの真実をたどりたい、真実を知りたいって、いつも言うが、じゃあ、ニラさん、一体のぶ子さんの、何を知ってました?」

胸を衝かれたように、韮山は再び口を噤んだ。

「いや、別段ね、責めてるってわけじゃないんです。あんたの身になれば、いかばかりの思いかってことも、私なりに察してるつもりです。だからこそ、我々だって正月も休みも返上で、捜査にあたってます。だが、その一方で、一度、聞きたいと思ってました。父親としてです。ニラさん、あんた、のぶ子さんのこと、どれくらい知ってましたか」

「どれくらいって――」

頭の中に黒いシミが広がったように感じた。闇がぽっかりと口を開けて、いつだって山ほど散らばっていたのぶ子の記憶が、すべて吸い込まれていきそうな気がする。のぶ子の声、のぶ子の笑顔、のぶ子の――。

「はっきり言えば、今の段階で我々に分かっているのは、あの夜、のぶ子さんは乱暴されて殺されたという事実だけです。奥田に会ったということさえ、一応の証言は取れているにせよ、確固たる証拠のあることじゃない。二人が何を話したのか、第一、どういうつもりで会ったのか、どうやってあの現場まで行くことになったのか、本当に奥田も一緒だったのか、すべては推測に過ぎんのです」

冗談じゃねえ、と言い返したかった。だが、頭の中ののぶ子の姿が急速に遠のき、小さくなっていく気がして、韮山は、そちらの方に気を取られてしまっていた。俺は、のぶ子の何も知らなかったのだろうかと、その思いばかりが膨らんだ。玉木の言葉は、韮山の胸に深く突き刺さり、翌日になっても翌々日になっても、鈍い痛みを伴ってついて回った。

――のぶ子さんのこと、どれくらい知ってましたか。

自分でも、心のどこかでは分かっていたことだった。のぶ子が殺されたという衝撃は、そのまま「何故（なぜ）」といういくつもの疑問にぶつかり、そして、のぶ子は一体何を考え、どういうつもりでいたのかという思いに行き当たる。すると、そこから先は、日頃の生活からは垣間見る（かいまみる）ことのなかった、娘の素顔に触れなければならないことになるのだ。自分が、いかにのぶ子を理解していなかったか、のぶ子のことを知らなかったか、その現実を突きつけられる。それが嫌で、見知らぬ女のようなのぶ子を見たくなくて、韮山は奥田や伸二に目線を移していたのかも知れないと思う。躍起になって彼らを追い求めることで、のぶ子本人からは目を逸らしていたということなのかも知れなかった。何より照れ臭いではないか。恥ずかしい。のぶ子はのぶ子でいてくれれば、それで良いつもりだった。

——当たり前だよなあ。お前が風呂に入ってるところだって、見ようとしたことはねえんだから。

そういえば、のぶ子と一緒に風呂に入ったのは、一体いつの頃までだったろう。ある日、たまの休みだからと風呂に誘って、「一人で入って」と言われたときには、韮山はぽかんとなったものだ。後から女房に、そういう年頃なのだと言われたときも、なぁにが年頃だ、まだまだ洟をたらしたガキではないかと可笑しくなった記憶がある。

それから少しずつ、のぶ子は韮山から離れていった。どんな友だちとつき合い、どういう教師に習い、どこへ遊びに行ったか、バスガイドになってからは、どんな運転手と組んで、どこを走り、どんな同僚と親しかったか、時には聞いたこともあるはずなのに、韮山は、ほとんど何も覚えてはいなかった。

——奥田と会った理由。

果たしてのぶ子は、本気で婚約者から奪いたいと思うほど、真剣に奥田に惚れていたのだろうか。激しく泣いたのは事実だが、あののぶ子が、そんなことを考えるだろうか。そんな、女の部分を持っていたのだろうか。それが、韮山には分からなかった。

もしかすると、のぶ子は他の理由で奥田に会ったのかも知れない。単に、何かの相談を持ちかけるために、奥田を呼び出した可能性だって考えられる。

——ほら、お父さん、また聞いてない。

仕事から戻って一人で晩酌などしているとき、韮山は、そう文句を言われたことが幾度となくあったことを思い出した。ああ、あの時、のぶ子は一体何を聞かせたかったのだろうか。今ならば、全身を耳にして聞いてやるのに。

もはや警察手帳を持たない韮山は、警察とは異なる方向から、この事件を考えなければならないのかも知れなかった。唯一であるはずの真実にたどり着くためには、まず、のぶ子の素顔を知ることから逃げてはいられないと、初めて自分に言い聞かせていた。

2

熱海の小糸から手紙が来た。

郡山から戻って以来、勝の母から何かの連絡があるのではないかと、郵便受けを覗くのが習慣になっていた萄子は、自分あてに届いた封書の裏書きに小糸という名が記されているのを見て、思わず胸が高鳴るのを覚えた。既に三月に入っている。結局、二月は郡山へ行った以外は、彰文の受験に振り回されただけで終わってしまった。あんな約束はしたけれど、その後、何の連絡もないところを見ると、恐らく勝は、小糸の紹介した場所へは行かなかったのに違いないと、半ば諦めかけた矢先のことだった。

〈――さて、先日のお約束の件でございますが、昨日、焼津の知人より連絡あり、かの人焼津におられるとのこと。詳細は分かりかねますが、当方の知人をお訪ねいただければ、何かしら教えてもらえるかと存じます――〉

小糸の文字は、いつか、走り書きのメモを渡されたときと同じで、不思議な懐かしさを覚えるものだった。手紙には、続いて小糸の知人という人物の名前と勤務先とが記されていた。

――焼津。

そこに行けば、勝に会えるというのだろうか。萄子は即座に地図帳に手を伸ばした。焼津という地名は聞いたことがあるが、場所はもう一つぴんとこない。もどかしい気持ちで索引から焼津を探し出し、ページをめくって、静岡市の西にその地名を発見したときには、思わずため息が洩れた。熱海から、そう遠くない場所ではないか。それなら、さほど覚悟を決めなくとも、郡山に行ったときに比べれば、ずっと気楽に行かれる気がした。

「焼津に、行ってこようと思うの」

その晩、萄子は食卓に向かう家族に率直に打ち明けた。彰文が何とか希望の高校に合格して、ようやく緊張感からも解き放たれ、ここしばらくは久しぶりに明るい雰囲気に包まれていた家族は、一瞬、互いの瞳の奥を探り合う表情になった。

「熱海で出来た知り合いから、手紙が来たのよ。勝さん、焼津にいるらしいって」

「焼津って、どこにあるの」

まず口を開いたのは母だった。横から彰文が「静岡だよ」と答える。日本列島の形さえ、あまりよく理解しておらず、日本地図を眺めても、どこが東京かも見当がつかないという母は、よほど有名な観光都市でもない限り、まるで距離も方向も分からないらしいということが分かったのは、萄子が地図や時刻表を眺めるようになってからのことだ。実際、若い頃から父とどこへ旅をした、疎開中はどこだったと、地名は克明に言えるのだが、それが頭の中で日本地図に組み込まれていないらしいというのは、萄子にとっては少しばかり不思議な、また、日頃の母を思えば微笑ましいことでもあった。

「焼津といったら、熱海のような観光地というわけじゃない。若い娘が一人で泊まれるような宿があるかどうか、だ」

父が、表情を変えないまま口を開いた。

「港町だからな。船乗り相手の宿ばっかりかも知れん」

「港町、なの？」

「あそこは、カツオやマグロを水揚げしてるところだったはずだ」

「マグロっていったら遠洋漁業だよね。勝さん、そんなところで何してるんだろう。ひょっとして、漁船にでも乗ってるのかな」

彰文の言葉に、萄子は目を丸くした。遠洋漁業に出ているとしたら、今頃はどこかの海の上かも知れないということではないか。だが、漁船に乗る勝の姿は、意外にたやすく想像することが出来た。少なくとも温泉旅館の法被を着て、庭掃除をする姿よりは、勝らしいという気がする。

「何をしてるかまでは、とにかく行ってみないことには分からないけど」

「何だったら僕、一緒に行ってやろうか」

熱海に行くときは受験を控えていた彰文が瞳を輝かせて身を乗り出してきた。

「何、言ってるのよ。あんた、まだ――」

「学校なんて、もう授業はないんだ。卒業式の練習とか、卒業文集を作る程度でさ。だから、僕が一緒に行ってやるよ」

心細くないと言ったら嘘になる。だが、その一方では、萄子は一人で勝を探したいとも思っていた。家族に迷惑をかけたくないという理由だけでなく、自分一人の力で彼にたどり着かなければならないという、いわば使命感に近いものを抱いていた。

「お父さん、いいでしょう？　僕が一緒なら安心だし、手分けして探すのにも便利だしさ、それだけ早く帰ってもこられるんだから。ねえ」

だが彰文は、すっかりその気になったらしく、今度は懸命に父にせがみ始めた。母は、そんな彰文と萄子とを見比べて、微かに肩を上下させるだけだった。

「ほら、川崎に行ったときだって、僕、ちゃんとお姉ちゃんのことガードしたじゃないか、ねえ」

父は澄ました顔で箸を動かしていたが、やがて「まあ、いいだろう」と頷いた。途端に母が「お父さん」と眉をひそめる。

「いいじゃないか。これも社会勉強だ」

「そうだよ、社会勉強」

「その代わり、土日を入れて行くことだな。積極的にサボらせるわけには、いかないんだから」

今度は萄子が膨れ面になる番だった。出来ることなら、明日にでも行きたいと考えていたのに、それでは週末まで待たなければならないということだ。

「明後日(あさって)までは、家にいらっしゃい、ね」

母が念を押すように呟(つぶや)いた。彰文のことはともかく、何故、明後日まで、と問いかけて、思い出した。そういえば、明後日は雛祭(ひなまつ)りだった。三人兄弟の中でたった一人の女の子である萄子のために、母はこれまでも毎年、雛人形を飾り、彩りのきれいなご馳走(ちそう)を用意してくれてきた。そして、今年も同様の日を過ごしたいと望んでいることは、萄子も知っていた。

「そう、するわ」

萄子は素直に頷いた。

雛祭りも過ぎた週末、萄子は彰文と共に、東京駅九時六分発の東海道線準急『東海三号』に乗った。焼津は急行が止まらない。途中で乗り換えても良かったが、今さら急いでも仕方がないので、最初から準急に乗ることにしたのだ。

昼過ぎに到着した焼津は、駅舎が建て替えの工事中で、駅前にはダンプカーやトラックが並んでいるばかりという、何となく埃(ほこり)っぽい印象を受ける風景が広がっていた。砂利敷きの駅前広場は人気(ひとけ)もなく、ただ広いばかりで、ぽつりと一台だけタクシーが停まっている。

「腹、減ったよね。何か食べようよ」

春らしい陽射しを浴びながら、彰文が振り返った。食べるといっても、どんな店があるかも分からない。取りあえず、少し歩こうと駅前広場を突っ切るとき、角の電柱に立てかけられた「ウィーン少年合唱団」の看板が目に止まった。この港町にも、天使の歌声と言われている合唱団がやってくるのかと、少し不思議な気分になる。さらに、フランク永井の立て看板も並んでいた。菊子などは歌番組で見かけるだけの歌手も、地道に全国を歩いているらしい。辺りには屋根瓦が重厚な印象を与える二階建ての家が軒を連ねている。寿司屋の暖簾が風にはためいていた。

駅前から続く商店街は思いの外充実しており、通りに面した店は歩道の上まで庇を延ばして、雨でも濡れないアーケードになっていた。車道の際にはところどころに自転車が並んで駐められていて、殺風景だった駅前と比べると、ずっと賑やかな印象を与える。

「あそこは？　あそこ」

コーラの看板を指して、彰文が言った。「ラーメン、カレー、コーヒー」と書かれた看板の脇にはガラスのショーケースがはめ込まれていて、他にもカツ丼やチキンライス、ビール、サイダーといった品書きが並んでいる。薄汚れたガラスのはめ込まれたドアから覗いたところ、少し寂れた雰囲気の、町の食堂といったところだ。本当は、一人では躊躇われるタイプの店だったが、彰文と一緒ならどうということもない。萄子は弟を振り返って頷き、店のドアに手をかけた。店内は客席の半分くらいが客で埋まっており、チェックの三角巾に割烹着姿の女性が、忙しそうに働いていた。

「僕、カレーとコーラ」

テーブルの脇の壁に画鋲で留められている品書きを見つめているうちに、彰文はさっさと注文を決めてしまう。萄子は戸惑いながら何度も品書きを眺め、結局、弟と同じカレーとコーヒーを注文することにした。

「お姉ちゃん」

弟が、悪戯っぽい表情で顔を覗き込んでくる。

「こういう店で、旨いものを食べようなんて思っちゃ、駄目だよ」

萄子は弟の顔をきゅっと睨む真似をして「分かってるわよ」と小声で言い返した。こう見えても、熱海では一人で外食していたのだと言いたかった。

不味くはないが、旨くもなかった食事を終えて店を出るときに、萄子は店員に、焼津漁協の場所を尋ねた。小糸の手紙によると、漁協に勤めている山科という人物が、勝の仕事の世話をしたらしい。

「漁協？　港の真ん前ですよ」

濡れ布巾を片手に、忙しそうに立ち働いていた女性は、こともなげに答えてから、初めて萄子たちが旅行者であることに気づいた様子で、「漁協なら」と、店の前まで出てくれた。

「この先に小石川っていう川が流れてますから、そこを左に曲がって川沿いに行って下さい。一度、国道をまたいで、そのまま行けば港に着きます。ちょうど魚市場の脇だから、その真ん前が漁協ね」

「あの、それから『ことぶき屋旅館』って」

今度は彰文が聞いた。食堂の女性は、その旅館ならば、やはり港のすぐ傍にあると答えた。萄子は丁寧に礼を言って店を出た。

熱海で過ごした日以来、見知らぬ町を歩くのは、萄子にとっては意外に興味深く、楽しいものとなっている。勝のことさえ考えなければ、馴染(なじ)みのない風景の中に、わずかでも共感出来そうな部分を見つけたり、自分とは無縁と思われる世界に繰り広げられている人々の営みを知ることは、萄子に世間の広さや人生のほろ苦さ、ささやかな幸福の在処(ありか)などを考えさせた。

「ああ、この川だ。何だ、小さい川じゃないか」

ここから海が見えるわけではなかった。だが、川の向こうを眺めると、広い空が広がっており、春の陽射しの中を数羽のカモメが舞っていた。東京より幾分柔らかく感じられる風が、明らかに海に近いことを感じさせる。

港町とは、こういうものなのだろうか。全体に黒っぽい板壁の家々は、ほとんどが平屋建てで、質素で慎ましやかな印象を与える。それらの家は道に面して玄関を持っており、塀で囲ったり、生け垣を巡らせたりしているような家も見あたらなかった。戸を開け放っていれば、道行く人から家の中まで見えるだろうと考えれば、下町的だということも出来ると思う。要するに、近所の人間関係が密接で、さほど物騒でもないということなのかも知れない。

大きなトラックやバスの行き交う国道をまたぎ、さらに川沿いの道を行く。やがて家々の隙間(すきま)から、大きな高い屋根が見え始めた。カモメの声が聞こえてくる。

漁港を間近に見たのは初めてだった。明確なイメージさえ湧(わ)かず、港といえば横浜のような場所を想像していた萄子にとって、焼津の漁港は意外に小さく、ひっそりとして見えた。今日は市がないのか、それとも既に終わったのか、大きな広い屋根を持つ魚市場も、今はひっそりとしている。ただ、ところどころにホースがとぐろを巻いていて、コンクリートの床は濡れており、柱の片隅などに漁網や浮き、魚を入れるに違いない木箱などが積み上げられているところが、いかにも漁港らしいとも思った。

焼津の漁業協同組合は魚市場から幅の広い道路を隔てた向かいに建っていた。萄子は、今度こそ、という思いと共に、また落胆する覚悟もしなければいけないと自分に言い聞かせた。小さく深呼吸をしてから、隣を見る。彰文が、目顔で頷いた。

「山科？　ちょっと待って」

入り口を入ってすぐの木製のカウンターに近づき、傍にいた事務服姿の男性に声をかけると、その人は萄子の名前も聞かずに立ち上がった。その応対は、ぞんざいというよりも、飾り気のない素朴さに感じられた。ここは、何も客を迎えるための建物ではない。相手にしているのは、気も荒いに違いない海の男たちなのだということが改めて察せられた。広々とした事務室の正面には立派な神棚がしつらえてあり、その横には大きなだるまなども見られる。海に出て、海に生命を預ける人々の安全を祈る心の表れだった。

「ねえ、あれ、船の名前かな」

隣にいた彰文が小声で話しかけてきた。彰文の視線を追うと、壁一面に黒板が掲げられており、縦横に細かく線が引かれて、確かに船らしい名前が書き込まれていた。

「あの船の、どれかに乗ってるかも知れないんだ」

「船に乗ってるとは限らないでしょう」

小声でやり取りをしているうち、せかせかとした足取りで、小柄な男性が歩み寄ってきた。やはり事務服姿で全体にずんぐりした体型の人は「山科です」と名乗る。そして、萄子が「東京から」と口を開きかけるよりも先に「こちらへ」と、出口に向かって歩き始めた。萄子は、取り次いでくれた人に礼を言う余裕もなく、急いでその後を追った。

「職場で、芸者の名前なんか出されちゃ、たまらんもんでね」

広い通りを渡って、ひっそりしている魚市場の屋根の下に入ると、山科は苦笑混じりに口を開いた。

「小糸から頼まれた男の件なんでしょう」

萄子は、そこで初めて頷いた。だが山科は煙草（たばこ）をくわえながら、あまりこちらを見ようともしない。その浮かない表情を見ただけで、萄子は、勝が既にここにはいないことを悟った。

「わざわざ来てもらわんでもねえ、電話でもよかったと思うだがね」

案の定、山科は海の方を向いたままで言った。そして、小糸から仕事を世話してやってくれと言われた男は、二週間ほど焼津に留まっただけで、もういなくなってしまったと言った。

「真面目でよく働く男だっていうもんで、仕事は紹介しただけどね、まあ、もともと、身元のはっきりしない男だから、そんなもんかなとも思うけどね」

「あの――船に乗っていたんでしょうか」

山科は小さく鼻を鳴らすと、漁船には身元の不確かな人間など容易には乗せられるものではないと答えた。

「マグロ漁に出ているような大きな漁船ならなおさらだし、近海に出る漁船の場合は、ほとんどが家族で操業してるから。よそから来た者は、そう簡単には乗れやしないね」

潮風に流される煙草の煙を眺めながら、山科は、勝には鰹節の工場を世話したのだと言った。カツオが水揚げされるこの港町では、小さな鰹節の工場が数多くある。それらのうちの一つに頼み込んで、引き受けてもらったのだそうだ。

「いや、こっちも毎日見張ってるわけにいかんし、小糸から頼まれたってことも、他の衆に知られちゃあ、まあ、具合がよくないもんで。それで、この前、ああ、そういやあ、どうしたかなと思って、ちょっと寄ってみたら、『もう、おらんようになったよ』って言われてね、初めて知ったような具合で」

「では、どこへ行ったということも――」

「さあ。聞いちゃおらんじゃないかねえ。まあ。黙って辞めたわけでもなさそうだけど、ある日、急にいとま乞いしたっていうから」

「それは、いつ頃のことでしたでしょうか」

山科は足もとで煙草をもみ消し、今度は腕組みをして首を傾げた。

「先月のことだと思うがね。まあ、こっちとしてもさ、そうそう面倒なことには、首を突っ込みたくはないもんでねえ」

思ったほど落胆していない自分が不思議だった。

「もう、いいかね。仕事中なもんで」

「その鰹節工場を教えていただけますか」

「いいけど、行っても無駄だと思うけどねえ」

「でも、せっかくまいりましたので。直接、伺ってみたいと思いますから」

あからさまではないにしろ、突然、訪ねてきた人間に対する当惑を隠せず、面倒臭そうにしている山科から、これ以上に聞き出せそうなことはないように思われた。山科は、これで解放されると思ったのか、これまでになく気軽な様子で、ここから七、八分も歩いたところにあるという鰹節工場の名前と場所を教えてくれた。そして、菊子の挨拶もろくに受けずに、そそくさと漁協の建物へと戻っていってしまった。

「行ってみる？」

ずっと背後に控えていた彰文が、気遣うように話しかけてきた。萄子は、意外なほど落胆していない自分に、内心で驚きながら「そうね」と振り返った。

「もう少し何か、聞けるかも知れないから」

そんな気がしていたのかも知れない。この町に降り立ったときから、何だか気が抜けたような感覚に陥っていたことは確かだ。川崎、熱海、郡山と訪ね回って、落胆するのにも慣れてきてしまったのだろうか。それとも、これは勝への思いが薄れ始めているということなのだろうか。そう考えると、勝が見つからないこと以上に、淋しさがこみ上げてくる。だが、その考えを、萄子はすぐに打ち消した。そんなはずがない。探しあてたい気持ちには、変わりはないのだ。

山科から教えられた鰹節工場は、港よりもさらに西寄りの、緩やかな海岸線に沿って立つ家並みの中にあった。目の前には駿河湾が開けており、さすがに春らしい、うららかな陽射しが波間に光って見える。漁師の家なのか、軒先に網や浮きが干されている家も多い、こぢんまりとした界隈には、何となく魚の匂いが立ちこめている。

「ああ、山崎ね。この人なら、もう辞めたけどね」

山科に教えられた鰹節工場はすぐに見つかった。工場というからには、相応の敷地と設備のあるものだと考えていたのだが、案に相違して、それは周囲の家よりもわずかに大きい程度の、看板さえ出していないようなささやかな佇まいを見せていた。外から声をかけると、六十前後の男が出てきて、萄子が写真を見せるなり即座に答えた。勝は、ここでも山崎と名乗っていたらしい。それは、小糸の紹介なのだから当然かも知れなかった。

「どこへ行くとか、言い残していきませんでしたでしょうか」

「聞いてないな。もともと、ほら、漁協の山科さんの紹介で来てもらったんだが、無口っていうか、自分のことも何も喋らない男だったからよ」

ごま塩頭を搔きながら、男は酒と潮でつぶれたような声を出す。

「確か、東北の出身とか言ってたような気がするけどな」

「福島なんです」

萄子は力なく答えた。男は細かく頷き返し、勝について知っていることといえば、その程度だと言った。

「まあね、辞めるときには、それなりに挨拶はしていったよ。急に、行かなきゃならないとこが出来たとか何とか、言ってたと思うけど」

主人らしい男は、それ以上の話は聞かなかったと言った。そして、改めて萄子をしげしげと眺め、彰文のこともちらりと見て、「あんたは」と口を開く。

「山崎の、かみさんかね」

一瞬、頬が染まるのを感じた。萄子は小さく首を振り、婚約者だと答えた。

「許嫁かい、そりゃあそりゃあ」

男は初めて目元をほころばせ、それから「気の毒になあ」と唸るように言う。

「あれだろう？　あの男はもともと、熱海の芸者の紹介だっていうだろう？　あんた、結婚前から女のことでゴタゴタ起こすような男なんかさ、やめた方がいいって。所帯を持ったって、ろくなことにゃ、ならねえよ。そんな男、探すこたあねえから、さっさと諦めちまいなよ」

萄子は、思わず自分も微笑んで、親切から言ってくれているに違いない男に礼を言った。確かに、のぶ子のことにしても、結婚前の「ゴタゴタ」であったことに違いはなかった。

3

結局、今回も追いつけなかったことだけが分かった旅になった。いつもいつも、後手後手に回る。

「そう簡単に見つかるところになんか、いるはずがないっていうことかも知れないわね」

海を眺めながら、つい独り言のように呟いて、それから彰文に微笑んで見せる。弟は、わずかに口を尖らせ、萄子の代わりのように深々とため息をついた。

「どうしようか、これから。すること、なくなっちゃったじゃないか」

萄子は「そうねえ」と呟き、改めて海を眺めた。沖を通る船が、幻のように優雅に見える。軽いエンジン音を響かせながら、小さな白い漁船が、港に入っていくのが見えた。

——また、遠くに行っちゃったのね。あなた、本当にもう二度と、会わなくていいの？　もう、これっきり、すべてを過去にしてしまって、構わないの？

こうして、手がかりさえも途切れたままなら、やがて萄子だって勝を忘れてしまう気がする。今回の旅で、萄子は初めてそれを強く感じた。忘れたいはずがない。容易に忘れられるとも思ってはいない。だが、現実の勝は、萄子にはおよそ想像のつかない世界にばかり、一人で突き進んでしまっているではないか。いくら追いつきたい、歩調を合わせたいと望んでも、彼の方が、それを望まないのなら仕方がない。

――じゃあ、諦める？　何もかも無駄だったって。

何とも情けない、やるせない語りかけだった。勝と知り合って、時には喧嘩しながらも、彼と生きていく決心を固めて、渋る両親を説得し、新居のことや挙式の予定をあれこれと考え、自分でウェディングドレスを縫っていた日々のすべてが無駄だったなどと、誰がそう簡単に思えるというのだろう。第一、萄子は嫌われたわけではないのだ。事件が起きた。その大きな渦に、勝も萄子も、巻き込まれただけのことではないか。

「僕、本当はさ」

彰文が、ふいに口を開いた。だが、その続きを言って良いものかどうか迷っている表情で、俯きがちに小石など蹴っている。

「何よ、仰いよ」

萄子が促すと、彰文はようやく思い切ったように顔を上げた。昔は同い年の子どもに比べても背が低かったのに、中学生になった頃から少しずつ背が伸びてきて、いつの間にか萄子よりも長身になった弟は、大人と子どもの中間の、中途半端な表情と声とで、「お姉ちゃん、怒るなよ」と言う。

「だから、何よ」

彰文は、それでも言いにくそうな顔をしていたが、実は今回、萄子の旅に同行するについては、父からあることを言い含められてきたのだと言った。

「あることって？」

「もしも、お姉ちゃんが勝さんに会えたとしたら、絶対に二人きりにするなって」

「——お父さんが、そんなこと言ったの？」

「万が一っていうかさ、危険かも知れないっていう意味もあったとは思うんだけど、あとは——お姉ちゃん、そのまま勝さんとどこかに行っちゃうかも知れないからって」

額の辺りが、一瞬かっと熱くなった。だがそれは、怒りというものとは少し違っていた。むしろ、自分の思いを見抜かれていた恥ずかしさだったかも知れない。家族を裏切り、傷つけてでも、平凡な未来を振り捨ててでも勝と生きたいという娘の思いを、父は感じ取っていたのだろうか。

「だから僕、これでも結構、緊張してたんだよな」

弟は、確かに肩から力の抜けたような顔になって、仕方なさそうに笑った。

「馬鹿(ばか)ね、そんなこと、するはずないじゃない」

取りあえずは口にしてみたものの、萄子は、再び港に目をやった。本当は、そうしたかった。彰文が、勝は漁船に乗っているかも知れないなどと言ったときから、まるで夢見がちな少女のように、勝と共に船に乗って、海の彼方に消える自分たちの姿さえ想像していたくらいだ。彰文には気の毒だが、もう高校生になるのだから一人で東京まで戻れるだろうとまで考えていた。

――そう。私はやっぱり、あなたと生きたいと思ってる。だから、諦めたりなんか、していない。

頭の上を、一羽のカモメが飛んでいた。萄子はカモメを見上げながら、自分に言い聞かせていた。傷ついているのなら、その傷を分けて欲しいと思うのだ。苦しんでいるのなら、その苦しみも分かち合いたい。共に生きていきたいと思ったときから、萄子は萄子なりに、その決心を固めてきたつもりだ。それなのに、何も言わずにカモメのように飛び去るばかりの勝は、考えてみればずい分身勝手で、水くさい。

「父さんには、言うなよ。僕、約束したんだから」

こちらの顔色を窺うようにしている弟をようやく振り返り、萄子は「そうねえ」と首を傾げて見せた。

「だったら、あんた、お姉ちゃんとの約束も破るかも知れないのよね」

「そういう言い方、するなよ。これでも僕、口は堅いんだ。今回は特別だよ、事情が事情だから。第一、お姉ちゃんと何かの約束なんか、してないだろう」

本気でプライドを傷つけられたらしい弟に、萄子は思わず微笑んだ。

「これから、約束をしようとしてるのよ。でも、秘密を守れないようじゃねえ」

「だから、守るって言ってるじゃないか。何だよ。信じないんだったら、言わなきゃいいだろう」

彰文は、心底不愉快そうに口を尖らせている。萄子は、そんな弟を微笑ましい思いで眺めながら、「言うわよ」と答えた。

「焼津には、もう用がなくなっちゃったじゃない？」

「だから？」

「だから、このまま真っ直ぐに帰るのもつまらないし、熱海に行っちゃおうかと思うんだけど」

「熱海？」

彰文は頓狂な声を出して目を丸くした。

焼津で、これ以上の情報収集は無理な気がする。取りあえず先月までは、勝がここにいたことは分かったものの、それ以上の新しい手がかりは、ただの一つも摑めてはいない。それよりも熱海に寄って、小糸からもう少し話を聞きたい。その方が、何か分かるのではないかという気がしたのだ。

「だけど、旅館に予約を入れてあるんだし、母さんたちにばれたら——」

「旅館は電話して行かれなくなったって言えばいいじゃない。お母さんには、こっちから電話をかけて、ちゃんと焼津にいるって言えばいいのよ。だから、あんたがちゃんと黙っていてくれるんじゃなきゃ困るの」

一瞬、不安そうな表情になった彰文だが、萄子が説明すると、即座に嬉しそうな笑顔になった。子どもの頃、よくこんな風に悪戯の相談をしたことを思い出して、萄子もつい気持ちが弾んだ。

「あんたが、ちゃんと黙っていられたら、熱海旅行が、お姉ちゃんからの合格祝いっていうことにするわ。その代わり、お母さんたちにばれたら知らないから」

萄子が勝を探す旅に出るについては、今回も宿泊先を予め決めることと、毎日の電話連絡を欠かさないことが条件になっている。その約束を破れば、これから先、そう簡単に旅行などさせてもらえなくなる心配もあった。無論、きちんと説明すれば分かってもらえないはずがないが、それでも約束を違えることには変わりがない。彰文は、両親を心配させないためには、多少の嘘も方便だという気持ちが働いていた。彰文は、「天地神明にかけて」約束は守ると誓った。

「だったらさ、一泊じゃつまらないよ。せめて二泊しようよ、ね」

「ちゃっかりしてる。でも、それは約束出来ないわね。ただ遊びに行くわけじゃないんだから」

姉弟で約束を交わし、それから二人は駅に向かって歩き始めた。海は春の光に満ちて見えたが、いくら啓蟄とはいえ、吹く風は冷たい。全体に灰色と茶で出来ているような印象の町を歩きながら、萄子は、ほんの二週間だけ、この町で過ごしたという勝を思い描いてみた。以前、テレビで見た光景が蘇る。勝探しのきっかけにもなった川崎のドヤ街の映像の中を歩いていた勝の姿が思い出された。今、考えても、あれはやはり間違いなく勝だったのだ。萄子の知っている彼ではなく、もっと翳りのある表情で、背中を幾分丸めて、今も彼は、一体どこを、何を見つめて、一人でさまよい歩いているのだろうか。

見知らぬ町を歩き回り、郵便局の前に電話ボックスを見つけると、萄子は早速、熱海の『かねゐ』に電話を入れた。土曜日ということもあって満室の心配があると思ったのだが、久しぶりに聞いた女将の声は、即座に萄子を思い出し、「お待ちしております」と言ってくれた。

週末の熱海は、以前にも増して賑わっていた。観光地とは異なる焼津から比べると、目に入る色彩そのものが、驚くほど豊富に感じられて、萄子は自分がやはり都会っ子なのだと感じた。そういえば戦時中に疎開先に移ったときも、萄子は似たようなことを感じた記憶がある。幼い頃のことだから、記憶も何も曖昧だが、急にのどかな田舎町に引っ越して、妙に心細く頼りない気持ちになったことだけは覚えている。何よりも空襲の心配がいらないのだし、数日後には山や川で遊べる楽しさに夢中にはなったものの、あの時は本当に、色のない世界に飛び込んだような気がしたものだ。

「ここが熱海かあ。へえ」

萄子が知らない間に、父から見張り役を仰せつかり、それなりに緊張していたらしい彰文は、その肩の荷も下りたらしく、興味津々の表情で辺りを見回している。萄子にとっては、半ば懐かしくさえ感じられる駅前で、温泉饅頭が湯気を上げているのを認めると、弟は即座に「食いたい」と言い出した。買い食いや立ち食いなども、普段は母に厳しく注意されている。だが、こんな時ぐらい、好きなことをするのも良い。萄子も彰文も並んで、もうもうと湯気を上げている蒸し器から、熱い温泉饅頭を二つ買った。

「ねえねえ、帰りは新幹線に乗れるよね」

「まあ、そういうことかな」

「姉ちゃん、金、持ってるの？」

「そんなこと、心配しなくていいわよ」

はふはふ言いながら熱い饅頭を食べ、のんびりした表情の観光客に混ざっていると、ほんの一、二カ月前のことが、幻のように思い出された。あの時の萄子は、今よりもずっと思い詰めていた。見知らぬ土地に初めて一人でやってきて、すぐにでも泣き出したいような気持ちだった。状況は何一つとして変わっていないとはいえ、あの時の萄子に比べたら、やはり今の方が楽だと思う。たとえ傍に彰文がいなくても、落ち着いていられたはずだ。それが、月日というものかも知れなかった。わずかな時の流れが、萄子を少しずつ、どこかに向かって押し出しているのだ。

「あらあら、いらっしゃいませ。まあ、嬉しいわ」

『かねゐ』に着くと、出迎えてくれた女将は、懐かしい笑顔を見せてくれた。萄子は、「その節は」と挨拶をして、彰文を紹介した。

「この前のお部屋が空いてますからね。同じ方がよろしいでしょう？」

「土曜日だから、満室かとも思ったんですが」

慣れた足取りで二階への階段を上る間、萄子は女将とそんなやり取りを交わした。女将は、このところの不景気で、予約の取り消しも珍しくないのだと言った。

「あら、と思うような大きな会社が、急に倒産したりするじゃないですか、ねえ」

今朝も山陽特殊製鋼の倒産が報じられていた。

「大変なんですね」

「こういう商売やってますとねえ」

たった十日あまりを過ごしただけの部屋だったが、客間に通された途端、萄子は「懐かしい」と声を出してしまった。慣れない様子できょろきょろとしている彰文を座らせ、窓を開けて外を眺める。昭和の初め頃までは、この旅館の前が、もうすぐに海だったのだそうだ。それが埋め立てられて、新しい町が出来た。今、窓を開けても見えるのは車の往来の激しい国道と、通りの向かいの家並みだけだった。

「でも、そのお陰で、またお泊まりいただけたんだから、嬉しいわ」

茶を淹れながら、女将は嬉しそうに話し、彰文に年齢などを尋ねている。彰文は照れたような表情で、「今度、高校です」と答えていた。

「そういえば、洋子ちゃん、どうしています？　あの子も、もう卒業ですよね」

萄子が尋ねると、女将は急に眉を曇らせた。

「それが、何だか可哀想なことになっちゃってねえ。私らも、どうしてやることも出来なくて」

今度は萄子が眉根を寄せる番だった。わけの分からない彰文だけが、不思議そうな表情をしている。

「可哀想って」

女将は、軽く小首を傾げる仕草をして、どう説明したものかと迷っている様子だったが、「実はね」と再び口を開いた。

「ここを手伝ってもらってた、あの子の母親がね、ここに癌が出来たって」

女将は自分の和服の胸の辺りに手を添えた。

「すぐに入院ていうことになったんですけど、どうやら他にも転移しているらしいって。もしかすると本人は何か気づいてたかも知れないんですが、何しろ、亭主が先に死んでますから、自分が頑張らなきゃって思ってたんじゃないかしら」

宮川洋子には父親はいないのか。だが確かに、中学を卒業したらすぐに芸者になりたいという娘には、それなりの事情があってしかるべきかも知れない。素直に、しっかりと育っている子だと思ったが、そんな事情があったのかと萄子は思わずため息をついた。

洋子の家には、年老いた祖父母がいるというが、祖父はリウマチがひどくて働ける状態ではなく、祖母は、洋子の下にいる弟妹の世話をするだけで手一杯の状態なのだという。母の入院に伴って、一家の経済を支えなければならないのは洋子の役目になってしまった。

「芸者だって、そうすぐに一人前になんか、なれやしませんからねえ。結局、すぐにでも家族に送金出来る仕事じゃなきゃ駄目だろうって」

あの少女には本当に世話になったと思っている。知っている人さえいないこの町で、洋子と知り合えただけでも、萄子はどれほど救われたか分からないのだ。その少女は、中学の卒業式を待たずに、口をきいてくれる人がいて、どうやら関西の方へ働きに出たようだと女将は言った。

女将の話を聞いて、萄子は三つ編みの少女の面影を追いながら、ため息をつくことしか出来なかった。

「東京へ来たら、手紙をくれるって言ってたのよ」

女将が部屋を出ていった後、わけも分からずに萄子たちの会話を聞いていた彰文に、萄子は洋子の話を簡単に聞かせてやった。

「それに比べたら、あんたは幸せねえ。希望の高校に進んで、エレキギターなんか買ってもらって」

彰文は、当惑した表情で「ふうん」と頷（うなず）くばかりだ。生まれた環境によって、こんなにも人の運というものは左右される。それにしても、洋子が哀れに思えてならなかった。年端もいかない少女が、五人もの家族を養える、そんな職業があるものだろうか。だが、いずれにせよ、萄子はただ一瞬すれ違っただけの旅人でしかない。ことに、既にこの土地を離れてしまったという少女にしてやれることなど、あるとも思えなかった。

「ねえ、まさか、晩飯までじっとしてるわけじゃないだろうね。せっかく来たんだから、少し歩こうよ」

気を取り直すように彰文が言った。萄子は頷きかけて、はたと考えた。洋子がいたら、彼女に頼んで小糸に連絡をつけてもらおうと思っていたのだ。

「ねえったら。お姉ちゃんが行かないんだったら、僕、一人で適当にぶらついてくるからさ」

「待ってよ。その前に、お母さんに電話をしておかなきゃならないし、今、考えをまとめてるんだから」

どうしたら小糸に連絡がつけられるだろう。女将に相談するべきだろうか。だが、いくら親切な女将にでも、個人的に芸者と連絡を取りたいとは、どうも言いづらい。

「五分待って。ちょっと手紙を書きたいの。それから出ましょう。何か、紙、持ってない？」

彰文が破いてくれたノートの一ページに、萄子は小糸に向かって連絡を欲しいと書き記した。そして、母に、無事に焼津に着いたからという電話をした後で町へ出ると、真っ先に見番に行きたいと言った。

「見番？　見番て、何さ」

「色々、ナマ言ってても、知らないこともあるのね」

萄子は、ついからかう口調で言ってみた。彰文は、ふてくされた表情で、それでも素直についてきた。そして、町の中でもっとも賑わっている川筋に建つ見番に、小糸への手紙を託した。いったんは、彰文に頼もうかとも考えたのだが、さすがに中学生の少年を使いに出せる場所ではないと、考え直した上での決断だった。

「こっちにおいでになってらしたんですか」

小糸から連絡があったのは、その日の夕方だった。女性から電話だと呼ばれて、まさか母ではあるまいと緊張しながら帳場の電話をとると、聞こえてきたのは小糸の声だった。

「明日、前にお待ち合わせをした神社で」

小糸は手短に、それだけを言った。考えてみれば、彼女が妙な小細工をしたお陰で、勝との距離は開く一方になったのだ。それを思うと恨めしいはずなのに、何となく懐かしい。今の思いを正直にぶつけられる相手に会えるというだけで、何だか少し嬉しかった。

彰文は、もう一泊したいと文句を言ったが、萄子は、明日の夕方の新幹線で東京へ戻ると宣言した。その代わり、夕方まではそれぞれ自由行動ということにしようと提案すると、彰文は、仕方がないというように納得した。思春期の弟にしたところで、二日間もべったりと、姉と過ごしたいわけがない。翌日、朝食を済ますと、早々と宿を後にして、取りあえず駅に荷物を預け、新幹線の切符を購入してから、萄子は駅前で弟と別れた。萄子自身も、ようやく身軽になった気分だった。

「そうですか、もう行ってしまったんですか」

待ち合わせの時間よりも幾分早めに来の宮神社へ行ったところ、小糸は既に萄子を待っていた。萄子は手紙をくれた礼を言い、焼津へ行ってきた顛末を話して聞かせた。

「それ以降、もう、あなたのところへ連絡はないんでしょうか」

小糸は勿論、と言うように頷いた。口の端に、諦めたような笑みが浮かんだ。

「あるはず、ありませんでしょう。所詮は、たまたま少しばかり話をしたっていうだけの間柄なんですから」

言い終わるか終わらないうちに、彼女は改めて深々と頭を下げる。

「今さらですけど、本当に、本当に堪忍して下さい」

取りあえずは約束だから、焼津へ行ったらしいということは連絡したものの、小糸は、心の中では、もう萄子も勝を諦めている頃ではないかと想像していたと言った。本当にすぐに焼津まで行くとは思っていなかったと、彼女は形の良い眉を寄せ、心の底から申し訳なさそうな表情で言った。

「でも、どうしましょう。これでまた、分からなくなっちゃって——どう、お詫びすればよろしいのかしら」

こんな風に謝られてしまったら、余計に相手を責められなくなる。萄子は、大楠の周囲をゆっくりと歩きながら、「私、本当に」と呟いた。

「とにかく、ほんの少しでも何かの手がかりが掴めたら、どこへでも飛んでいくつもりなんです。でも、そんな手がかりがどこで掴めるかも、もう分かりませんし。こうなったら焦らないで、気長に探すよりしようがないのかも知れません」

小糸は、綺麗な刺繍を施した布製の手提げ袋から煙草を取り出し、金のライターで火をつけている。こちらの視線に気づくと、彼女は「いかが」と洋モクらしい箱を差し出してきた。萄子は微笑んで遠慮した。

「こんなに思われてるっていうのに、本当に、あの人、どこに行っちまったんでしょうねえ」

冷たい風に、小糸の吐き出す煙草の煙が頼りなく流れていく。まるで勝のようだと思いながら、菊子はその煙を見送った。

「大馬鹿野郎（おおばかやろう）だわね」

その言葉が思いの外、菊子の胸に響いた。本当だ。大馬鹿だ。意地になって探す一方で、菊子だっていつも、そう言いたかった。勝の馬鹿、馬鹿野郎、と。

「世界一の、大馬鹿野郎ですよね」

口に出して言ってみた。小糸が目を丸くした。

4

セメントを混ぜる音が、ざっ、ざっと響いている。韮山と同年代らしい左官屋は、まだ二十歳にもならないような若い見習を指図しながら、黙々と働いていた。

「お茶が入りましたから、少しお休みになって」

縁側でぼんやりと彼らの作業を眺めていた韮山の背後から、寿々江の声がした。

「もうそんな時間か」

三時になったら自分が茶を出すつもりだったのに、また退院して間もない女房を働かせたかと、韮山は半ば申し訳ない気持ちで、縁側に置かれた盆を眺めた。

先週、寿々江が退院して真っ先にしたことは、職人用の湯飲み茶碗と大きめの急須を買うことだった。家に職人など入るのは久しぶりのことだし、そうかといって、来客用の湯飲み茶碗も使いたくはないからというのが、その理由だった。そんなことさえ、自分一人では気づかなかっただろうと思うと、韮山は密かに女房に脱帽しなければならなかった。

「しかし、職人ていうのはよく休むもんだな。十時に休んで、昼に休んだと思ったら、もう三時か」

縁側を職人たちに明け渡して茶の間に引っ込むなり、韮山は寿々江に話しかけた。慌てたように顔を上げて、寿々江が「聞こえますよ」と鋭く言う。

「お臍を曲げられたら困るんですから」

「そんなことで臍なんか曲げるもんか」

「あなた、変なところで世間をご存じないんだから」

呆れたような表情でこちらを見ている寿々江をちらりと見返し、そんなことがあるものかと小さく呟きながら、韮山は、こうして一つ屋根の下に話し相手がいることの有り難さを、改めて感じていた。一人で暮らしている間は不自由は感じても、淋しい云々などという思いは浮かびもしなかったのだが、やはり味気なかったことは間違いがない。気がつけば独り言を呟いたりしていたのは、今にして思えば話し相手のいない侘しさだったに違いないのだ。

「それにしても、こんな大ごとになるとは、思ってなかったわねえ」

縁側で休息をとっている職人たちの後ろ姿を眺めながら、寿々江がぽつりと呟いた。それは韮山も同様だ。

個人タクシーの免許は三月の初旬に交付された。さて、どの車を選ぼうかと茂田に相談したところ、かつての相棒は、車種はともかく、駐車場には電気を引けるようにした方が良いと言い出した。特にＬＰＧ車を選んだ場合、ガソリン車に比べて格段に経費節減になるのは事実だが、冬場は朝エンジンがかからなくなることもあるのだという。それで結局、屋根つきで電球も吊せるような、かなり堅牢な車庫を造ることになった。

その工事のせいも、寿々江が気がかりだからということもあるが、このところの韮山は外出もせず、ただ家にいて、ぼんやりと過ごしていた。頭の中ではのぶ子のことばかりが渦巻いている。何度、ため息をついてもきりがなかった。

玉木に言われたせいもあって、韮山は寿々江が入院している間に、思い切ってのぶ子の部屋を丹念に調べたことがある。生きていたなら、韮山が戸口に立っただけでも「勝手に入らないでよ！」と怒られた部屋に足を踏み入れ、どれ一つとしてのぶ子が触れていないものはない一つ一つに手を伸ばすのには、それなりの勇気と決意が必要だった。

――もう、嫌らしいわね。どうして、そういう真似するのっ。

刑事だった頃には、見知らぬ他人の持ち物でも、仕事と割り切れば平気で手に取り、眺めてきた韮山が、はっきりと怯えのようなものさえ感じた。無論、のぶ子の部屋は、それまでまるで手つかずだったというわけではない。のぶ子の遺体が発見され、他殺と断定された段階で、一度、警察の手が入っている。それでも、彼らがのぶ子の部屋にいる間、韮山自身は部屋の外で待っているだけだったし、当時は、のぶ子が殺されたという現実さえまともに受け容れられないくらいだったから、冷静に、捜査資料として、娘の持ち物など見られるはずもなかった。

几帳面なのか、だらしがないのか、のぶ子の部屋は、一見きちんと片づいて見えはするものの、机の引き出しや押入を開けてみると、意外に乱雑な部分があった。それだけで、親からやかましく言われないために、表向きだけを取り繕っていた娘の姿を垣間見るようで、韮山は苦笑したい思いと共に、軽い衝撃を受けた。

一時熱心にやっていた裁縫の道具や編みかけの毛糸、学生時代に使っていた学用品の類などは、適当な箱に乱雑に放り込んだままになっていたし、そこに、古いノートや鉛筆、どういうわけか古びたマフラーからお手玉までが混ざっている。机の引き出しにも、確か韮山が署から持ち帰った、軸が木製の事務用ボールペンや砂消し、吸い取り紙やペン軸などと一緒に、サイコロ、ガラスのおはじき、千代紙の栞に数枚の写真がしまわれているという具合だ。整理整頓がなっとらん、だから、いつもあれがない、これがないと騒ぐことになるんだぞと、今さらながらに小言の一つも言いたくなるほどだった。一筋だけ髪の毛が絡まりついたままの櫛、何かの端布、安物のブローチ、小さなこけしに、ほとんど使った形跡のない口紅——何もかもが韮山とは無縁の、だが、確かにのぶ子に属していたに違いないものばかりだった。それらのすべてが、茶箱の一つを開ける度、机や鏡台、箪笥の引き出しを覗くごとに、まるでおもちゃ箱をひっくり返したように、雑然と姿を現した。机の引き出しの奥には、くしゃくしゃに押しつぶされて、「四年一組」と書かれた十三点の答案用紙や、父兄参観の案内、書き損じの年賀状なども挟まっていた。そして、韮山は発見した。

——好き。好き。好き。Mが好き。

何気なく開いてみた古いノートの片隅に、それだけが書かれていた。

最初、その文字を発見したとき、韮山は、頭を殴られたような衝撃を覚えた。思わずノートを閉じそうになり、改めて見てみれば、それは高校時代のノートだった。韮山にはまるで読むことさえ出来ない英語の文章が並び、ところどころには赤鉛筆で線などが引いてあった。その片隅に、「好き」と書き連ねているのだ。

韮山の頭の中で、何かが渦を巻いた。お下げ髪のセーラー服姿で、飛び回っていたのぶ子が蘇る。額にいくつかニキビを作り、いつも屈託なく笑っていたような気がするのだ。その娘が当時、既に恋を知り、授業中にこんなことを書いていたのかと思うと、恥ずかしさとも腹立たしさともつかない、それでいて切ない気持ちになった。何だよ、のぶ子、お前もう、あんな頃から色気づいていやがったのかと、叱り飛ばしたい気にもなった。

——私はMが好き。Mは？　私のこと、どう思う？

——Mの馬鹿。鈍感。無神経。

——神様、お願いします。Mに気づかせて。

どうやら、高校時代ののぶ子は、一時期、Mとやらに相当、熱を上げていたらしい。

これでは成績など上がらないはずだ。馬鹿娘が。韮山は、のぶ子のひたむきさに、改めて愛おしさを覚え、結局は実らなかった恋に哀れささえ感じながら、古いノートのあちこちから、のぶ子のため息や叫び、祈りを拾い集めていった。そして、今にして思えば、このMという男と結ばれていてくれればという気にもなった。そうすれば、のぶ子は殺されずに済んだかも知れない。今頃は、子どもの一人も産んでいたかも知れないのだ。

さらにのぶ子は、親も知らない叫びを、室内の至る所に残していた。本棚には、古いノートや教科書に混ざって、友人と交わしていたらしい交換日記が残っていたし、芸能人にあてるつもりだったらしいファンレターの下書きが、雑誌に挟んであったりした。箪笥の引き出しの底からは、内容は何ということもない、男からの手紙が隠されていた。他にも、日付が書き込まれた映画館の入場券や、使った形跡のないハンカチ、詰め襟の金ボタンもあった。

——のぶ子。

主のいなくなった乱雑な部屋で、韮山は初めて泣いた。馬鹿野郎めが。お前って奴は、と、これまで以上に娘がいじらしく思え、また、無力な自分が情けなくてならなかった。

出来ることなら、代わってやりたかった。それが無理なら、せめて溢れんばかりの夢のうち、たった一つだけでも叶えさせてやりたかった。だが、父親としての韮山に出来たことといえば、ただ住む家と日々の糧とを提供した程度のことだ。それ以上の何も、してはやれなかった。そして、こうして生き延びている。

息苦しさに茶の間に逃げ出し、遺影の中で笑っているのぶ子を見上げながら、韮山はひとしきり泣いた。そのまま気力が萎えそうだったが、それでもと思い直して、さらにのぶ子の部屋に戻った直後、今度は、数冊の日記帳を見つけた。

のぶ子の日記帳は、どれ一つとして最後まで書かれたものがなかった。どの日記帳も、その日付は連続しておらず、結局、最初の意気込みが消え失せると、しばらくは放りっぱなしにする性格だったことが窺えた。

大学ノートの場合もある、他の本に混ざって、包装紙などで表紙をつけてカモフラージュしてあるものもあった。後ろめたさを覚えながら、韮山は、それらの日記を丁寧に読んでいった。そこには、衝動的だったり激情に翻弄されかかったりしながら、叫び続けているのぶ子がいた。中学生ののぶ子。高校生ののぶ子。バスガイドののぶ子——時には友人との関係に悩み、母親と喧嘩をし、父親である韮山の、何気ないひと言——少なくとも、韮山にはそうとしか思えなかった。自分がどんな言葉を吐き、何を言ったかなど、まるで思い出すことさえ出来なかったからだ――に傷ついたり、腹を立てたりしながら、のぶ子は日々を紡いでいた。

やがて、韮山は発見した。のぶ子は、いずれの場合も好きな男が出来る度に、新しい日記をつけ始めるのだ。そして、熱が冷めると同時に、日記も放り出す。その繰返しだということが分かった。学校のノートにまで走り書きしていたMが登場する場合もある。Sの時もあった。さらにT、Y、またMと、日記帳ごとに、頻繁に登場するイニシャルが違っているのだ。それらの日記を通して、韮山は、それまでまるで知らなかった娘を見た。韮山のぶ子という、一人の女を見た。

極めて客観的に、突き放した表現をすれば、韮山のぶ子という娘は、つまりこういうことになる。惚れっぽくて情にほだされやすく、また、ある意味では進歩的で積極的、一途といえば聞こえは良いが、要は奔放と取られても仕方がない、そういう娘だった。引っ込み思案で慎ましやかで、奥手で人見知りが激しく、家庭的かつ母性的という、韮山の抱き続けていた印象とは、それはあまりにも違っていた。いや、正反対と言っても過言ではなかった。その証拠に、のぶ子は高校時代、既に男に唇を許しており、身体に触れられる快感に目覚めており、さらに就職後は複数の相手と旅館などを利用して、時には月のものの遅れまで気にしている。日記の随所に、ため息が聞こえてきそうな表現が見られた。読んでいる韮山の方が赤面するような、そんな表現も散らばっていた。

――のぶ子。

背中から力が抜けるようだった。少しでも衝撃を和らげようと思えば、娘の不道徳な行為のすべては、母親の教育がなっていなかったのではないか、監督不行届きではないかという怒りにすり替わりそうにもなった。だが、それがもはや何の意味も持ちはしないことも、十分に承知していた。のぶ子は何年も前から、とうに女だったのだ。そういえば解剖の所見でも、のぶ子が処女だったとは書かれていなかったことを、韮山は今さらのように思い出していた。

韮山の中ののぶ子が死んだ。父親譲りの不器量を哀れにさえ思い、このまま嫁ぐ日が来なければ、それは親父（おやじ）の責任かも知れないなどと案じていたのは、韮山の勝手な思い込みに過ぎなかった。のぶ子は、いつでも正々堂々と、体当たりで男に向かい、心も身体も容易に開いて、自分が望んだ男を受け容れていたのだ。

無論、見向きもされなかったこともある。相手にされなかった、傷つく言葉を浴びせられたこともあるようだ。だが、そんな時ののぶ子こそ、日記を読む限りでは、まさしく女だった。恋していたはずの男を完膚無きまでにこき下ろし、恋する心を怒りにすり替えて、恨み、憎み、そして、そのエネルギーを、さらに新しい男へと向けていくのだ。

——お前っていう奴は、よくもまあ、そう次々と。

背筋の寒くなるような、空恐ろしささえ覚える娘の姿だった。お父さん、お父さんと言って、韮山の周りを飛び歩き、中学生になる頃には、既に小さな主婦のように家のことを切り盛りしていた、そんなのぶ子は、日記のどこにも見あたらなかった。

日記を発見してから数日は、韮山は自分が空っぽになったように、衝撃に打ちのめされたままで過ごさなければならなかった。だが、それでものぶ子の記憶が薄れるわけではなく、韮山にとってののぶ子が変わるわけでも、怒りや憎しみが湧いてくるわけでもなかった。むしろ日を追うに従って、韮山の中では、馬鹿野郎、こん畜生という思いと共に、親の前では無理をして、良い娘を演じ続けていた娘への哀れみと愛おしさが増すばかりだった。

——精一杯だったよ。お前は本当、精一杯だった。

生きていれば、頰の一つも張り飛ばしていたかも知れないと思う。男と旅館に行き、妊娠まで心配していたと分かったら、その当時なら「勘当だ」と怒鳴りつけていたかも知れなかった。だが、その相手は、もう既に骨だけになってしまっていた。

――殴らせろ。馬鹿野郎めが。

自分の中ののぶ子が、新たに血と肉を持ち、女としての欲望と夢と、現実との間で右往左往していた存在として、それでも、可愛い娘だったことに違いないことを、ようやく受け容れることが出来たとき、韮山は布団の中で号泣した。あの時ほど、寿々江が入院中で助かったと思ったことはない。やはり、生きていて欲しかったのだ。何があっても、たとえどんな娘だったとしても、生きていて欲しかった。

そして、韮山はのぶ子の最後の日記を発見した。それは、他の日記帳のように本棚にしまわれてはおらず、たまには陽に干さなければと、偶然引き出した、押入の敷き布団の隙間から出てきた。恐らく、寝る前に日記をつけていたのだろう。解剖を済ませたのぶ子は、この家に戻ってきたときは、既に棺桶に納まっていたから、日頃、使用していた布団を引き出すこともしなかった。そのお陰で、日記はずっと、発見されずにいたのだった。

〈O来る。今夜も父と、また酔っ払い〉

〈Oは、私を「のぶちゃん」と呼ぶ。その時の発音が好き。自分が小さくて頼りない女の子になったみたいな気がする〉

〈Oの背中は広くて大きい。玄関で見送るとき、あの背中に抱きつきたいと思った。

でも、邪魔なお父さんがいるから、出来ない〉

〈今日、Oは私に「いいお嫁さんになるね」と言った。そうでしょう？　そう思うでしょう？〉

新しい日記帳は、チェックの布張りのものだった。その書き出しは、「新しい自分になりたい」というものだった。それまでの日記と大差がない。Oとは、奥田のことに違いない。だが、内容については、それまでの日記と比べても格段に頻繁に韮山が登場することからも、それは明白だった。

〈お父さんは、本当にお酒を飲むとしつこくなる。Oは、よくあんなお父さんの相手をしていられるものだと感心。お父さんも、茂田のおじさんより、Oの方がもっと気が合うみたい〉

〈帰りに買い物をしてきた勘が当たった。今夜あたり、Oが来るのではないかと思っていたから。お父さんだけだったら、あんなご馳走なんか出すものか〉

〈怒ったら怖そう。でも、怒ったところは見たことがない。Oはいつも私に笑いかける。その、照れたような笑顔が好き。ずっと、見ていたい〉

奥田への思いを募らせ、そして、様々に夢見るのぶ子の姿ばかりが、生々しく浮かび上がる。日記を読みすすめるうち、韮山も当時のことを思い出していた。この家の茶の間で、のぶ子がいて、奥田がいて、もちろん、体調の良いときには寿々江がいて、そして、皆が笑っていた場面が繰り返し思い出された。

〈私としたことが、今度ばかりは、そう簡単に告白なんか出来ない。お父さんに知られたら大変なことになるから。家庭的でしとやかなのぶ子を見ていて欲しいから。でも、もう我慢出来ないかも〉

その直後、のぶ子は奥田の婚約を知る。その日の部分は、数枚にわたって日記帳のページが破り捨てられており、その上で、再びのぶ子の文字が連なっていた。

〈馬鹿みたい！　冗談じゃない！　私の希望と、お父さんたちの希望が一致する人なんて、これから先も出てくるはずがないのに！　だから、注意深く、用心深くしてきたのに！　結婚ですって？　山の手のお嬢さんと？　何よ、それ！　お父さんが鈍感で愚図だから、のろのろしてるから！〉

のぶ子の怒りは凄まじいものだった。韮山の前で泣いたときとは、比べものにならないほどだった。あの時、さめざめと泣いていたのぶ子が、実はこれほどまでに怒っていたとは、韮山はまるで気づかなかった。

〈もう、お芝居は終わり。婚約者が誰であろうと、私は絶対に〇を奪う。既成事実を作ってやる〉

日記はそこで終わっていた。「奪う」という激しい表現と「既成事実」という言葉が韮山の胸に刻み込まれた。せめて、もう一日分でも日記をつけていてくれれば、事件に関係した誰かの名前、何かの事情が分かったのかも知れないと、いかにも無念だった。何だよ、お前って奴は。肝腎なことを書かないで。どこか間が抜けてるんだよなあー。

「お父さんたら」

背中を揺すられて我に返った。振り返ると寿々江が怪訝そうな顔で「呼んでるのに」と言った。

「ぼんやりなさって」

「——ああ、何だ」

「だから、お夕食はどうしますかって」

「——何でもいいさ」

自分がこんな顔をしていれば、何とか生きる意欲を取り戻そうとしている寿々江にも良い影響を与えないことは分かっていた。生きていたからといって、これから先、何の楽しみがあるわけでもないのに。だがそれは、韮山にしても同じことだ。

寿々江が退院する前日、韮山はのぶ子が残したすべての日記を処分した。この日記が妻の目に触れることは耐えられなかった。たとえば寿々江が先に見つけたとしても、同じことをしたと思う。だから、庭で燃してしまった。だが、文面だけは、韮山の脳裏に焼きついている。のぶ子は怒っていた。本気で、奥田を奪うつもりでいた。そら恐ろしいほどの執念で。そして、日記は終わっていた。

「じゃあ、ちょっと、お豆腐屋さんに行ってきますけど。あと、お願いしますね」

背後から声がかかる。家でばかり過ごすより、散歩程度の外出はした方が良いと医者から言われている。背中で寿々江が出かける音を聞き、韮山は、また庭先に目を戻した。左官職人と見習は、今、黙々とブロックを積み上げている。

二人の様子を眺めていると、つい、自分と奥田とのことが思い出された。奥田は、余計なことを言わない男だった。韮山自身も感じるほど、慕ってくれていた。だからこそ、奴は言えなかったのかも知れない。日記を読めば分かることだ。のぶ子は、ことに奥田の婚約を知った後は、文字通りなりふり構わぬ様子で奥田に近づこうとしていた。父親が傍にいると分かっていながら、何度となく電話で呼び出そうとさえしているのだ。

そういえば当時、奥田には頻繁に外線の電話がかかっていた。それらのすべてを、韮山は、あの藤島萄子からのものだとばかり思い込んでいた。婚約中から、こんなに電話ばかりかけてくるようでは、とても刑事の女房など務まらないのではないかと、内心で呆れてもいたのだ。実は娘からのものだったとは、思いもよらなかった。

――ほとほと、困り果てていたんだろうな。

今となっては奥田にも、そして萄子にも、申し訳ないと思う。だが、そのことと、のぶ子があんな目に遭わなければならなかったという事実とは、また別の問題だ。いくら人のものを奪おうとしたからといっても、その代償はあまりにも大きすぎた。さらに、これで奥田がのぶ子を快く思っていなかった、むしろ、邪魔に感じていたという裏づけが取れたとも考えられるのだ。

四月初旬には、車が届くことになっている。茂田のすすめもあって、トヨペットクラウンのLPG車を選んだ。そうなったら韮山は、今度は日がな一日ハンドルを握る生活になる。諦めまい。とにかく、真実を知るまで、のぶ子を殺した犯人を知るまでは、何が何でも、諦めるわけにはいかなかった。

5

高校生になった彰文には、明らかな変化が見え始めた。私服で通えて坊主頭も強制しないという、かなり自由な校風の都立校ということもあってか、まず着るものにうるさくなったのだ。少し前までは母に任せっきりだったのに、休日ともなると新しく出来た友人と連れだって渋谷の白木屋などに行き、フードつきのトレーナーやマドラスチェックのボタンダウンシャツなどを買い込んでくる。スニーカーはコンバースが良い、カーディガンはどこそこと、やたらとうるさい。

「嫌あね、ちゃらちゃらして」

時々、萄子がからかい気味に言っても、坊主だった髪が伸びてきて、急に大人びて見えるようになった彰文は涼しい顔をしている。毎月の小遣いのほとんどは、新しいレコードに変わっているようだった。

「戦争してる国だってあるのに」

「僕だって、何も考えてないわけじゃないって。べ平連のデモには参加してるんだからな」

小田実（まこと）や開高健らが「ベトナムに平和を！」と呼びかけ、反戦デモなどを始めたのは四月下旬の頃だった。「ベトナムに平和を！　市民・文化団体連合」を略して「べ平連」と呼ばれるようになった市民団体の活動は瞬く（またたく）間に広がり、五月に入ってからは、そこここで「べ平連」の文字が見られるようになった。殺すな、ベトナム戦争反対と叫ぶ人たちの記事は、新聞でも週刊誌でも、間断なく取り上げられている。

憧れのアラン・ドロンが来日した。新幹線『ひかり』が名古屋の手前で火事を出した。テレビでは扇千景が「私にも写せます」と笑顔で八ミリカメラの宣伝をし、横浜には『こどもの国』という施設が出来たという。平和で華やかな一方で、佐藤首相は異常気象による冷害が予想されると発表した。

毎日のように新しいことが起こり、世の中は忙しくうごめいていた。そう感じるのは、実際に世間が騒がしくなったせいなのか、または萄子の感じ方が変わってきたのか、そのあたりは分からない、だが、萄子一人が世の中の流れから取り残され、行き場所さえ見つけられずにいることだけは確かだった。

三月に焼津と熱海に行った後、四月には、萄子は再び福島に行った。勝の母に会うためと、勝の幼なじみが働いている飯坂温泉に寄るためだ。だが、勝は相変わらず、どこへも連絡してきてはいなかった。ようやく春の気配が感じられるようになった東北で、萄子が得たささやかな収穫といえば、それまで知らなかった少年時代の勝の話を聞けたことだった。彼が腕白で、きかん坊だったという話を聞くにつけ、萄子の胸はやはり切なく疼いた。勝にそっくりな男の子が欲しかった、産みたかったと、初めて思った。

――私、もう二十五になるのよ。

この分では、永遠に母親になることもなく、生涯を過ごすことになるのだろうかと考え始めた五月の午後、ちょうど一人でいるときに、電話が鳴った。

交換手が「お話し下さい」と言うから、菊子はいつも通り「藤島でございます」と応対したが、耳に当てた受話器からは何も聞こえてこない。

「もしもし？　藤島でございますが」

それでも、応答がなかった。一瞬、不審に思い、切れているのかと考えた次の瞬間、菊子の心臓は早鐘のように打ち始めた。

「――もしもし？」

「――――」

「――勝さん？　勝さんじゃないの？」

思わず声をひそめていた。それでも相手は無言のままだった。だが、確かに受話器の向こうから、微(かす)かな物音が聞こえてくる。電話はつながっている。菊子は受話器を握る手に力を込めた。

「お願い、何か言って。勝さんなんでしょう？」

「――萄子」

遠く、消え入りそうな声が聞こえた。間違いなく勝の声だ。視線がさまよう。何を考えれば良いのか、まるで分からなくなりそうだった。言葉が出ない。あんなに話したい、声を聞きたいと思ったのに。萄子は焦り、必死で受話器を握り直した。

「どこ？　ねえ、どこにいるの？　私、待ってるの、探してるのよ。ねえ、勝さん、そこ、どこ？」

電話の向こうで、何かがチンチンと鳴る音がした。

「もしもし？　聞こえる？　勝さん、答えて！」

「――ごめんな」

喉の奥に熱いかたまりがこみ上げてきた。ここで泣いては駄目だ、泣いている場合ではないと自分に言い聞かせて、萄子はきつく目を閉じた。密かに、大きく深呼吸をして、再び「勝さん」と呼びかける。

「お願い。どこにいるの、教えて」

「君の――知らないところだ」

「だから、どこ？　出てこられないんだったら、私から行くから。どこに行けば会えるの？」

「無理だ。もう、会えないんだ」

「嫌よ！　私、納得出来ないもの。こんな終わり方じゃあ、この先一生、身動き出来ない！」

「――ごめんな。本当に」

「だから、どこにいるか教えて！　謝るくらいなら、せめて私からは逃げないで！　そこ、どこなの？」

「――君の知らないところだ。田川っていう――」

「田川？　田川ってどこ？　警察にも言わない、誰にも言わないわ。だから、教えて」

「萄子――もう、忘れて欲しいんだ。それだけ、言いたかった。守ってやれなくて、本当に、ごめんな」

　また、何かがチンチンと鳴っている。萄子は夢中で勝の名を呼び続けた。

「行くわ、これから行く。駅――駅で待ってて」

「無駄だ。もう、駄目なんだ」

「駄目なんかじゃないわ！　私、諦めないから！　田川ね？　間違いないわね？」

　気がつくと、電話は切れていた。萄子は呆然となったまま、しばらくの間は受話器を戻すことさえ忘れていた。心臓は高鳴ったままだ。手のひらにびっしょり汗をかいている。

——生きてた。

何を考えれば良いのか分からなかった。懐かしい声が、今も耳元に残っている。間違いなく、勝だった。萄子が好きでたまらなかった、生涯を共にしたいと心に誓っていた、あの勝の声だった。

ようやく受話器を戻しかけ、もしやと思って耳に当ててみたが、聞こえるのはツーという音だけになっていた。萄子は、未練がましく、ゆっくりと受話器を置いた。

——守ってやれなくて、本当に、ごめんな。

確か、勝はそう言っていた。その言葉が、改めて萄子の今の孤独を思い知らせた。勿論、萄子には家族がいる。両親と兄弟がいる。だが、それでも萄子は孤独だった。勝がいないから、勝が守ってくれなくなったからだ。

腹を立てようと思えば、すぐにでも怒り出せる気がした。泣いて、怒って、「ひどいわ」と叫びたい。または、勝が生きていたことを素直に喜び、はしゃぎたい。だが、そんなことをしている場合ではなかった。もっと肝心なことがある。田川だ。勝は、田川という場所にいると言った。

——行かなきゃ。

萄子は一目散に自分の部屋に駆け戻って地図帳を開いた。田川。索引で引いてみると、田川という地名は和歌山、大阪、茨城、山形、宮城などにある。その他に、福岡には田川という市と、さらに田川郡という地名があった。萄子は、それらの地名の一つ一つを調べた。すると、福岡以外の田川は、字名だったり町名だったりすることが分かった。都内の話をしていたのではない、どこにいるのかと尋ねられて、町名や字名で答えることは、まずないと思う。

——福岡。

改めて探すと、田川は市、郡、共に福岡県のほぼ中央部に見つかった。だが、田川という駅はない。市役所を示す◎印のすぐ傍らに後藤寺という駅があるだけだ。萄子は即座に時刻表を開いた。とにかく、一刻も早く行かなければ、また勝を見失ってしまう。ページを繰るのさえもどかしく、最近になってようやく見慣れてきた時刻表を前に後ろにと繰る。

新幹線で新大阪まで行き、そこから下関行きの列車に乗り換えることも可能だが、それよりは今夜のうちに夜行に乗って、そのまま門司まで行く方が早いようだ。それでも東京から門司までは、十五時間半以上の道のりになる。後藤寺は、そこから日田彦山線（ひこさん）に乗って、準急でも一時間あまりかかるところだった。

――待ってて。きっと。

ぐずぐずしている暇はなかった。菊子は即座に荷造りを始めた。駅から家に電話を入れたのは、勤め帰りの人たちで混雑する時刻だった。母はもう帰宅していて、早口に「何、言ってるの」と言った。

「これから出かけるって、どういうことなの」

母の声はいつになく甲高く、感情的に聞こえた。慌（あわ）てているのに違いない母の顔を思い浮かべながら、菊子は母の留守中に出かけてきたことを詫（わ）び、あとは置き手紙に記した通りだと言った。

「どうして急に？　何があったの」

「今は言えない。とにかく、向こうに着いたら、ちゃんと電話するから」

「向こうって、どこに行くつもりなの。こんな夜から、トコちゃん、あなた――」

「時間がないのよ。六時半の夜行に乗るの。お父さんにも、言っておいて、ね。じゃあね」

母はまだ何か言いたそうだった。だが、菊子は自分から電話を切ってしまった。胸がざわめいている。後ろ髪をひかれるというのはこういうことかと思うほど、母に申し訳なくてならなかった。その思いを断ち切るように、プラットホームへ急ぐ。もしかすると今度こそ、もう二度と家には帰らないかも知れない、最悪の親不孝をすることになるかも知れない。そんなことを考えると、駆け落ちするときというのは、こんな気分なのだろうかという気になる。

勝の声を聞いた瞬間に、萄子は確信した。自分で思っているよりも、ずっと勝を求めている。ずっと愛し、ずっと必要として、ずっと耐えてきた。彼の声を聞いたその瞬間、それらのすべての思いが一気に噴き出した。もう後へは引けないと、絶望的なほどに強く感じた。今度こそ会う。そして、もう二度と、彼から離れたくなかった。

午後六時三十分、萄子を乗せた特急『あさかぜ』は、終点の博多（はかた）へ向かって出発した。順調に行けば、明日の午前十時二十分には門司に到着する。今頃、母は彰文と二人だけの食卓に向かっているだろうか。会社から戻った父は、母の報告を受けているだろうか。闇（やみ）の中をひた走る列車の中で、萄子は手許（てもと）の時計ばかりを見つめ、そして、家族を思った。確実に勝に近づいているはずの旅は、即ち家から離れる旅なのだと、これほど強く感じたことはなかった。

名古屋を出てしばらくすると日付が変わった。『あさかぜ』には寝台車もついていたが、慣れていないせいもあって普通の座席指定を選んだ萄子は、うとうとすることも出来ないまま、列車が停まる度に薄明かりを頼りに手許の時計を覗き込んでいた。京都に続いて大阪には午前二時少し前、四時過ぎには岡山、次いで尾道。地図でしか見たことのない土地を、今、自分は滑るように移動している。捨てたつもりは一向にないが、それでも家族に対して必要以上とも思える後ろめたさばかり感じながら、勝との距離が狭まるほど、やはり期待の方が大きくなるのを、どうすることも出来ない。

広島に着く頃には、辺りはすっかり明るくなっていた。長いのか短いのか分からない一晩だった。

午前十時十分過ぎ、東京から持ち越してきた空気の中から、生まれて初めての九州の空気の中に身を置いたとき、菊子は「遠くへ来た」と感じた。半日以上も同じ姿勢でいたせいで、身体の節々が痛む。それでも興奮と緊張感が寝不足の頭を刺激して、思ったほどの疲れも感じていない。ここから、今度は後藤寺まで行く列車に乗り換えるのだ。

二十分ほど待って走り始めた日田彦山線には、いかにもローカル線らしく、地元の人たちの暮らしが溢れていた。窓から見える風景は、都市部から離れるにつれ、青々とした緑に包まれた山の連なりへと変わっていく。やがて、ただでさえ少なかった乗客の数も減った頃、その山が左右から迫ってきた。深く、険しい山あいを縫うように、ことことと走る列車に揺られているうち、萄子は心細さに落ち着きを失ってきた。まさか、こんな山奥だとは思わなかった。この先に、一体何があるというのだろう、勝は、何をしているのだろうか。

——どうなるんだろう。

夢中で飛び出してきたから、今夜の宿もとっていない。だが、宿どころか、町さえもないのではないかという気がしてきた。こんな山奥に取り残されては、大声で助けを呼ぶことさえ出来ないだろう。車窓を流れる山々を眺め、線路のすぐ脇を流れている谷川を覗きながら、萄子はほとんど泣きたい気分になっていた。

「あんたも、帰ってきたとね？」

ふいに声をかけられた。不安を抱えながら、一心に窓の外を眺めていた萄子は、思わずぎょっとなって振り返った。いつの間に近くの席に来たのか、目のまわりに幾筋もの深い皺の刻まれた老婆が、笑顔でこちらを見ている。目のまわりどころか額にも、頬にも、顎にまで皺が寄っていて、おおよその年齢さえ見当がつかないくらいだ。

「いえ——あの」

「川渡りに、帰ってきたとでしょ」

老婆の言葉の意味が分からなくて、萄子は曖昧(あいまい)に首を傾(かし)げて見せた。

「どこから帰ってきんさったと？」

「こちらは初めてなんです。東京からですが」

「東京！　はあ、またえらい遠くから。そうね、東京ね」

驚いた表情の老婆の、その膝(ひざ)の上に置かれた手を見て、萄子は「ああ」と思った。身体に似合わないほど大きな手をしている。陽に焼けて、その指は節くれ立ち、爪(つめ)の先は黒く汚れていた。身体を使って働いてきた人なのだ。ずっと、その手を酷使してきた人なのだということがひと目で分かった。

「はあ、東京ね、宮城(きゅうじょう)の、近く？」

「皇居は――近くはないけど、遠くもないです」

老婆は感心したように何度も「東京ね」と繰り返した。確かに、ここから東京まではあまりにも遠い気がした。いつの間にか風景が開けて、列車の窓からは黄金色に色づいた麦畑や、民家の屋根が見え始めた。

老婆の説明では、田川市内には、後藤寺の他に伊田(いた)と、船尾(ふなお)という二つの鉄道の駅があるという。市の中心になるのが後藤寺らしかった。老婆が伊田で降り、一人に戻った途端、萄子は改めて胸が高鳴ってきた。果たして、どの駅を選べば良かったのか。

勝は待ってくれているだろうか。祈るような気持ちで、萄子は窓の外を眺めた。

——でも、会う。きっと。

老婆の言葉通り、伊田を過ぎてから窓の外にはすっかり開けた町が見えていた。車窓の外を踏切の音が流れていく。やがて、電車が速度を落とし始めた。さっきまで、線路に迫るほどだった山々は、町並みの向こうでわずかにかすんで見える。

ちょうど昼になろうとしていた。後藤寺駅で、数人の乗客に混ざって、萄子はゆっくりと改札に向かった。怖くて前が見られない。見つけて。ここにいる。あなたから先に、私を見つけて。何度も深呼吸を繰り返して、懸命に気持ちを落ち着けながら、萄子は改札を抜けた。

誰も、声をかけてくる人はいなかった。萄子は、初めて視線を上げ、人々を眺めた。こちらを見ている人は誰もいない。誰かを待っているらしい人、子どもを負ぶった若い女性。大きな荷物を持った男。片隅にしゃがみ、キセルをふかしている老人。人。人。人。

そう広くない駅を、萄子はくまなく見回した。だがそこに、長身の男の姿は見えなかった。人目をはばかって、少し遠くにいるのだろうか、目立たないように、こちらに背を向けているのではないかと、必死で周囲も見てみたが、それでも、勝らしい人影さえ見あたらない。萄子は、全身の力が抜けるような気持ちになった。何をしているの。駅で待っててって言っておいたのに。

自分が無理なことを言っているのは、頭の片隅では分かっていた。何時の列車で着くとも言っていないのだし、第一、勝がこの福岡の田川にいるとは限らないのだ。しかも、ここは田川という駅ではない。だが、それらの不明瞭(ふめいりょう)な点は、自分と勝との縁が、すべて解決してくれるはずだと信じていた。

——いないはず、ない。きっと、いるわ。

ただ、こんなにも早く来るとは思っていなかったのに違いない。もしも今朝、東京を発(た)っていれば、ここに着くのは遅くとも今夜か、下手をすれば明日の朝になるかも知れない。それだけの距離だ。

数分の間に人気(ひとけ)のなくなった改札付近に伝言板を見つけた。萄子は、小さなチョークを使って、「来ています。萄子」と書き記した。とにかく宿を探し、それから隣の伊田や船尾にも行ってみよう。そして、何としてでも連絡が取れるようにしなければならない。ここまで来て、今からがっかりしている場合ではなかった。

ボストンバッグを持ち直し、萄子は駅の外へ出た。初夏を思わせる陽射(ひざ)しが、目映(まばゆ)く照りつけていた。

6

茂田がルミらしい女を探し出した。経験から、仕事時間は夕暮れから明け方、客待ちは上野、鶯谷界隈と決めていると言っていた彼は、吉原で客引きをしている男から、それらしい娘が働いているという話を聞き出したのだという。

「そっちにいやがったのか。それじゃあ、いくら新宿辺りを探したって、見つからねえわけだ」

「それなりに、知恵働かせたんじゃないのかね。意外に近くにいるってえ方が、案外、見つかりにくいってことは、珍しくもないからさ」

タクシーを始めて以来、久しぶりに顔を合わせた夜だった。待ち合わせをした角筈界隈は、淀橋浄水場もなくなって、ひっそりと深い闇に包まれている。そのうちに新しいビジネスセンターとして巨大なビルが建つ予定だという話は聞いているが、とても新宿とは思えないほどの静けさだ。

「と、いうことは、やっぱり誰かから逃げてるのか」

「そりゃあ、あの手の女は、ほとんどがワケアリだから、色んなもんから逃げてる連中ばっかりだろうが、とにかく新入りのくせに、客の選り好みをするんだそうだ。見るからにチンピラとか、ヤー公みてえな客は、何が何でもとりたくないとかさ」

刑事を辞めた後も、培った情報網を駆使して、実は警察の捜査活動にそれとなく協力し続けている茂田は、口にこそ出さないが、韮山のことを誰よりも気にかけてくれている一人だった。他に話せる相手がいないせいもあって、会う度にそれとなく色々な話を聞かせていたのを、彼はちゃんと覚えていてくれたのだろう。韮山は、かつての相棒の気遣いを有り難く思った。

「もちろん、店では源氏名を使ってるが、出入りのラーメン屋の出前持ちで、その女に惚れた小僧がいるとかでさ、あれこれと話しかけてる間に、本名を聞き出したらしいんだな」

「ラーメン屋の出前持ちね」

「その小僧が、言われたんだそうだ。『あんた、私の知ってた人に、ちょっと似てるわ』って。それが意外に伸二なんじゃないかね」

茂田の話を、韮山は感心して聞いていた。

実のところ、情報屋などを持つのも面倒だし、同業者以外との関わりなど持ちたくないと考えていた韮山は、ここへ来て極端に手詰まりになっていた。こんなことなら、もう少しマメに、様々な方面に顔つなぎをしておくべきだったと悔やんだことも二度や三度ではない。だが、いつ自分の娘が殺されるか分からない、こんな形で真実を探し求めなければならなくなるかも知れないなどと考える人間が、どこにいるというのだろうか。

玉木からも新しい情報はもたらされず、自分なりに調べれば調べるほど、知りたくもなかったのぶ子の一面ばかり見なければならなくなって、最近の韮山は、すっかり気抜けしそうになっていたところだった。

「仕事の方は、どうだい」

茂田が口調を変えてこちらを見た。路上に連ねてタクシーを停めているが、十二社に向かうこの道は、街灯の明かりもほの暗く、行き交う車も多くはない。

「腰に、来るみたいでな」

韮山は苦笑しながら自分の腰に手を添えた。朝から晩まで、足を棒にして歩き回っていた刑事時代も疲れたが、日がな一日、ハンドルを握り続けているのも、思った以上に負担がかかる。

「たまに車を降りてな、伸びをした方がいいんだ」

「そうしようと、思ってるよ」

小遣い稼ぎ程度に働ければ良いと思って始めたタクシーだが、車を買った上に、車庫の工事も思ったより大がかりになって、そう簡単に放り出せる状態ではなくなっているのが現状だった。それに寿々江の治療費もかさんでいる。とてもではないが悠々自適は夢だった。

「まあ、慣れるまでには少しかかるさ。この歳になってから、新しいことをしようっていうんだ」

実際、不特定多数の相手から、少しずつ金を稼がなければならない現実を、韮山は五十半ばにして初めて味わっていた。詳しいつもりだった東京の地理も、実際に走り回ってみると幹線道路以外はあまり分からないし、自分で好き勝手に走るのと、客を乗せて走る違いも思った以上のものだ。これだけ様々な人間に接してきた韮山でさえ驚かされるほど、乗客は実に種々雑多だった。

別れ際、今度は車を置いて久しぶりに酒でも飲もうと約束をして、韮山は茂田と別れた。ウインカーを点滅させ、軽いクラクションの音を残して去っていく友人のタクシーを眺めながら、いつも、まともに礼を言ったこともないが、普段の縄張りから離れて、角筈界隈まで来てくれた心遣いを有り難いと思っていた。そして、渡されたメモをズボンのポケットにねじ込み、自分も車をスタートさせた。これでも、それなりに探したのだから、本当にルミであって欲しいと思う。だが、会って何と言おうか。何を聞き出せば良いのだろう。

——もちろん。知っていることなら何でもだ。

決まり切ったことだった。それなのに、韮山の中には迷いとも躊躇いともつかない気持ちが生まれていた。心のどこかで「今さら」という思いがある。ルミは、事件と直接、関係しているわけではない。言うなれば、やはり大切な人を殺された被害者だ。おまけに、トルコ風呂にまで逃げ込んでいるとなると、彼女の追い詰められ方は韮山の比ではないかも知れない。

そんな娘に会って、何を話せば良いものか、それが分からなくなりそうだった。以前の韮山なら、仕事に徹し、職務と割り切って、どんな辛い立場にいる人にでも会えたと思う。だが今の韮山には、自分と同じ思いをした人間に向き合うのは、あまりにも酷な作業に思われた。

——じゃあ、諦めるか。ここで、何もかも。

冗談ではなかった。それだけは、嫌だった。

翌日の夕方、韮山は自分の尻を叩くようにして吉原に向かった。茂田から教わったトルコ風呂で働いていた女は、茂田が聞き込んできた通り、本名を宝田ルミといい、伸二を知っているかという質問に、一瞬のうちに表情を強張らせた。間違いなく、警察や韮山が探し続けてきた女だと韮山は確信した。

「おじさん、誰よ。何の用」

警戒心を露わにした彼女は、二十歳前とは思えないほど肌が荒れていて、顔立ちそのものは、なかなか愛嬌があるのに、暗い、すべてを諦めたような目をしていた。全体にむくんだような肉のつき方をしており、特にその手足は、奇妙にふやけて生白く見える。石鹼の香りを漂わせながら、娘は細い眉を寄せた。

「伸二、知ってるんだな」

「――知らないわ」

「新宿の『ダイヤ』にも、何度か行ってみたんだ。何とかあんたに報せたいことがあってね」

ルミはそっぽを向いたまま、唇を尖らせて煙草を吸っている。煙草の吸い口部分に、真っ赤な口紅がついた。韮山は、痛ましい気持ちでその煙草を見つめた。

「何よ。早く言ってよ」

細い眉の下の目を、物憂げにゆっくりと瞬きさせながら、ルミは開き直ったような、すべてを放棄して見える視線を投げて寄越す。

「伸二が死んだことは？　もう、知ってるのかな」

ルミの白い首筋が微かに動いた。韮山は、自分も煙草を取り出しながら、さり気なく彼女を観察し続けた。懸命に平静を保とうとしているのが分かる。彼女は知っていた、と韮山は判断した。それにしても、動揺するまいと一点を見つめている顔は、その年齢には似つかわしくないほど、疲れて見える。

「まさか、郡山にいたとはね。こっちも、ずっと探してたんだが」

「おじさん、サツの人？」

韮山は、その問いには答えず、さらに、伸二が行方をくらます直前に関わったと見られる事件を知っているかと質問した。それでも、ルミのふてぶてしい表情は変わらない。

「品川の、バスガイドが殺された事件だがね」

「それが——何よ」

「そのバスガイドが、あたしの、娘でね」

瞼は青く塗られ、黒い縁取りの入っている瞳が、大きく見開かれた。ルミは、真っ赤な唇を半開きにしたまま、少しの間、韮山の顔に視線をさまよわせていたが、やがてすっと横を向いた。

「それが——何だっていうのよ。私には関係ない」

「あんたには関係がないかも知れんが、伸二は関係してただろう？　だから、逃げたんだ」

「あれは——」

小さな卓袱台（ちゃぶだい）があるだけで、あとは片隅にタオルやシーツの積み上げられた部屋だった。店の人間に袖（そで）の下を渡して、二人だけで話せるようにと取り計らってもらった狭い空間で、韮山はルミを見つめていた。

「伸ちゃんは——何もしてない」

そっぽを向いたまま、やがてルミは呟（つぶや）いた。韮山は、中年女と向き合っているような錯覚に陥りそうになりながら、少女の横顔を凝視していた。

「してないのよ、何も！」

くるりと振り返った彼女の瞳は、ぎらぎらと怒りに燃えている。真実はともかく、彼女が伸二の潔白を信じていることは確かだった。だが、それにも増して、ルミの瞳には強烈な不信感が現れていた。世の中の誰も信じず、どんな人間も拒絶しようとする瞳だった。

「そうかな。だが伸二はあの晩、品川に行ってたんだろう？　それきり消えたんじゃないのかい」

ルミは怒りに任せて一瞬、口を開きかけ、今度は苛立ちを鎮めるかのように、赤い爪を噛み始めた。

「――知らない」

「そんなはず、ないだろう？　なあ、何でもいい。どんなに小さなことでもいいから、知ってることがあったら、話してくれないか」

「――何も、知らないってば」

「じゃあ、どうして逃げて歩いてる？　あちこちを転々として」

「別に、逃げてなんていないわよ」

「そうかねえ。分かってるんだろう？　吉原には寺瀬の女もいる。キミヨっていったっけかな。他にも関係してる女がいるんじゃないのかい」

ルミの表情が強張った。爪を噛みながら、懸命に何かを考えているようだ。

「逆に、この辺にいた方が灯台もと暗しってことかね。それとも、伸二からの指示があったかな。確か、新宿の『ダイヤ』を辞めるとき、どっかから電話が入ったんだったよな。あの電話は？　伸二からだったんじゃないのかね」

ルミは、膝を抱えた格好で、噛んでいた爪を見つめながら大きくため息をついた。

まだ十七か十八というではないか。それなのに、こんな疲れた顔をしてため息をつく、この娘の人生が思われた。

「噂(うわさ)はどこをどう流れてるか分からない。こうして、あたしが探し当てて来たみたいにね」

頑(かたく)なに横を向いたままのルミに、韮山は、「なあ」と身を乗り出した。

「安全な場所に身を隠したいっていうんなら、協力しよう。本当のことを話してくれるんだったらな。ここが本当に安全だとは、思ってやしないんだろう？　誰から逃げてる？　寺瀬じゃないのかね」

ルミは面倒臭そうに口を尖らせ、細い眉をひそめてこちらを見た。苛立ち、反発、怒り、絶望。

「だから。おじさん、何者よ」

「だから、あの事件で被害に遭った――」

「そうじゃない、仕事。デカなんじゃないの？　そうじゃなかったら、どうしてここを探し出せるのよ」

こちらを見据える目に、暗い力がこもっていた。

咄嗟(とっさ)に韮山は、この娘には自分も本音をさらけ出さなければならないことを悟った。

世間に不信感を募らせ、既に十分すぎるほどの傷を負い、苦汁をなめきって生き抜いてきたに違いない少女の心を開かせるには、こちらに嘘があってはならない。韮山は、確かに自分は刑事だったと認めた。ルミは不敵とも思える微笑みを口の端に浮かべて、その瞳には、さらに軽蔑とも嫌悪ともつかない感情が浮かんだ。

「だがね、もう辞めたんだ。去年の暮れに」

「何で？　娘がああいう目に遭ったから？」

韮山は、ゆっくり頷いた。他人の、しかも年端もいかぬ少女から、のぶ子を「娘」と言われることが不思議に感じられる。お前さんより年上だったさ。それに、せめて、「さん」でもつけられないものかと思い、ルミは、そういう教育も受けていないかも知れないことに気づく。

「立場が台無しになった？」

ルミは、残忍とも思える目つきでこちらを見ている。

「そんなんじゃないさ。だが、まあ、宮仕えの身じゃあ、自由に動くこともままならんしね」

「何で？　デカだったら、権力もあるんだから、自分で犯人を探せるでしょう？」

「そういうものでもないんだよ。第一、捜査に私情は禁物だ。あたしは、あの事件の捜査には加わってなかった。加わらせては、もらえなかったんだ」

分かったのか分からないのか、ルミは「ふうん」と口を尖らせ、急に興味が失われたような表情になった。韮山は、続けて何を話せば良いのか分からなくなり、奇妙な戸惑いを覚えた。こういう感覚には記憶がある。

のぶ子が女学生の頃だ。たまに早く帰った日など、ふと会話が途切れて、さて、どうしようかと考えたことがあった。何を話しても思ったような反応が得られないかと思えば、つまらないことに怒ったり笑ったりする娘が不思議な生き物にでもなったように思われて、扱い方さえ、まるで分からなくなった。

「だから、今はもう普通の民間人だ。あんたが警察に知られたくないということがあれば、あたしは黙っていたって、一向に構わないわけだ」

ルミがちらりとこちらを見たとき、ドアが小さくノックされた。蝶（ちょう）ネクタイ姿の男が顔を出して、客が来ていると伝えた。ルミは、「はあい」と返事をし、大儀そうに立ち上がる。そして、こちらを振り返りもせずに部屋を出ていってしまった。韮山には、呼び止める暇もなかった。

翌日も、韮山は吉原を訪ねた。今度は客として来たのだと店の人間に告げると、ほどなくして、韮山の前に三つ指をついてかしずいた娘がルミだった。彼女は、客が韮山であることに気づくと、「なるほどね」と口元を歪(ゆが)めた。

「やっぱり、男なのね」

不敵な笑みを浮かべて、彼女は立ち上がった。

部屋に通されると、ルミは韮山の背後にすっと回って、無言のままで背広を脱がせようとする。それを韮山は柔らかく断った。

「金はちゃんと払うよ。だが、別に世話を焼いてくれなくていい。そういうために来たわけじゃない。あんたとゆっくり話がしたかっただけなんだ」

ルミは、試すような目つきでこちらを見ている。前の客が帰ったばかりなのか、彼女の髪はまだわずかに濡(ぬ)れており、石鹸の匂(にお)いがした。

「ここの仕事は、どうだい」

出来るだけ窮屈にならないように、寝台に腰を下ろして話しかける。狭い部屋でも、容易に手が届かない程度の距離を置いたせいで、ルミは、韮山が本当に客になるつもりがないらしいことを、やっと信じた様子だった。

「疲れるだろう」

「そりゃあ、肉体労働だもん」

「借金でも、あるのかい」

「そんなもの、ないけどさ」

ルミは、自分もぺたりと床に腰を下ろすと、自分のふやけた手を見つめながら、小さくため息をついた。

「伸二とは、同じ施設で育ったんだそうだね」

ルミは、ちらりとこちらを見て、昨日ほどには拒絶的な態度は見せずに「まあね」と答えた。

「いくつから、その施設にいたんだい」

「覚えてないくらいの時から」

「親は？」

「知らない。パンパンか何かだったんじゃないの？」

ルミの表情は乾いていた。韮山は終戦後、間もない頃のことを考えた。確かにあの頃は、食べていくだけで精一杯だった。家を焼け出され、家族を失って、男も女も、必死で生き延びなければならなかった。戦争で親を失った子ども、戦後、不幸な生まれ方をした子ども数え切れないはずだ。

「他に、頼れる人はいないのかい」

「いない、いない」

ふやけた手をひらひらとさせて、ルミは、初めて顔を歪めて見せた。それは、笑顔と呼ぶには、あまりにも淋しく、硬い歪みだった。

「施設の先生なんか、どうだい」

「冗談でしょ」

顔を歪めたまま、ルミは吐き捨てるように言った。そして、ぽつり、ぽつりと少女の頃のことを語った。名前さえつけてもらわず、ほとんど産み捨てるように、施設の前に置き去りにされていたらしいこと。ろくな食べ物も与えられず、不衛生だったために、絶えず肌にできものがあったこと。学校に行っても、普通の家庭の子どもにいじめられたこと。いつでも、一つ年上の伸二がかばってくれたこと。

「その頃から、ずっと一緒だったのか」

さり気なく、言葉を挟んでみた。ルミは、遠い目つきになって、ふうっとため息をつき、「まあね」と呟いた。

翌日も、韮山はルミに会いに行き、話の続きを聞くことにした。ルミは、口では「また来たの」と言いながらも、前日よりはさらに少しだけ打ち解けた様子だった。

伸二が十四歳、ルミが十三歳の時、二人は脱走同然に、施設を飛び出して東京へ来たのだそうだ。当初、伸二は万引きや闇屋の手伝いなどで、ルミは、花売りを手伝わせてもらって食いつないでいたらしい。そうこうするうちに、やはり戦災孤児で、当時からいっぱしのチンピラになっていた寺瀬に拾われた。寺瀬は、ルミに売春をさせようとしたが、それは伸二が頼み込んでやめてもらったという。

「売春以外なら、本当、色んなこと、やったよ。だけど、いつかはさ、まともな暮しが出来るようになりたいねって、いつもそう言ってたんだ」

その頃から大柄だったルミは年齢を偽って、まず定食屋の店員になった。伸二の方は、いつまでたっても寺瀬には頭が上がらず、結局いいように使われてばかりいた。そして、万引き、ひったくり、傷害などで何回か警察に引っ張られるうちに、数年前、奥田と出会ったという話だった。ルミは、奥田が伸二に足を洗わせようとしていることを知っていた。そして伸二自身、寺瀬に対するのとは違う信頼を、若い刑事に寄せつつあることも見ていて分かったという。

「でも、そんなことが寺瀬に分かったら、ただじゃ済まないからさ、絶対にばれないようにしてたけど」

伸二には弱いところがあって、奥田と会って励まされた直後は、すぐにもまともに暮らすようなことを言うのだが、それが長く続かないらしい。どうしても寺瀬に引きずられるのだ。義理もある。拾ってもらって世話になった思いも捨てがたい。それだけに、ルミ自身が見ていて焦れったい思いをすることもしばしばだった。

「寺瀬は、奥田さんのこと嫌ってたからさ。デカそのものを毛嫌いしてたけど、奥田さんは特に。うるさい。出しゃばり。お節介。正義の味方ぶってって、いつも言ってたらしいしね」

いつか、札束を敷き詰めたベッドに寝て、旨い酒といい女に囲まれて暮らすというのが口癖だという寺瀬は、実際、金儲けのためなら手段は選ばない男だそうだ。その彼が昨年、新しい商売に手を出すことを思いついた。そしてそれを、伸二に任せたいと言い出したのだという。伸二は、そこまで首を突っ込んでしまったら、自分はもう二度と、足を洗えなくなるだろうとルミに言っていたという。

「何だい、その新しい商売っていうのは」

「知らない。とにかくヤバいってことしか聞かなかったから」

「そりゃあ、いつ頃のことだね」

「去年の――秋、ううん、夏の終わりくらいかな」

あの時だ。オリンピックの特別警戒に入る直前、奥田は韮山に相談があると言っていた。伸二のことが気にかかっていると。

「伸ちゃん、今度こそ潮時かも知れないって言ってた。所詮、自分は本物のワルにはなれないんだって」

ところが寺瀬は、伸二の裏切りに気づいてしまった。

7

列車の中で老婆に言われた「川渡り」の意味が分かったのは、宿に着いた後のことだった。日曜日から、この界隈では夏祭りがあるのだという。ことに風治八幡の『川渡り神幸祭』は伝統の行事で、春日神社の神幸祭と共に賑やかさを競うのだそうだ。

「町を離れとう人たちも、この時期は皆、帰ってくるとですよ」

道理で、いくら当たっても泊まれる宿がないはずだった。やっとの思いで探し出したのは、観光旅館とは異なる、木賃宿のようなところで、それも、「女性の一人旅では」と渋い顔をされるのを、待ち人が来ない、泊まるところがないのだと訴えて、やっと泊まれることになった。後藤寺よりも一つ手前の伊田駅の方にむしろ近い、細い道に面した古くて小さな宿だった。

「町を離れている人が、多いんですか」

「まあねえ、ヤマが駄目になってからはねえ」

「ヤマ——」

ついぽかんとしていると、ズボンにエプロン姿という、女将（おかみ）という雰囲気とは異なる女性は、炭鉱のことをヤマというのだと教えてくれた。田川は、筑豊地方の炭鉱町なのだという。萄子は驚きを隠すことが出来ず、その一方で、そんなことも知らずにやってきたことを内心で恥じながら、その女性が差し出した大学ノートに氏名と住所を書き記した。

「へえ、東京からね。その、待っとう人は、こっちの人ね？」

「ええ——でも、住所を知らなくて。その人も、こっちに来たばかりなので」

苦しい言い訳だった。その女性は、どう受け取ったのか、細い目を一層細くして、訳知り顔になった。

「この辺は、渡りの人やら、出入りが多いけん。まあ、色んな人がおるけね。私らは慣れとうけ、どこの人が来ても平気やけどね」

通されたのは四畳半程度の、古くて湿っぽい部屋だった。それでも、夜露をしのぐためだけに、見知らぬ家の軒先にでも身を寄せなければならなかったかも知れないことを思えば天国だ。「ごゆっくり」と言い残して、その女性が出ていくと、萄子は室内を見回し、取りあえず窓を開けて外を眺めた。ウグイスの声が聞こえてくる。普通の住宅地のようにも見えるし、それにしては一種独特の、落ち着いた佇まいの家が軒を連ねている。それらの家々の軒先には、いかにも祭りの準備らしく、三角の旗が張り巡らされていた。そして屋根の向こうに、緑に茂る山々が見える。

——ここは筑豊。炭鉱の町。

ぼんやりしている場合ではない。部屋に荷物を置くと、萄子は再び宿を後にして後藤寺の駅に戻り、伝言板に宿の名前を書き記した。さらに、一つ手前の伊田の駅にも行って、同様のことをする。勝さえ来てくれれば、あんな宿には泊まらずに済むのだ。寝ていないせいか、頭の芯が痺れているように感じた。それでも緊張感が、萄子を奮い立たせていた。

だが結局、その日は勝は現れなかった。宿の夕食は、階下の食堂でとるようになっていた。萄子は、見知らぬ男たちが集まる食堂で、半ば好奇の目にさらされながら、さっきの女性に、この周辺にはどれくらいの鉱山があるのかと尋ねた。

「そら、数えきれんやろ。もう一時の面影はなくなって、かなり減っとるけど、市内だけでも五人か十人で掘っとるヤマから、何百人ちいう、大っきいヤマまで、まだまだねぇ」

駅でぼんやりと時を過ごすくらいなら、熱海で旅館を訪ね歩いたように、今度は鉱山を歩き回れば良いのではないかと思った。だが女将は、炭鉱の多くは、とても若い女性が一人で訪ねていかれるような場所ではないと言った。

「それこそ山奥も山奥、そんな行けるよなとこやなかったりするもんね。うちらだって知らんようなヤマとか、一回は閉じたけど、また掘っとうヤマが数え切れんくらいあるはずやし。三井みたいな大っきいとこが残っとったら別やけど、あっこも去年で閉めて、今は後始末の人が残っとるだけやしね」

「おととしは三井三池が爆発事故で、五百人くらい死んだし、ここに来て急に、ガタガタッと寂れてきたもんね」

泊まり客らしい男が話に割って入ってきた。萄子は、陽焼けした男の顔と、「おばちゃん」と呼ばれている女性とを見比べながら、二人の会話を聞いた。

田川の産業の中心となっていた三井田川鉱が閉山となってから、ヤマと共に生き、暮らしてきた労働者の大半は職を失い、町を離れざるを得なくなった。それが人口激減の大きな要因になっている。無論、閉山に追い込まれたのは田川鉱だけでなく、筑豊のすべての炭鉱が、今や風前の灯と言って良い状態にある。現在、筑豊地方は日本でもっとも生活保護者の多い地域と言われ、再就職などの対策に追われているのだそうだ。

「ちょっと前まではねえ、『川渡り』も結構、賑わったんよ。けど今じゃ、山笠(やま)の担(かつ)ぎ手が、おらんようになったけね」

川渡りは、大きな山笠を何人もの男たちが引いて、川を渡る珍しい祭りだそうだ。だが、残っている男たちの多くは年老い、または身体が不自由だったりして、頼りになるはずの若い連中は町を去ってしまい、今年は川渡りの開催そのものが一時、危ぶまれたという。

「結局、五つかねぇ、山笠が出ることになったみたいやけど。前の半分くらいかね」

「気(き)っ風(ぷ)のいい祭りやけど、いつまで続くかね」

男の言葉に、おばちゃんは仕方なさそうな表情で薄く微笑(ほほえ)んだ。東京は、繁栄の一途をたどっている。人は増え続け、すべてのテンポが速くなって、物は豊かになる一方だ。だが、その同じ時に、徐々に寂れていく町があり、職も、住むところも失う人たちがいるということが、萄子には衝撃だった。

夕食の後で自宅へ電話を入れると、母の悲鳴に近い声が聞こえてきた。萄子は、とにかく心配いらないこと、無事に旅を続けていることだけを告げて、どこの、どんな宿に泊まっているかは言わなかった。

「どうして言えないの？　あなた、一人なんでしょうね。それとも、誰かと一緒なの？」

母の声は、ひどく追い詰められたように聞こえた。

「ねえ、そうなんじゃないの？　慌てて出かけること自体が、おかしいもの。勝さんと一緒なんじゃない？　トコちゃんっ」

「違うったら。本当に一人」

勝と一緒にいるのなら、恐らく家になど電話はしないだろう。勝にさえ会えたら、萄子は家族を捨てる覚悟だったのだ。だから、明日は電話出来るか分からないと思う。勝に会える日は、そのまま母たちを捨てる日ということになるのだ。そう考えると、胸が苦しくなる。申し訳なさに、言葉が詰まりそうだった。

「それで――当座のお金は足りてるの？　お願いよ、危ないことは、しないでちょうだいよ、ねえ」

萄子の思惑に気づいているのかいないのか、母は急に口調を変えて言った。萄子は、大丈夫を繰り返し、明日また連絡するからと言って電話を切った。思わず、深々とため息が出る。

萄子に与えられた狭い部屋には、既に薄い布団が敷かれていた。窓から見える闇は驚くほど濃く、窓を開ければ湿った風と共に、絶えることなく蛙の声が響いてくる。

昼間は見えた緑の山が、今は黒々とした影になって、夜空に向かって突き出していた。

――いるんでしょう？　隠れてないで、出てきて。

萄子は闇に向かって呟(つぶや)いた。私だって、それなりの覚悟をして来ている。そうでなければ、こんな遠い町に、後先も考えずに飛んでくることなど出来なかった。それを、分かって欲しかった。

気持ちは張りつめているはずなのに、さすがに限界だった。萄子は早々と、誰が使ったか分からないような、しっとりと湿った布団に身体(からだ)を滑り込ませた。何か考えなければ、とにかく勝に会える方法を考えなければと思うのに、その前に、泥のような睡魔が襲ってきて、そのまま朝まで熟睡した。

翌日、萄子は朝食を終えるとすぐに駅に伝言板を確かめに行った。

〈栄町の『小松屋』にいます　萄子〉

伝言板には、確かに萄子の文字が残っている。だが、それに対する返事らしい伝言は、一つとして残っていなかった。萄子は自分の伝言の時間と日付だけ書き換えて、今度は伊田駅に向かうことにした。ひどく要領の悪い、虚(むな)しい作業だという気がする。他に、何か良い方法はないものだろうか。熟睡したお陰で、少しは冷静さを取り戻した頭が目まぐるしく動く。もしかすると、とんでもない見当違いなことをしているかも知れないと考えると、憂鬱になる。それでも、自分の勘を信じるしかなかった。

伊田駅の傍の小高い丘の上には、石炭を掘るための大きなやぐらが町の象徴のようにそびえていた。瑞々しい新緑を背景に、青空に突き出るやぐらは、重々しく、存在感があって、その一方で、奇妙な哀愁を漂わせて見えた。今にも鈍い軋みをあげて歯車が動き出しそうなやぐらを見上げながら、萄子は、やはり勝は、この町にいるに違いないと感じていた。勝もまた、どこかから、このやぐらを見上げている気がしてならないのだ。

少なくとも萄子には、法被を着て竹箒を使う勝より、ヘルメットを被り顔を黒くして、ヤマで働く彼の方が、よほど容易に思い浮かべることが出来る気がした。実際の炭鉱のことも、ヤマの仕事も、何も知りはしないのに、危険と背中合わせだという仕事を、山奥の、滅多に人にも知られないような場所で、黙々と続ける彼の姿が、何となく目に浮かぶ。彼はこの町にいる。そして、きっと萄子を迎えに来る。それを信じるしかなかった。

田川は、どこを歩いていてもウグイスの声が聞こえてきた。陽射しは初夏を思わせるほどに強く、吹く風は緑の匂いがする。明らかに、ここは東京から遠く離れていた。五感のすべてでそのことを感じながら、萄子はあてもなく町を歩いた。

――まさか。

ひょっとすると、こうして歩いている萄子を、勝は物陰から見ているのかも知れないという気がした。萄子が警察の人間を連れてきていないか、自分を捕まえるつもりでやってきたのではないかと疑っているのかも知れない。萄子は、思わず立ち止まって振り返った。だが、町を歩く人の姿は少なく、その人の中に、勝らしい人影を見つけ出すことは出来なかった。

もしも、勝がそんな風に疑っているのだとしたら心外だ。どんな思いで今日までを過ごし、勝の電話を受けたと思っているのだろう。

――電話。

それにしても、勝はどうして電話を寄越したのだろう。昨年の秋、彼は自分のことは忘れて欲しいと言った。もう、すべてがおしまいだというようなことを言ったと思う。それなのに何故、今頃になって電話をかけてきたのだろうか。

強い陽射しの下を歩いているうち、祭囃子が聞こえてきた。独特の調子で鉦が鳴り、甲高い笛の音が、それに合わせて響いてくる。何気なく、その祭囃子に耳を傾けているうち、そういえば勝からの電話でも、背後にチンチンと、何か鳴る音が聞こえていたことを思い出した。あれは、この祭囃子の音だったのではないだろうか。

再び、胸が高鳴ってきた。そうだ。勝はやむにやまれず、萄子に電話を寄越したのに違いない。でも何故？　ふと、宿の人たちとの会話が蘇った。炭鉱の仕事は危険と背中合わせ、怪我をする人も少なくない——勝は、大怪我をしているのかも知れない。身動きがとれずに助けを求めてきたのかも知れなかった。

もしも、炭鉱の事故で怪我をしているとしたら、名前を偽り、身元も不確かな勝は、満足な治療も受けられずにいるのかも知れない。そこまで考えたところで、萄子は、いてもたってもいられなくなり、まず田川市内の病院を当たってみることにした。電話で確かめられるところへは電話をかけ、残りは直接訪ねていって、この数カ月の間に炭鉱で怪我をした人物はいないかと聞いて回る。だが、どの病院からも、勝と思われるような患者はいないという答えが返ってくるばかりだった。念のためにと、勝が熱海で使用していた山崎亮という名前を出しても、結果は変わらなかった。

見知らぬ町をタクシーで右往左往するうち、自然に田川の地理が少しずつ頭に入ってきた。時折、不思議なほどに形の整った人工的な三角の山が視界に飛び込んでくる。それも、一つや二つでないことに気づいて、運転手に尋ねると、あれがボタ山であると教えられた。一方、市の西外れの方にはセメントの鉱山があるらしく、そちらは町全体が白っぽく見えるという話も聞いた。

「これで篠栗線が通って、福岡との境が取れたらね、また勢いも盛り返して、発展もするんやろうけど」

山に囲まれたこの土地は、地下資源は豊富でも、外界からは隔離されている感がある。都市部との交通網を整えるために、筑豊全体のあらゆるところで道路工事が行われているという話だった。萄子は、それでは勝は、炭鉱ではなく、土木工事現場に潜り込んでいるのだろうかと考えを巡らせた。だが、いずれにせよどの病院でも、勝らしい患者を扱った形跡はなかった。萄子の目論見は、またしても外れた。ちょうど市内を観光したような形で一日を過ごし、萄子はまた同じ宿に戻るしかなかった。

途中、壮大な長屋のような家並みの一帯を目にすることがあった。外れには煉瓦造りの煙突があって、あとは、細長い瓦屋根がいくつも並んでいる。東京で見かける長屋とは比べようもないほど、一棟が長く、何棟も連なって、行儀良く一つの町を作っている。

「祭で帰ってる家族も多いんよ。炭住も、久しぶりに賑わうやろ」

運転手が言った。「タンジュウ?」と聞き返すと、炭鉱住宅のことだという。

「そりゃあ狭いところに、昔は七人も八人も、住んどったもん。今は、年寄りばっかりになっとるけどね」

「じゃあ、ここに住んでいる方たちは、皆さん、炭鉱にお勤めだったんですか」

運転手はもちろん、というように頷き、この炭住は、三井田川鉱で働く人たちのための炭住だと言った。だが炭住にもランクのようなものがある。ここは家族向けの、比較的恵まれた場所だが、単身者向けの小さな炭住もあるし、下請け、孫請けの人たちは、もっと立地条件の悪い、粗末な炭住に暮らしていたなどという話を、タクシーの運転手は聞きもしないのに続けた。すっかり廃墟になった炭住街もあるのだと聞きながら、萄子はこの人も、もともとは炭鉱と無縁な人ではないのかも知れないと考えていた。

翌日は、萄子が泊まっている宿でも、朝から赤飯とちらし寿司が宿泊客に振る舞われた。その寿司を食べてから、萄子は前日と変わらず、後藤寺と伊田の駅を往復し、昨日までとは打って変わって人で溢れかえる町を歩いた。通り過ぎる人の中に、いかつい身体つきの男を見ればヤマで働いている人かと思い、背中に赤ん坊を負ぶい、さらに両手にも子どもを連れて歩いている女を見れば、ヤマで働いていた人の妻なのかと想像する。顔に深い皺の刻まれている人が多かった。それほど年老いているようにも見えないのに、杖をついて、ゆっくりと呆けたように歩く人もいた。

玄界灘に注ぎ込む遠賀川とその支流である彦山川流域は、そのまま国内有数の産炭地であり、その流域に暮らす男たちは「川筋者（かわすじもん）」と呼ばれて、気の荒さで有名だったという。明日の保証もない炭鉱の仕事は、労働者たちを刹那（せつな）的にさせ、そして、命がけで得た報酬は、彼らを派手好きにもさせた。町で最初にテレビや冷蔵庫を買い揃（そろ）えたのはすべて炭住の住人だというし、少しでも酒が入れば、必ず派手な喧嘩（けんか）が起きて、中には日本刀を持ち出す者までいるという話を、萄子はタクシーの運転手や宿のおばちゃんから聞いた。

今、炭鉱が次々に閉山の憂（う）き目に遭っていても、人々の気性は変わってはいない。辛（つら）く苦しいことが多ければ、それだけ祭りでは派手に騒ぎ、憂さを晴らすものなのだと説明されて、萄子は何とも切ない気持ちにさせられた。人の人生を思わずにいられない。明日の保証のない毎日。生活保護に頼る日々。不自由な身体を引きずり、バラバラになった家族を思い、それでも生きなければならない人生がある。

伊田駅からほど近い彦山川を、きらびやかな噴水のようなバレンと幟（のぼり）とで飾られた山笠が渡り始めたのは、陽が傾き始めた午後四時過ぎのことだった。揃いの法被姿の男たちは、いかにも重そうな山笠と共に、意外なほどに水量が多く、流れの速い川に入っていく。チキリン、チキリン、チキリン、コンコンといわれる囃子が、絶えることなく響いていた。

萄子は、彦山川の堤防に寄りかかって、その祭事を眺めていた。川岸には無数の露店が並び、空にはアドバルーンが上がって、男たちのかけ声が響く。囃子の音が空気を震わせ、川の瀬音が山あいに溶けて、ずっと眺めている萄子の頭を空っぽにしていく。この瞬間、すべてを忘れている人たちがいるのだろう。頭まで沈みそうな川の中で、いかにも重そうな山笠を回転させ、バレンを派手に揺らして人々の歓声を誘うとき、日常の憂さのすべてを捨て去っている人たちがいるはずだ。

自分の知らない土地にも、こんなにもたくさんの人生があることを、萄子は肌で感じていた。そしてふと、もしかすると、あの中に勝も混ざっているのかも知れないと思った。一瞬でもすべてを忘れるために、ヤマの男たちに混ざって、勝だったら絶対に、あの山笠を引きたがるはずだと思った。

陽が傾いて、川面（かわも）が金色に染まる頃、すべての山笠が無事に川を渡り終え、武徳殿といわれる社に納まった。熱気と歓声は、そのまま山笠が向こう岸に連れ去り、次第に川の流れる音が、辺りの空気を支配し始めていた。橋を飾る色とりどりの丸提灯（まるぢょうちん）が風に揺れ、立ち並ぶ屋台の裸電球が光を際（きわ）だたせる頃、萄子はゆっくりと堤防から離れた。

気の早い夏の虫が鳴き始めている。アドバルーンが降ろされて、代わりに一番星が瞬き始めた。子どもたちが走り回っている。闇が深まるに連れて、すべての景色が幻のように見え始め、川音に代わって、今度は音の悪いスピーカーから、流行りの曲が流れ始めた。萄子の足は自然に駅に向いていた。露店の列を抜け、人混みから外れて、山笠が繰り出した風治八幡の脇を抜ける。行き過ぎる人たちは皆、誰かと一緒だった。萄子だけがどうしようもなく一人だった。

伊田駅に着く頃には、完全な夜が訪れていた。蛍光灯の白々とした明かりが、ようやく現実に立ち戻らせる。萄子は切符売り場の傍に掲げられている伝言板に近づき、白いチョークで書かれている様々な文字を眺めた。祭りなど無縁だという表情の人たちが数人、次の列車を待っていた。萄子は切符売り場の傍に掲げられている伝言板に近づき、白いチョークで書かれている様々な文字を眺めた。皆が誰かを待ち、誰かを求めている。ざっと眺めるうち、ふと、萄子の残した伝言が消えていることに気づいた。おや、と思い、改めて伝言を眺める。すると、下の方の列に、「萄子へ」という文字を見つけた。一瞬、心臓が止まりそうになりながら、萄子はその文字を見つめた。懐かしい、右肩上がりの角張った文字だ。

〈萄子へ。済まない。やはり会えません。町を出ます。M〉

思わず口元を抑えて、萄子は伝言板を見つめた。昼に確かめに来たときには、こんな伝言は残されていなかった。その証拠に、時刻を書き込む欄には、午後四時三十分と記されている。ちょうど、川渡りが始まった頃ではないか。

——どうして。どうしてよ！

指の間から、叫び声が洩れそうだった。はっと我に返って改札口に駆け寄り、人気のないホームを覗き見る。済まないですって？　やはり会えない？　そんなひと言で、あなたはまた、どこかに行こうっていうの？

——何故なの？　どうして！

頭が混乱して、何が何だか分からなくなりそうだ。勝は確かに、この町にいた。萄子が感じた通り、こちらの姿を見ていたのかも知れない。それなのに何故、萄子からまで逃げようというのだろうか。胸の底に堰き止めていた思いのすべてが、渦を巻いてこみ上げてきた。追いかけなければ、何が何でも彼にたどり着かなければと思うのに、身動きの取りようがない。思わずその場に屈み込んで、萄子は顔を覆った。「どうしたの」という誰かの声が遠くに聞こえた。

8

最初は警戒心と不信感を露わにし、決して打ち解けようとしなかったルミのもとに、韮山は客として二週間以上も通い続けた。毎日、どこか捨て鉢で、破れかぶれな表情の少女に会う度、韮山の中には複雑な思いが広がっていった。別段、のぶ子と似ているとは思わない。顔形だって背格好だって、まるで似ても似つかない。それなのに、運命に逆らえず、流されるままに生きなければならない少女が、どこかのぶ子とダブり、やはり哀れに思えてならなかった。与えられた時間の中で、韮山は少しずつ、のぶ子の事件にまつわる話を聞き出した。

ルミは間違いなく、のぶ子の事件に関して重要な証人になり得る存在だった。重い口を開かせて、徐々に語らせた彼女の話をつなぎ合わせると、事件はまた違う表情を見せ始めた。

ルミが最後に伸二に会ったのは、のぶ子が殺される前々日のことだったらしい。一日中、雨の降り続いた肌寒い晩、ずい分遅くなってからルミのアパートにやってきた伸二は、顔中を腫（は）らし、目の下や口の端を切って、血塗（ちまみ）れの状態だったという。当時、キャバレーのホステスをしていたルミは、一瞬、それが伸二かどうかも分からないくらいだったと言った。

「どうしたのってしつこく聞いたんだよ。誰にやられたのって。そうしたら、伸ちゃん、『兄貴』って言ったんだ。伸ちゃんが奥田さんと会ってることが、寺瀬にばれたんだって」

そこでルミは口を噤み、ずい分躊躇った後で、あの夜、伸二は殴られた顔で泣いていたと言った。ルミが懸命に傷の手当てをしている間、彼は食いしばった歯の間から、堪えきれない嗚咽を洩らしていたのだという。

「全部、自分のせいだって、言ってた——。寺瀬は本気で、奥田さんを破滅させるつもりだって」

その時の伸二の顔は、恐怖に引きつり、今にも叫び声でも上げそうなほどに見えた。ルミは、ただごとではないと感じて、一体、寺瀬は何をしようとしているのかと問いただした。だが、伸二は具体的なことは何も言わなかったという。ただ、もしもこの先、自分の身に何かが起こったら、ルミはすぐに今の店を辞めて、寺瀬に知られない場所へ行けとだけ言ったのだそうだ。

「私、どういうことって何回も聞いたよ。でも、伸ちゃんはガタガタ震えたまま、首を振るだけだった。ただ、その時に伸ちゃんは言ったんだ」

ルミは、瞳を震わせながら、韮山の方を見た。

「今度こそ、寺瀬と縁を切るって。もうこれ以上、寺瀬の言いなりにはなっていられないって」

ルミは細い眉を寄せ、苦しそうな表情になっていた。

「それでも伸ちゃん、やっぱり怖かったんだと思う。下手したら、冗談じゃなく殺される、兄貴はそういう人だからって、やっぱり自信なさそうにしてた――気の小さいとこ、あったから」

韮山は、刑事だった頃には経験したことのない、息苦しい緊張感を覚えながら、ぽつり、ぽつりと語るルミを見つめていた。ルミ自身、やっとの思いで語っている様子だったが、やがて深々とため息をつき、「馬鹿なんだよ」と呟くと、それきり唇を噛んで俯いてしまった。

毎日、少しずつ、韮山はトルコ風呂の客室で、石鹸の匂いに包まれながら、話の続きを聞いた。

捜査本部の玉木は、寺瀬を「ヘビのような男」と表現していたが、ルミの話は、そんな玉木の表現を十分に裏づけるものだった。陰険で執念深く、そして、自分の手は直接、汚すことなくいかにも卑劣な手を使う男。そういう寺瀬の横顔は、伸二への仕打ちや、関係している女たちの扱い方、うまみがあると目をつけた相手への対応の仕方などから、十分に察することが出来た。計算高い寺瀬は、少しでも利用価値がありそうな、自分が得をしそうな相手には、まず惜しみなく金や女をあてがって、やがて寺瀬に借りが出来るように仕向けていく。それが通用しない相手の場合は、たとえば取引を横取りしたり、身内を不祥事に巻き込むなどして窮地に追い込み、寺瀬を頼ってくるしかないようにする。それでも駄目な相手は、敵と見なされる。一度でも敵対する、自分の気に染まないと思われた相手を、寺瀬という男は、自分とは直接、関わりがないところにいたとしても許せないのだという。そして、ついにルミは重い口を開いた。

「寺瀬は、裏切りを絶対に許さない。自分が疑われてるって、伸ちゃんはずい分、恐がってたんだ。だから、裏切ってなんかいない証拠に——奥田さんが結婚するっていう話、もしかすると伸ちゃん、喋（しゃべ）っちゃったのかも知れないんだ」

下着姿同然の格好で、ショートパンツから出た、生白くふやけて、膝（ひざ）にタコの出来ている足をぶらぶらさせながら、ルミは天を仰ぐようにして深々とため息をついた。

「寺瀬は、ずっと前から、どうにかしてやりたいって思ってたんだよ、奥田さんのこと。目障りでしょうがないって。だけど何たって相手はデカだしさ、下手な真似（まね）すりゃあ、パクられるのがオチじゃない？　そんなドジ踏むよりも寺瀬は、いっそ奥田さんがデカを辞めなきゃならなくなったり、絶対に幸せになれないようにした方がいいって言ったって。その方が面白いって。それには、奥田さんが一番大切にしているものを、ずたずたにしてやることだって」

胸を衝かれたような思いだった。怯えたように、細かく震えているルミの瞳から目を逸らしながら、韮山は「そういうことか」と呟くのがやっとだった。これで、寺瀬の存在がはっきりした。

「――奥田の、人生をな」

喉の奥で声が引っかかった。耳の奥で、きーんという音がした。つまり、寺瀬はのぶ子と萄子を間違えたのだ。恐らく、そういうことだろう。いや、そうに違いなかった。

寺瀬は奥田の目の前で、近い将来、妻になる女を襲って見せたのだろう。泣き、叫びながら、複数の男に犯される姿を見せつけたのに違いない。だが、その相手は違っていた。本来なら藤島萄子が、辱めを受け、全身を傷つけられて、息絶えていたはずだった――。

頭が混乱して、心臓と一緒に爆発しそうだった。のぶ子の顔、奥田の顔、そして、萄子の顔が渦を巻き、息苦しさに胸を押さえたくなった。韮山は、目の前にルミがいることも忘れて、必死で呼吸を整え、よろめくようにしながら、その日は満足に挨拶もせず、トルコ風呂を後にしなければならなかった。

車に戻り、エンジンをかけてからも、視界がうまく定まらない。憎むべきは寺瀬だ。だが、もう少し、もう少し何とかならなかったのかという気もする。何故そんな人違いが起きたのだ。のぶ子は、何という馬鹿な娘なのだろう。人のものになると分かっていながら、意地になって、しつこく追い回して、その挙げ句、婚約者に間違われた。もっとも間違われるべきでない場面で。あまりにも浅はかな、そして、取り返しのつかない失敗を犯した娘が、哀れで哀れで、どうしようもなかった。

——なんてえこった。

のぶ子の日記を読んだときにも、手のつけられない娘だとは思った。情けなさに涙が出たものだ。だが、今度という今度は、呆れて言葉も出ない。必死でハンドルを握り、人気のない場所まで車を走らせると、韮山はシートを倒し、顔にハンカチを被って泣いた。あまりにも哀れすぎる。救いがなさすぎると思った。つまり、のぶ子ははからずも恋敵の身代わりになり、彼女の代わりに殺されたということではないか。ルミの話に間違いがなく、韮山の推理が当たっていれば、そういうことになる。

たとえ自分とは無縁の人たちの間で起こったことだとしても、こんなにもやり切れない事件は、そうあるものではないと思った。それにしても、まだ一年にも満たないが、誰かを恨み続けなければならないということが、こんなにも疲れるとは思ってもみなかった。

——やってられねえ。やってられねえよ。

家にも書斎など持たない韮山にとって、この時ほど、タクシーを有り難いと思ったことはなかった。たった一人で、好きな場所へ行って、泣いたりわめいたり出来る空間を持てることだけが、せめてもの慰めだった。

やがて、少し気持ちが落ち着くと、韮山は、今も奥田を探しているに違いない萄子を思った。だが、不思議と怒りは湧いてはこない。無論、萄子を恨む筋合いのものでもなかった。彼女は何も知らなかった。むしろ、萄子を出し抜こうとしたのぶ子の、ある意味では自業自得なのだ。

——どうすりゃいいんだ。どうすりゃあ。

玉木に連絡をして、ルミから聞いた話をすべて伝え、寺瀬をパクれと進言するか。そうすれば、あとは司法の手が決まりごとの通りに粛々と手続を進めるだろう。だが、それで誰が救われる。むしろ、寺瀬が逆に司法に守られて安心を得る程度ではないのか。

第一、まだ分からないことがある。奥田だ。何故、奴まで行方をくらます必要があったのか。許嫁を振り捨て、誇りにしていた仕事を放り出してまで、どうして奥田は消えたのか。それが分かるまでは、真実に到達したことにはならない。むしろ、寺瀬が今すぐに逮捕されてしまったら、寺瀬は自分に都合の良いことだけを供述し、やがて、その供述が真実であるかのように一人歩きをし出す可能性もある。

今や、憎むべきは寺瀬だ。それは分かっている。

だが、では奥田に対しては、韮山はこれから、どういう心持ちでいるべきなのだろうか。憎み続けるのか。恨むのか。あんなに自分を慕っていた若い刑事を。のぶ子を見殺しにしたと。それで、間違ってはいないのか。彼もまた、被害者と考えるべきではないのか。

とにかく今の段階では、物証が少なすぎる。また、寺瀬には確固たるアリバイがあるという話でもあった。たとえルミが証言したとしても、そのアリバイを崩し、または決定的な証拠を探し出さないうちは、寺瀬の逮捕は現実問題として難しいはずだった。

いっそ、韮山がこの手で復讐（ふくしゅう）するか。だが、自分にもしものことがあれば、残される寿々江はどうなってしまう。のぶ子は、それを喜ぶだろうか――。

いくら考えても、頭がすっきりするような、うまい方法は見つからなかった。寺瀬を憎むのなら、そのことに集中したいと思うのだが、韮山は、未だに顔も知らないままのその男を、明確に思い描くことさえできなかった。

軽挙妄動は慎しまねばならない。

混乱している間は、とにかく目の前にある問題から一つ一つ片づけていくべきだ。刑事でいる間も、韮山はそうして事件捜査にあたってきた。今はまだ、下手に動き出すべきではないのだと、韮山は結論を出した。

「昨日は、済まなかったな」

翌日、韮山は再びルミに会いに行った。まだ、すべての話を聞いているわけではなかった。ルミはずい分打ち解けて、最初の頃とは別人のように、うっすらと微笑みながら「いらっしゃい」と言った。

伸二の行方が分からなくなったと聞かされた直後、ルミは言いつけを守って働いていたキャバレーを辞め、新宿のヌードスタジオにもぐり込んだ。人前で裸になることに抵抗がなかったと言ったら嘘になる。だが、偽名を使って、その日から働ける職場などあるはずがないことくらいは覚悟していたという。ルミが新宿にいることを知っていたのは唯一、以前から親しくしていたホステスだった。彼女は、伸二とのパイプ役を買って出てくれていた。ルミに電話をかけて新宿から逃げろと告げてくれたのも、そのホステスだという話だった。

その時点まで、ルミは、伸二が迎えに来てくれることを信じていた。だが、ある日、電話を寄越したホステスは、「今のままじゃあ、私だってヤバいんだよ」と言ったという。毎日のように寺瀬が来て、店に嫌がらせをしていくし、何を感じ取っているのか、手下に後をつけさせるような真似までしているというのだ。ルミは、彼女が二度と伸二とのつなぎをしてくれないことを感じ、また、お互いのためにも、これ以上の連絡は取り合わない方が良いと判断した。そこで、『ダイヤ』を辞めて、すぐに他の店に移り、そこで働いていた頃に伸二の死を知ると、今度は吉原に飛び込んだ。

「そりゃあ、悲しかったに決まってる。でも、まっ先に考えたのは、私も逃げなきゃ、ヤバいっていうことだった。あんまり知らない土地に移って、何の情報も入らなくなったら、かえって不安だしさ。どこに逃げるにしても、手っ取り早く稼げなきゃ困ると思ったし。で、ここ。伸ちゃんがいなくなって、何も自分の身体なんか大切にすることなんて、ないやって思って」

のぶ子よりは、生きているというだけ、まだましかも知れない。だが、伸二の死を半ば信じられないまま、自分の身体をいとうことさえ忘れて生きる娘も、やはり哀れだった。

翌週、韮山はルミに全財産であるボストンバッグ一つを持たせて、茂田と共に、彼女を世田谷の外れにある、あるパーマ屋へと連れていった。茂田にも相談した結果、とにかく彼女を安全な場所に移す必要があると判断し、茂田の女房の妹が経営する店に住み込ませるのが良いだろうということになったからだ。

最初は、何が何だか分からない様子で、茂田に対しても警戒心を露わにし、緊張に顔を強張らせていたルミは、『エデン美容院』という看板を見た途端、「本当だったんだ」と目を丸くした。

「私、また適当な嘘、並べられて、どっかに売り飛ばされるのかも知れないって思ってた。それならそれで、まあ、いいやって」

韮山は茂田と視線を交わし、密かにため息をついた。人相が悪いのだから、信用されなくても仕方がないが、信じていないのに抵抗もせずに自分たちに従ってきた、そんなルミがやはり悲しかった。茂田の義妹は、ルミにその気があるなら、数年で一人前の美容師にしてやると言った。その時初めて、ルミは瞳を輝かせた。

「私が、美容師になれるんですか？　本当に？」

「真面目に、ちゃんと修業すればってことよ。好い加減じゃ、勤まらないわよ」

茂田の義妹は、少しばかり化粧は濃いが、さっぱりした気性らしく見える、四十五、六の女だった。彼女自身、亭主に戦死されて、女手一つでこの店を構え、二人の子どもを育て上げたのだという。努力次第で、腕一本で生きていかれるようになるという彼女の言葉は、ルミをすっかり勇気づけたようだった。

「いつまでも風呂屋で働くわけにもいかないし、その歳なら、いくらだってやり直しはきくんだから、なあ。頑張ってみるかい」

韮山もルミを説得した。無論、収入は激減する。最初のうちは、すずめの涙ほどしかもらえないだろう。その代わり休みの日には、韮山が自宅へ連れていくと言うと、ルミはさらに不思議そうな表情になった。

「どうして、そんなことまでしてくれるの？」

ひと言で言ってしまえば、お互いに大切な存在を失った者同士、どこかで通じ合うものを感じたということなのかも知れなかった。何より、その年齢で、韮山でさえ想像もつかないほど壮絶な過去を背負った娘を、どうにも放っておくことが出来なかった。さらに、誰かの支えがなければ、彼女はすぐにパーマ屋を飛び出して、また元の木阿弥になるのではないかという不安もあった。だが、それらの言葉を韮山は呑み込んだ。

「なぁに、体よくこき使おうと思ってるだけさ。何しろ、うちのカミさんは身体が弱くてな。週に一度でも、掃除に来てくれる子がいりゃあ、助かるんだ」

誤魔化すように言うと、ルミはじっと韮山を見つめていたが、「ありがとう」と、ひょっこりと頭を下げた。

実は、ルミを家に連れ帰るにあたっては、韮山にもそれなりに迷いがあった。トルコ風呂で働いていたような娘を、寿々江がどう思うか分からなかったし、のぶ子に近い年齢ということも、女房の気持ちをどう揺さぶるか分からなかったからだ。退院して以来、ある程度は落ち着いているとはいえ、完全に健康を取り戻したとは言えない寿々江に、余計な負担はかけたくなかった。だが、事件の重要な参考人になり得るという点からだけでも、ルミから目を離したくないという気持ちは捨て難かった。

「それで、このところ何だか石鹸のいい匂いをさせてらしたのね。私はまた、どこかに女の人でも出来たのかと思った」

話があると切り出すと、韮山の前に座り直した寿々江は、説明を一通り聞き終えた後で、開口一番そう言った。意外な反応に、「馬鹿もん」とだけ答えたが、実際は勘の良さに密かに驚いていた。

「このまま放っておけば、先行きは目に見えたようなものだ。いずれ悪いヒモでもついて、骨の髄までしゃぶられるのが落ちだろう」

それまで、夫婦にとって、事件のことは禁句になっていた。口にすればするほど、現実の重みに押しつぶされそうになるのが怖かった。心の傷は癒しがたい。だが、ルミの件を説明するためには、のぶ子の話題に触れないわけにはいかなかった。韮山は言葉を選び、寿々江の反応を確かめながら、女房に聞かせても構わない部分だけを話して聞かせた。

「そんな子が、いるんですか」

寿々江はため息混じりにそう呟き、しばらく黙って考え込んだ後、「お客様扱いは出来ませんよ」と呟いた。それで、決まりだった。翌週から、韮山は『エデン』の定休日の前になると、必ず閉店時間を見計らってルミを迎えに行き、自分の車に乗せて、寿々江の待つ家へ連れて帰るようになった。

寿々江とルミは、驚くほど早く打ち解けた。初対面の晩に、ルミは寿々江を「おばちゃん」と呼ぶようになり、それに合わせるかのように、韮山を「おじちゃん」と呼ぶようになった。

翌日から、家に新しい物が増え始めた。可愛らしい茶碗と箸。歯ブラシとタオル。ブラシ。パジャマ。疲れるから、好い加減にしておけと言っているのに、寿々江は買い物に出ては、ちょこちょこと、ルミの身の回りの物を揃えるようになっていた。

「ただいまあ！」

家に飛び込むなり、ルミが大きな声を出すようになるまで、そう時間はかからなかった。久しぶりに、家の空気が動き始め、わずかに華やぎを取り戻した。

実際、ルミが家に来るようになってから、家の中も賑(にぎ)やかになり、また、世の中も慌(あわ)ただしさを増したように感じられた。韮山は、肝心なことなど何一つとしてまとまって考えられないまま、ひたすらハンドルを握り続け、昨年の今頃には想像もつかなかった日々を送った。

山一証券が、累積赤字を抱えて倒産の危機に瀕(ひん)し、日銀の特別融資を受けると発表になったのは五月の末のことだ。日産自動車とプリンス自動車工業が、再来年の春には合併するという。六月に入るとすぐに、福岡の炭鉱ではまたガス爆発があり、二百人以上が死亡した。東京の夢の島には蠅(はえ)が大量発生した。ラジオのスイッチを捻(ひね)れば毎日のように「愛しちゃったのよ」という歌声が流れてくる。いつの間にか、けばけばしい色彩ばかりの溢(あふ)れる夏に突入していた。

「最近、連絡がないのでね、こっちも気になってはいたんですが」

久しぶりに玉木に会ったのは、七月下旬のことだった。ことに春以降はタクシーの仕事とルミの件に時間を取られ、一方で、現段階ではまだルミのことを捜査側には知られたくはない気持ちも手伝って、自然に足が遠のいていた。いざという時、警察から決定的な情報を引き出す際の、交換条件としてルミのことを利用出来る可能性もあると思う。だが、そんな取引の道具としてだけでなく、ルミ自身が未だに強烈な恐怖心と人間への不信感を抱いていることへの心配もあった。

はげ上がった頭に汗を光らせながら、玉木は、いつもの喫茶店に入ってくるなり氷あずきを注文した。だが彼は、二週間ほど前にようやく逮捕された、吉展ちゃん事件の容疑者の話などをするばかりで、なかなか自分たちの捜査に関する話題に触れようとはしない。

「解決まで二年四カ月、ですからな。長くかかったもんです。こっちのヤマは、そこまで引きずりたくないもんです」

捜査が進展していないことは分かっていた。その証拠に、捜査本部は最近大幅に縮小されたという記事が、少し前の新聞に載っていた。

「寺瀬は、どうしてます」

「野郎は今、ハワイですわ。ハワイ。結構なご身分だよなあ」

さくさくと音を立てながら、氷あずきをせっせと口に運んでは、時折しかめ面になって眉間を押さえている玉木を、韮山は黙って見つめていた。とりあえず寺瀬から目を離していないことだけは確からしい。

つまり、事件の鍵を握るのが寺瀬であると、捜査本部も本気で睨んでいるということだ。ただ、やはり物証がない、決定的な証拠が出ないのに違いなかった。

「野郎のアリバイは、本当に崩れないんですかね」

「奥田が出てこないことにはね、いずれにしても」

眉間を押さえながら、玉木は呟いた。

確かに、こうなってくると事件の真相を知っている人間は、やはり奥田以外にはいないということになる。それなのに、一体、奴はどこへ行ったのだろう。行方をくらました、最大の理由は何なのだろうか。自分が重要な証人になり得ることくらい、刑事なら分からないはずがない。それなのに何故、奥田は逃げたのだろうか。誰から、いや、何から逃げているというのか。そこが、どうしても分からない。だから韮山も、憎み続けるより他にないような気分になっている。

「ねえ、行こうよ。すごく素敵なんだって」

はっと我に返ると、さっきからずっと喋り通しだったルミが、寿々江を何かに誘っているところだった。今夜は週に一度の、ルミが帰ってきている日だった。寿々江はご馳走を作って韮山たちを待ちかまえていた。

「『サウンド・オブ・ミュージック』っていうの。お店の先輩が観てきたんだって」

「おばちゃん、日本映画だって、もうずい分観てないんだもの。そんな難しい映画」

「難しくないんだってば。心臓が苦しくなるような映画でもないよ。ミュージカルっていってねえ――」

ルミの話を熱心に聞きながら、困惑したり驚いたりしている寿々江の表情は、のぶ子に対する時とは異なるが、穏やかで柔らかいものだった。韮山が心配するようなことは何もなかった。寿々江は寿々江なりに、精一杯、生きる意欲を持とうとしている。それが、韮山には切なくもあり、また嬉しくもあった。

「決まり！　おじちゃん、送り迎え、お願い！」

笑顔で言われて、韮山はただ頷くばかりだった。食事が終わると、ルミが食器を洗っている間、寿々江はアイロンをかけ、韮山は、畳の上に新聞を広げて、黙って読んでいた。静かな、夢のように穏やかなひとときだった。

「おじちゃん、肩揉んであげようか」

台所から戻ると、ルミが背後に回ってきた。韮山は、慌てて「いいよ」と答えたが、その時には、もう肩に柔らかい重みが加わっていた。

「父ちゃんのためなら、エンヤコラ」

ぎゅ、ぎゅ、と指先に力を入れながら、ルミが歌う。俯きがちに横を見ると、寿々江が黙ってこちらを見ていた。

「俺はいいから、おばちゃんの、揉んでやれよ」

何となく窮屈な気持ちになって、そう言った。するとルミは、「はいよ」と気軽に立ち上がり、今度は寿々江の背後に回り込む。

「母ちゃんのためなら、エンヤコラ」

最近、流行っている歌だった。丸山明宏という若い歌手が歌う、切ない歌だった。

第五章　女のためいき

1

終戦から二十年目の夏は、昨年に比べて涼しい日が多く、天候も不順だった。家には一日中、彰文の観る高校野球のテレビ中継か、お世辞にも上手とは言えないエレキギターの音が響いていた。

「たまらないわ。毎日毎日、あんな音ばかり聞かされてたんじゃ」

母は顔をしかめながら文句を言い、それを口実のように出かけることが多くなっていた。萄子がちょうど九州を旅している間に、兄嫁は男の子を出産していた。その初孫の顔を見たくて、母は何かと理由をつけては出かけているのだ。

「孫って、そんなに可愛いものなのかな」

それまで末っ子として皆に可愛がられてきた彰文は、時折、不思議そうな、どこかつまらなそうな顔で、そんなことを言うことがあった。

「俺の飯なんか、そっちのけだもんな。お姉ちゃんがいなかったら、俺、この夏休みの間に飢え死にしてるよ」

「何、言ってるのよ。飢え死にするくらいだったら、少しは自分で何かしようとなさいな」

「いいんだって。お姉ちゃんがいるんだから」

「冗談じゃないわよ。私は、あんたの世話係じゃないんだから」

いいじゃないかよ、と呑気に答える彰文を見ているだけで、萄子は理由もなく苛立ちを覚えた。どうせ、自分には行く場所もなく、母の代わりに台所に立つより他することもないのだと、必要以上に惨めな気持ちにもなった。

母だって気遣ってくれていることくらいは分かっている。兄の家族が赤ん坊まで引き連れてこの家に来ては、萄子が余計に気鬱になると考えて、自分から兄の家へ出向いていっているのだとも思う。それでも萄子は、自分の身に降りかかった大きな出来事が、もう萄子以外の家族にとっては、とうに過去になりつつあることが、どうにも腹立たしくてならなかった。勝という人がいた、萄子には婚約者がいたという事実を、記憶の片隅からさえ追いやろうとしているらしいことが、恨めしかった。

——あなたのせいよ。

勝に対しても腹が立っている。あの、筑豊の見知らぬ町で、萄子がすぐ傍まで来ていることを知りながら、どうしてまた逃げたのか、逃げるくらいなら何故、電話など寄越したのか、それを考えると、今だって叫び出したいくらいだった。

——私を、何だと思ってるの。私の人生を、どうしたと思ってるのよ。

その思いは、菊子の中で黒々と渦巻き、日増しに大きく膨らみつつあった。この夏が過ぎれば、秋が来る。国中がオリンピックで沸き、挙式を待ちわびて過ごしていた昨年のことを否応なく思い出さなければならなくなる。それが、たまらなく嫌だった。見るものすべてに腹が立つ。気持ちはささくれ立つばかりだった。

菊子は、九州への旅について、細かいことは何も家族に語っていない。急に出かけた理由についても、警察から電話がかかってきて、勝らしい人物を福岡の田川で見かけたと聞かされて、矢も楯もたまらずに夜汽車に飛び乗ったのだと嘘をついた。ばれてしまえば仕方がないと覚悟した上での嘘だったが、幸いなことに、両親は警察に問い合わせることもしなかったし、警察からも、何の連絡も入ってはいなかった。

誰も知らないことだった。川渡り神幸祭の日に、田川の駅で、再び勝に捨てられたと知ったときの菊子の衝撃も、それでも諦めきれなくて、まだ筑豊のどこかにいるのではないかと、飯塚、直方、嘉穂、山田と、何日もかけて歩き回ったときの思いも。満足に泊まれる宿もないような炭鉱町をさまよいながら、菊子は幾度となく、死んでしまいたいとさえ思うようになっていた。実際に死ななかったのは、せめて真実を知るまでは死ねないという意地と、見知らぬ町で事切れては、家族にもっと迷惑をかけるという思いからだけだった。二週間に及んだ旅から東京に戻ったとき、萄子の中では確実に何かが変わってしまっていた。

——あのまま消えちゃってたって、どうっていうこともなかったのかも知れない。

初孫に夢中になっている母や、給仕係としてしか自分を必要としなくなった弟、相変わらず仕事に精を出している父を見るにつけ、萄子の中には、そんな思いが膨らんでいく。どうせ自分には、もう明るい未来が待ち受けている可能性もない、誰からも見向きもされない人間なのだと、そんなことばかりを考えるようになっていた。毎日毎日、苦い薬を少しずつなめるようにして時を過ごし、怒りと苛立ち以外、何も感じることのなくなった心を持て余して、ため息を繰り返しながら床につく。もはや、何を夢見ることも、過去の思い出に浸ることもなくなった。

九月に入ると、いくつかの台風が日本列島のあちこちに被害を及ぼした。下旬には国鉄に『みどりの窓口』が開設され、電子計算機を使って、列車の指定券などが手軽に取れるようになった。

——旅なんて。

たとえ、どれほど便利な世の中になったとしても、萄子にとっての旅は、常に苦しいものでしかない。テレビのニュースを観ながら、新しい『みどりの窓口』に列をなす人たちにさえ、萄子は嫌悪を感じた。

空が日ごとに高くなる。空気が澄んで、乾いた風が、身体の中を素通りしていくようだった。これが孤独というものだろうか、こうして冷たい風に吹かれる今の自分から、いつか抜け出すことなど出来るのだろうか。そんな日が来るとは到底、考えられなかった。

十月八日が近づいてきていた。あの日から、ちょうど一年が過ぎることになる。一体、この一年間とは何だったのか、否応なしに考えさせられる日をどう迎えれば良いのか、萄子にはそれも分からなかった。

十月八日は朝から薄い雲が広がっていた。白菊の花束を抱えて、萄子は午後から初めて韮山の家を訪ねた。本当は、そんなことはしたくなかった。だが、今でも勝の婚約者のつもりならば、不在の彼に代わって、故人に線香を手向けるのは当然のことに思えたし、そうすることで、萎えたどころか、奇妙にねじれ始めている自分の気持ちを修正できるのではないかという気持ちも働いた。

「むさ苦しいところですがね」

久しぶりに顔を見た韮山は、口元をわずかに歪めながら、そう言って萄子を自宅に招き入れた。萄子は、ただ深々と頭を下げただけだった。両親の代わりに、どこかの家に行くときだって、こんなに無愛想にはならないと自分でも思う。だが、表情の浮かべようがなかった。別段、韮山の家を訪ねたからというだけでなく、このところの萄子は常にそうだった。

通されたのは六畳の茶の間だった。その片隅に仏壇が据え置かれており、周囲にいくつもの花瓶が並んで、それぞれに花が活けられていた。

「午前中に、捜査本部の人たちや、娘の職場の皆さんなんかが、多勢来て下さったものでね」

卓袱台の向こうから座布団を運びながら、韮山が静かな口調で言う。萄子は、先に焼香をさせてもらうことにして、仏壇に向かった。

そこには、未だに故人の遺骨が置いたままになっていた。その横では、黒い額縁の中で、韮山のぶ子が笑っている。初めて見る鮮明な写真だった。父親に似た、ぺしゃりとつぶれた笑顔。

――初めまして。

バスガイド姿ののぶ子の写真に、萄子は初めて話しかけた。同情。戸惑い。やがて、胸の奥底から沸々と怒りにも似た感情が湧いてくる。何よ、あなたなんか、と、思う。まるで、目の前に生身ののぶ子がいるかのように、萄子は顎を引き、じっとその写真に見入った。

——私が、勝さんの婚約者ですから。

ですから今さら、あなたの入り込む余地はない、諦めて下さいと、どうして生前に言うことが出来なかったのだろうか。その機会さえ作っていれば、勝はあの晩、のぶ子になど会わず、そして、あんな事件など、起きなかったかも知れないのだ。

——あなた、そんなに勝さんに言い寄っていらしたんですか。

白黒ののぶ子の写真が、萄子を嘲笑っているように感じられた。今さら、何を言ったって手遅れよ。私が幸せになれないんなら、あなただって幸せになんかさせてたまるもんですか——会ったこともないはずなのに、萄子は確かに、そんな声を聞いた気がした。

——あなたのお陰で。

つい、負けまいという気持ちが働いた。とうに灰になってしまった人に向かって、その霊前で、自分は何ということばかり考えてしまうのだろうか。ますます嫌な人間になっていく気がする。どんどんねじれて、どうしようもない人間になりそうな気がした。

焼香を終えて振り返ると、いつの間にか、韮山の隣に小柄で瘦せた女性が寄り添っていた。髪は半分以上も白く、後ろで一つにまとめているだけで、肌にもまるでつやがない。化粧気のない顔は、目の下にも両頰にも、拭いきれない疲労をためているように見える。韮山の妻に違いないその人は、まるで全身を小さく折り畳むようにして、萄子に深々と頭を下げた。

「一年、ですわ」

韮山の方が呟いた。萄子は、ただ頷くのが精一杯だった。どういう言葉を口にすれば良いのか分からない。

「長かったのか、短かったのか」

「――本当に」

「納骨してやらなきゃとは、思ってはいるんですがね、やはり、どうも、今のままじゃあね」

「お察しいたします」

韮山の妻は、膝の上に両手を重ねて置いたまま、ただ黙って韮山と萄子のやり取りを聞いている。そういえば病弱な人だと聞いた気がする。生気のようなものが感じられないし、鼻から口の脇にかけて刻まれている深い線は、見ようによっては彼女が微笑みかけようとしているようにも、または涙をこらえているようにも受け取ることが出来た。これが、娘を亡くした人の姿なのだと、ふと思った。故人が萄子と同年代なのだから、この人だって萄子の母と似たような年齢なのかも知れない。いや、萄子に兄がいることを考えれば、もっと若い可能性だってあると思った。それなのに、彼女は萄子の母よりも一回りは老けて見えた。

「そちらは、どうしてました、このところ」

ふいに尋ねられて、萄子は曖昧に「ええ」と口元を歪めた。韮山に会うのは、冬の郡山行きの時以来だ。あの時は、萄子は今よりもまだ希望を抱いていた。いや、その後、静岡の焼津に行ったときだって、ずっと前向きな気持ちでいた。とにかく勝に会いたい一心で、会うことさえ出来れば、すべてが魔法のように解決すると、そう信じていた。

「奥田から連絡は、ないままですか」

九州行きの顚末を話したい思いが、胸の底でゆらめいている。だが、たとえ職を辞したとはいえ、相手は長年、刑事だった人だ。こちらが少しでもボロを出せば、鋭く突いてくるに違いなかった。何故、警察に知らせなかった、本当は会っていたのではないかなどと勘繰られて責められるのは、もうたくさんだった。結局、萄子は「ええ」としか答えなかった。

「一年も、どこでどうしていやがるのかなあ」

自宅にいるせいか、それとも妻が傍にいるためか、韮山の口調は萄子の記憶にある、どんな時の彼のものよりも穏やかで静かなものだった。

「――あんなに、しょっちゅう、いらしてたのに」

それまで黙りこくっていた韮山の妻が呟いた。ちらりと向けられた瞳（ひとみ）に、萄子は思わずどきりとなった。その目元は、遺影の中ののぶ子にそっくりだった。

萄子は、大きく一つ深呼吸をした。

「本日は、勝さんの代役のつもりでまいりました。本当のところは分からないままですが、とにかく勝さんも無関係でないらしい以上は、心からお詫（わ）びするより他に、ございません」

すすめられた座布団から下り、畳に両手をついて、深々と頭を下げる。

「本人も、きっとどこかで手を合わせていることと思います」

「よして下さい」

頭の上から韮山の声が降ってきた。それでも萄子は、すぐ目の前に迫っている、陽に焼けた畳の目を見つめ続けていた。

「あんたに詫びてもらったって、何がどうなるわけでもないんだから。頭、上げて下さい」

「いえ、でも——」

「とにかく、上げて下さいよ」

仕方なく、ゆっくりと姿勢を戻す。韮山は腕組みをし、韮山の妻は、相変わらず膝の上で両手を握りしめたままで、わずかに顔を背けていた。これで、役目は果たした。

萄子の中にそんな思いが広がっていた。

「何も、あんたが頭を下げるようなことじゃない」

「いえ——ですから、今日は私——」

「何も、そこまですることあないでしょう。そりゃあ、婚約はしてたかも知らんが、あんたはまだ、赤の他人だったんだ」

「ですが——」

「お宅だって、心中は穏やかじゃないはずだ。相手は自分の婚約者に横恋慕してた娘なんだからね」

上目遣いに韮山を見ると、韮山は、隣で俯(うつむ)いたままの妻の方をちらりと気にしている。それから韮山は、ただでさえ平べったい無愛想な顔をさらに歪めるようにして、荒々しく鼻から息を吐き出した。

「今日で区切りをつけて、いいんじゃないですか」

卓袱台の上の煙草に手を伸ばし、口にくわえる間も、韮山の眉間には深い皺が刻まれたままだった。萄子は、黙って韮山が煙草に火をつける仕草を見守っていた。娘を、そんな風に言わなければならない父親の心情。黙っている母親の心情。

「あんただって楽じゃない一年を送ったはずだ。挙式直前にあんなことになって、それからどんな思いで今日までを過ごしてきたか、分からんじゃありません。だが、もう好い加減に、自分の将来を考えるのがいいんじゃないのかね。何しろ、あんたは生きてるんだ。うちの娘とは違う。その気になりゃあ、いくらだってやり直しが出来るでしょう」

勝は、この家が居心地が良かったと言っていた。だが今の萄子から見ると、どこが居心地が良かったのか、まるで分からなかった。全体に陰気くさい、ひっそりとした部屋の片隅で、萄子はただ唇を嚙んでいた。何故か、背後からのぶ子の視線を感じる気がしてならなかった。

韮山が煙草を吸い終えたところで、今度は萄子が口を開いた。

「韮山さんの方では、その後、何か新しいことを摑んだりなさってはいないんでしょうか」

「――ないねえ」

「では、やはり今でも勝さん、お探しになっておいでですか」

「現実には、何もしてないのと同じですがね。あんた同様、こっちにも何の手がかりもなくなったもんで」

　韮山の妻がすっと立って部屋を出ていった。その後ろ姿は、やはり細くて頼りなく、風にでも吹かれているような印象を受けた。

「警察の方は、いかがなんでしょうか」

「そりゃあ、やることはやってますよ。奥田探しも諦めちゃあいないしね、靴底をすり減らして、どんなに小さい手がかりでも摑もうと、躍起になってます」

　被害者というより、警察側の言葉のようだと思った。長年の習性は、そう簡単に消えるものではないのだろう。この男には刑事としての生き方や考え方、喋り方が染みついているのに違いなかった。

「だが、こうも見つからないとなるとね、手引きしてる人間でもいるのか、経済的に援助してくれる相手がいるか」

「援助、ですか？」

そういう考え方をしたことはなかった。萄子は思わず身を乗り出した。伸二という青年が殺された後は、萄子は、勝はとにかく一人で逃げているとばかり考えていた。手引きや支援をしてくれる人がいるなどとは、考えたこともなかった。

「いや、たとえばですがね。たとえば、食わせてくれる女か何かいてさ、その女が外で働いて、奴はアパートか何かにこもったままだとかさ」

咄嗟（とっさ）に否定出来ない自分がもどかしい。だが、熱海の小糸の面影が、ちらりと頭をかすめて、萄子の胸をさらに重くさせた。勝は今、萄子には想像さえつかない世界で生きている。その気にさえなれば、かくまってくれる女くらい容易に見つかるのかも知れない。

言葉に詰まったまま、萄子は、自分の胸の中で何がざわめき、何が思いとして膨らんでいるのかを見極めようとした。

「まあ、たとえばの話ですがね。分かるでしょう。生きていれば何が起こっても不思議はないってことなんですよ。変わらんのは、死んだ人間だけでね」

韮山の言葉が耳を素通りしていく。

——憎しみ。

不快でならないこの気持ちの正体を名づけるなら、それは、憎しみに他ならないことに、改めて気がついた。韮山のぶ子も、勝も、いや自分の周囲のすべてが、萄子には憎くてたまらなかった。憎しみこそが、萄子の心をねじれさせている原因であり、辛うじて今の萄子を突き動かす力でもあるのに違いなかった。

その日の夕食の席で、このところは帰宅時間が遅かったために、ほとんど食事を共にすることのなかった父が、これからどうするつもりなのかと、萄子に問いかけてきた。萄子は、「どうって」と上目遣いに父を見た。父はいつもの静かな表情で、ゆっくりと晩酌の盃（さかずき）を傾けている。

「いつまで、今みたいな毎日を続けるつもりなんだ」

萄子は食卓に目を落としただけだった。それに答えられれば苦労はない。こんな毎日を送っている萄子自身が、一番苦しんでいることを、結局は誰も理解していないに決まっている。

「納得したい、本当のことを知りたいと言うから、父さんたちもこの一年間、黙って萄子のすることを見てきたつもりだが、まだ、納得は出来ないのかな」

「ねえ、トコちゃん。もう、諦（あきら）めるしかないんじゃないの？　あなたが一生懸命だったことは、お父さんも、お母さんも、皆、分かってるわ。でも、もう、どうしようもないんじゃない？」

母も言葉を添えてくる。皆が諦めろと言う。韮山だけでなく、両親も、誰も彼もが、すべてをなかったことにしろと言う。それは、頭では分からないではなかった。だが、心が納得出来ていない。すべてを水に流して、記憶の彼方(かなた)に押しやったとしても、心の中で渦巻いている、この憎しみだけは残るだろう。自分でも嫌だと思いながら、だが、どうやってこの感情を消したら良いのかが、今の萄子には分からないのだ。

「前から言ってるでしょう？　たとえ勝さんが現れたとしても、もう、何もなかったことには出来ないのよ。トコちゃんは、まだ若いんじゃないの。時間を無駄にしないで、もっとこれからの未来を——」

「私が邪魔なら、どこへでも出ていくわよ」

自分でも声が震えているのが分かった。唇を嚙み、ぐっと視線を上げると、いつになく厳しい表情の父と目が合った。彰文が、目だけをきょろきょろさせている。母は言葉を失ったように、眉(まゆ)をひそめた。

「分かってるわ。いつまでも陰気くさい顔をしてるのが、嫌なんでしょう？　皆に気を使わせて、勝手に何日でも旅行してるような、そんな娘がいたら、世間体だって気になるんでしょう」

そんな風に思ったことなど一度もなかったのに、口が勝手に動いていた。父の「馬鹿を言うなっ」という言葉と、母の「何ていうことを」という悲鳴が重なった。萄子は乱暴に箸を置くと、そのまま席を立った。

「何よ！　未来、未来って、すんなり歩ける人だけが、そんなことを口にするんだわ。好きで足踏みしてると思ってるのっ。私は機械じゃないのよ。全部を記憶から消して、何事もなかったみたいな顔なんて、どうして簡単に出来ると思ってるの！」

微動だにしない父の顔に、それだけの言葉を投げつけると、萄子は居間を飛び出して、二階への階段を駆け上がった。もう、何もかもが嫌だった。いっそのことすべてが消えてなくなれば良いとさえ思った。

2

韮山の脳裏には、のぶ子の一周忌にやってきた藤島萄子の顔が焼きついていた。最初は、そんなことは思わなかったのだが、改めてこの一年を思い、つまり、のぶ子にもう一年も会っていないのだな、などと感慨を新たにして、怒りや焦燥や絶望など、これまでの日々に一通り味わい尽くしてきた様々な思いを噛みしめた後になって、気がつくとあの日の萄子の顔が、奇妙に宙ぶらりんな形で意識に残った。

――本日は勝さんの代役のつもりでまいりました。

のぶ子の遺影を背負う形でそう言ったときの萄子は、これまで韮山が見知ってきた彼女とは、まるで別人のように見えた。自分は決して一人などではない、寄り添うべき相手がある、明るく平穏な未来が待ち受けているのだと、必死で誇示しているような顔つきだった。そのくせ孤独を持て余し、辺り構わずまき散らしたい怒りを必死で堪えているに違いないのは、全身から漂う雰囲気が伝えていた。あの時、韮山は寺瀬の存在や、自分が摑んでいる限りの事件に関する情報を、伝えてやっても良かったのかも知れない。だが、躊躇われた。真実はまだ見えていないのだし、事件と奥田の関わりも、奴が逃げた理由についても、予測さえ立っていない段階で糠喜びのようなことをさせるくらいなら、「忘れろ」と言う方が良いように思えたからだ。

「奥田さんも、あんな方を選んだなんて」

ずい分時間が過ぎてから、ある日、寿々江が思い出したように呟いた。

「何だか、ひんやりとした感じのお嬢さんじゃないですか。切り口上で、居丈高で。お嬢様だか何だか知らないけど、そう家庭的とも思えないような」

その言葉には、萄子に対する嫌悪とも軽蔑ともつかない感情と、奥田への恨めしさがこめられている気がして、韮山はつい、萄子をかばいたい気持ちに駆られた。最初からあんな娘だったわけではない。

「この一年が長かったのは、俺たちだけじゃないってことだろう」

韮山は、萄子の顔を思い出しながら呟いた。だが女房はいかにも不満そうな、恨めしげな顔で韮山を見つめて、やがて口元を歪めて、深々とため息をついた。

「長いだ短いだって、感じられるだけ幸せですよ」

寿々江の目は仏壇を見つめている。視線でのぶ子の遺影を撫でる。事件が起きた当初から、寿々江は「誰が」「どうして」などという言葉は口にしたが、こと奥田に対しては、韮山ほどには疑念も怒りも、不審のようなものも、そう感じてはいない様子だった。彼女が口にしたことといえば、せいぜい、一体どこへ消えたのだろうかという程度のことだ。

「あんな人と一緒になったって、きっとうまくなんかいかなかったと思うわね」

それが珍しく、そんなことを言う。韮山は、だからといって、のぶ子が相手なら良かったとは、もう思えなくなっていた。寿々江は知らないのだ。のぶ子は、親には見せない顔を持っていた。

「あれじゃあ、刑事の女房なんて無理ですよ」

だが寿々江は、自分に言い聞かせるように、繰り返し呟いている。韮山とは違う意味で、やはり萄子のことが印象に残っていたのに違いなかった。

「のぶ子が嫌うのも、無理もないわ」

ところが最後に、寿々江はそう言った。韮山はぎょっとなって女房の顔を見つめた。寿々江は、どこか白けた表情で遺影ののぶ子を見つめている。韮山は、女房の横顔を探るようにしながら、「嫌ってたって」と聞いた。寿々江の横顔は微動だにしない。当然ではないかというように、心持ち顎（あご）を持ち上げた姿勢のままだ。

「誰をだ」

「決まってるじゃありませんか。あの人のことですよ。それをまあ、よくもいけしゃあしゃあと、奥田さんの代理だなんて」

寿々江の横顔には、あからさまな嫌悪の色が浮かんでいた。女房がこんな顔をするところを、韮山は初めて見たと思った。

「だが――のぶ子は、あの娘とは一面識もないはずだろうが」

「見かけたことがあったんですって。偶然らしいけど。あの子、帰ってきて泣いてたんですから」

咄嗟に、偶然などではないはずだと思った。「お父さんのせいよ」と韮山を責め立てたときののぶ子の顔が蘇(よみがえ)った。あいつ、自分から会いに行きやがった。いや、そうに違いない。目眩(めまい)にも似た混乱を感じながら、韮山は、改めて寿々江を見つめた。

「ちょっとばかり美人だからって、それを鼻にかけて、あの娘は奥田さんをたぶらかしたんだって、そう言ってましたよ。お料理だってお裁縫だって、何もかもお教室で習ったものばかりのくせにって。奥田さんも奥田さんですよ。のぶ子があんなに尽くしてたのに」

「おい、尽くしてたって――」

韮山が言いかけたところで、寿々江はようやくこちらを見た。哀れみとも軽蔑ともつかない表情で、彼女は、「男親にはね」と言った。

「そんな話を聞かせても、仕方がないじゃないですか。その上、滅多に家にだっていないんですもの」

留守がちだったことで嫌味を言われるのには、とうに慣れている。だが寿々江は、いやに自信たっぷりの表情で、のぶ子は、母親の寿々江に対しては、何でも隠さずに話していたと言った。

「あの子は、ずっと前から奥田さんが好きだったんですよ。いつだって、お父さんには内緒にしてって前置きして、電話かけたりしてましたからね」

その上のぶ子は、奥田が夜勤の晩には弁当を差し入れたり、セーターを編むのだと言って、寸法を測るために奥田の住んでいる寮へ訪ねていったりまでしていたと言いながら、寿々江は目を潤ませた。

「私、言ってやったんです。とられたら、とり返せって。そんな、お高くとまってるお嬢さんなんかに負けるなって。当たり前でしょう、初恋だったんですから。あの子、あんな人と一緒になったら、奥田さんが不幸になるって、そう言って涙ぐんで——奥田さんも奥田さんだわ。いい方だと思ったし、あんなにのぶ子が好きだった人だからと思って、私もずい分、のんできましたけど。結局、あの人さえうちに出入りしなければ——」

初恋という言葉を聞いて、韮山は、寿々江がのぶ子の素顔を知らないままだと確信した。それにしても、女房と娘がそんな会話をしていたとは思いもよらなかった。いずれにせよ、韮山も寿々江も、のぶ子の本当の姿は知らないままだったということだ。自分たちの娘だというだけで、ただ無条件に、見えているままののぶ子を受け容れていたにすぎない。のぶ子に別の顔があることさえ気づかなかった自分たちは、やはり親馬鹿だったのかも知れない。

それ以降、韮山は、再びのぶ子の友人や知人を訪ね始めた。親が承知していたよりも、また、寿々江が未だに信じている姿よりも、よほど世間ずれしていた娘が、果たしてどういう方法で奥田を「とり返そう」としていたのかが、どうにも気にかかって仕方がなかった。のぶ子が計画していた「既成事実」とは何のことなのか。ただ単に、奥田を説得するというような正攻法だったとは、どうにも考えにくい。第一、当時の奥田は、藤島萄子しか眼中にない状態だった。それは、一緒に仕事をしていた韮山が一番良く知っている。だとすると、のぶ子はもっと違う方法で、奥田を振り向かせる必要があったはずだ。

「のぶ子ちゃんのそういうのって、何も初めてじゃありませんでしたから。『ああ、またか』って思いながら聞いてましたからね。よく覚えていないんです」

のぶ子の高校時代の同級生は、少し躊躇った後で、そんな言い方をした。韮山は赤面したい思いで「またか」の意味までも聞かなければならなかった。要するにのぶ子は、好きになった相手から振り向かれなかったり、捨てられそうになると、自殺をほのめかしたり、妊娠したと言ってみたり、時には人前で騒いだり、職場まで乗り込んでいったこともあるという。

――まったく、お前って娘は。

知れば知るほど、そんな思いが募っていく。日記を読んだ時点で、ある程度の諦めもついたし、娘を必要以上に美化することもなくなったつもりだが、それにしても、親の知らないところで、何と多くの問題を抱えた、扱いにくい女になっていたことかと、やはりため息が出た。

長年、刑事などしていれば、世の中の女たちが誰も彼も貞淑で、清らかな心の持ち主だなどという幻想はとうに捨て去っているものだが、それでもまさか、自分の娘が、そういう類の女だとは思ってもみなかった。生きていてくれればと思わないはずがない。だが、生きていたら今頃は、どんな騒動を引き起こし、韮山や寿々江は、どこに向かってどれほど頭を下げて歩かなければならなかったかという気にもなる。

「そういえば、のぶちゃん、言ってましたっけ。とにかく、ちゃんと責任をとってもらうように仕向ければいいのよね、とか何とか」

何人目かに訪ねていった友人が、思い出したように言ったのは、月が替わって十一月の半ばになった頃だった。バスガイド仲間だった彼女は、この一年の間に職場を替わって、いつの間にか銀座のホステスになっていた。すっかり見違えるほど垢抜けて、いかにも高価らしい和服を着た彼女は、本当はのぶ子も、水商売に憧れていたのだと も言った。

「でも、お父さんが絶対に承知しないだろうって」

ほんのりと微笑む女の顔が、のぶ子とダブって見えた。韮山は、厚化粧した娘の顔を思い描き、思わずため息をつきながら、金張りのライターで煙草に火をつけている女を眺めていた。

「もう時効だから、言っちゃおうかしら」

前に会ったときは、服装も化粧も地味で、どこにでもいるような、取り立てて目立ったところなどない娘に見えた女は、のぶ子と同年代とは思えないくらいの、ふてぶてしい落ち着きを見せて口を開いた。

「お父さんがショックを受けるんじゃないかと思って、言わない方がいいかなぁって思ってたんですけど」

「構わんですから、言って下さい」

自分は大丈夫だ、もう、何を聞いても動じることはないと自らに言い聞かせながら、韮山は視線に力を込めた。本当は聞きたくない。今度は、どんな話を聞かされるものかと思うと冷や汗さえ出そうだ。だがその一方では、純粋な好奇心のようなものも働いている。もしも、これが自分の娘に関することでなかったら、刑事としての韮山はもっと早い時期に、もっと貪欲に事実を追い求めていたに違いないのだ。

「のぶちゃん、知り合いに頼もうかと思うって、言ってました。脅すっていうわけじゃないけど」

「脅す？　どういうことです」

「だから——何ていうか、賭けに出るって」

女は、どこか物憂げな様子で煙草を吸い続け、それから覚悟を決めたように一つ深呼吸をした。

「のぶちゃんが好きだったっていう彼、警察の人だったんですよねえ？　刑事さんだったとか」

「まあ——そうですが」

「正義の味方っていうか、そんな感じの人だったんでしょう？」

「それはどうか分からんが、まあ、正義感は強い男でしょう」

女は「だから」と、ふいに身を乗り出してきた。花のような香水の匂いが鼻腔を刺激する。開店前の店は殺風景で、白々とした明るい照明に照らし出され、豪華な調度だけを並べている倉庫のような印象だった。

「彼に、何かの責任を感じさせるっていうことじゃないんですか？　ああ、俺のために、ここまでしてくれてるのかって思わせるんです」

「——どうやって」

　女はすっと身体を離すと、口元に不敵な笑みを浮かべた。細められた目が、どこか冷ややかに、底意地悪く光って見えて、韮山は不快になった。何だってんだ、こいつらは。小娘のくせしやがって、男を手玉にとることばっかり考えていやがる。そして、のぶ子もまた、同類だったということなのだろうか。

「簡単ですよ。特に、正義の味方みたいな人なんて、うぶに決まってるんですから。目の前で傷ついて見せる、あなたのためなら、どんな犠牲にでもなるわって、そう見せればいいんです。それでイチコロ――まあ、のぶちゃんの場合は、ちょっと、ねえ。大ごとになりすぎちゃいましたけどね」

　背筋から二の腕にかけて、ぞくぞくとする悪寒が駆け上がった。この女は今、何と言ったのだろう。今の言葉をどう受け取れば良いのかが、分からなかった。

「のぶちゃん、協力してもらえそうな人を知ってるとかって言ってましたから――何か、刑事さんが訪ねてきた時って、私もショックを受けてたし、周りもバタバタしてて、こういう話、しなかったんですよね。刑事さんが、すごく怖くて感じの悪い人だったっていうこともあるけど。悪かったかしら」

「いいや」と首を振りながら、韮山の脳裏には女の言葉が焼きついていた。そして、父親としての思いとは裏腹に、一つの推理が成り立とうとしていた。どう抑えても、抑えきれるものではない。かといって、捜査本部の玉木に相談を持ちかけるのも、さすがに躊躇われる。無論、この女からは聞き込んでいなくとも、警察は警察で、のぶ子の交遊関係くらい徹底的に洗っていることだろう。韮山の知らないことを、もっと摑んでいる可能性もある。

——あんた、娘さんの何を知ってました。

以前、玉木はそう言った。あの時既に、彼は韮山以上にのぶ子の素顔を知っていたのかも知れない。好きな男を手に入れるために策を練る、そんなのぶ子の顔が思い浮かんだ。馬鹿野郎が。そんなことをして無理に一緒になったって、化けの皮はじきはがれる、とても幸せになんかなれなかったぞと、韮山は、その顔に話しかけた。せめて、もっと純粋に、正直に、惚れた相手に体当たりする、そんな娘であって欲しかった。だが、なあ、のぶ子。考えてみたら父さんの責任かも知れん。小さい頃から淋しい思いばかりさせてきた、それがいけなかったのかも知れんのだな——。

毎年迎えているはずなのに、今年の冬は妙に淋しく、寒さもひとしおに感じられると思っていたら、ルミが同じことを口にした。

「何でかなあ。ああ、もう冬なんだなあって、毎日、感じるんだよね」

週に一度、韮山が家に連れ帰る晩、ルミは車の窓から外を眺めながら呟いた。少し前まで、街には秋の虫の音が溢れていた。それが、今は頼りないほど細くなって、乾いた冷たい風が枯れ葉を散らすようになっていた。

「去年は、暑いも寒いも感じないまま、冬になっちまってたんじゃないか」

それは韮山の実感だった。

「そういえば私、去年はあんまり外に出なかったしね。穴蔵みたいなところにばっかりいてさ」

韮山は、当たり前のように助手席におさまっている娘をちらちらと見ながら、慣れた夜道を寿々江の待つ家に向かっていた。

「どうだい、最近は」

「大丈夫、ちゃんと、やってるよ」

「好きな男でも、出来たかい」

「何言ってるの、もう。そんなわけないじゃん」

ルミの声は微かに怒りを含んでいる。韮山は「そうか」と答え、ひたすら前を見つめていた。

「こう見えても私、今は一人前になるのに必死なんだよ。大体、店からはほとんど出ないし、お客さんは女の人ばっかりだしさ、知り合うチャンスだってないに決まってるじゃん」

「そりゃ、まあ、そうだろうが。まあ、出来たら出来たで、隠すなよ。ちゃんと言うんだぞ」

そんな言葉を一度でも、のぶ子にかけてやれていれば、こんなことにはならなかったのだろうかと思う。だが、親が思うよりよほど早熟だったのぶ子のことだ、口では適当に返事をしながら、腹の中では舌を出していたかも知れない。今の韮山には、そんな風にしか考えることが出来なかった。ルミが「ねえ」と韮山を呼ぶ。

「おじちゃん、どう思う？　好きな人が出来たら、今までの何もかも話さないと、誠実じゃないと思う？」

韮山は「そうだなあ」と唸ったまま、素早く考えを巡らせた。チャンスだ。

「話すこともないと思うが――なあ、それよりも、嫌なことを思い出させるようなんだが、寺瀬には、伸二の他にも弟分がいたんだったよな」

ルミは「そうだよ」と答える。

「前にも話したじゃん」

確かに、寺瀬の交遊関係については既にかなり細かく聞いている。だがその時には、のぶ子との線など考えてもいなかった。

「素人の娘とつき合いがあるような奴もいたかい」

ルミの声が小さく「素人？」と答えた。

「普通のBGとかな、堅気の娘とつき合いたがるような、女友だちがやたらと多いような野郎さ」

「どうかなあ。そんなことまでは分からないけど。おじちゃん、古い。BGじゃない、OLっていうんだよ」

ルミの声は、呑気なようにも憂鬱そうにも聞こえた。

「私も、あいつの周りの人間のこと全部知ってたってわけじゃないからさ。でも、何で？」

「いや——分からないかい」

「あんまり、ぴんとこないけど。やっぱりトルコとか、ホステスとか、そんな方が多かったよねえ。私なんかウェイトレスだったこともある方だから、まだましって感じでさ」

銀座でホステスになっていたのぶ子の友人は、のぶ子の計略に手を貸した可能性のある相手については、実際に会ったことはないと言っていた。だが、その相手が寺瀬の線とつながれば、事件はまた違った様相を呈し始めるはずだ。つまり、あの夜、のぶ子は自ら進んで現場となった倉庫に行ったのかも知れないということだ。友人の言葉を借りれば、のぶ子は「賭け」に出たのだ。巻き込まれたのはのぶ子ではなく、奥田なのかも知れない。ところが、どういう展開からか、のぶ子自身が生命まで落とす羽目に陥った。恐らく、奥田が意外な行動に出たからか、または、片棒を担がせた相手がまともではなかったか――のぶ子の考えが甘かったのだ。

「ねえ、おじちゃん、『涙の連絡船』っていいと思わない？　はるみちゃん、やっぱり歌うまいねえ」

ルミは一人で喋っている。韮山は生返事を繰り返しながら、一人で考えを巡らせていた。何故だ。何故、のぶ子は、無謀で危険な賭けにまで出なければならなかったのだろう。それほどまでに奥田に惚れていたということか。確かに、日記にもそうは書かれていた。だが、それ以上の何かが、のぶ子を突き動かしたのではないか、そんな気がしてならない。それは何なのだろうか。萄子への憎悪？　嫉妬だろうか。

「先に降りて、おばちゃんに風呂が沸いてるか聞いておいてくれないか」

ようやく家に帰り着き、車庫の前でルミを降ろすと、彼女は小さく頷いて、小走りに玄関に入っていった。

――お前は、そんな娘だったか？　それほどまでに、あのお嬢さんが嫌いだったのか。どうして。

心の中で呟きながら、もう大分慣れたハンドルさばきで、タクシーをそろそろとバックさせ始めたときだった。家に入ったはずのルミが、再びヘッドライトの前に飛び出してきた。

「おばちゃんが！　病院、病院に行って！」

初冬の闇に、ルミの悲鳴に似た声が溶けていった。

3

自分の鍵で玄関を開け、そっと踏み入れた足が微妙にふらついていた。萄子はふうっと息を吐き出し、一度、背筋を伸ばしてからゆっくり靴を脱いだ。そのまま二階へ上がってしまいたいところだが、喉が渇いている。仕方なく手探りで台所に抜け、水を飲んでいると、ふいに部屋が明るくなった。

「何だよ、泥棒みたいにこそこそと」

振り返ると、彰文の姿が揺れて見えた。萄子は流しに手をついたまま、瞬きを繰り返し、目を凝らした。

「あんたこそ、何よ。早く寝ないと、遅刻するわよ」

「もう冬休みだよ。お姉ちゃん、また酔っ払ってるの」

揺れながら、弟の姿が近づいてくる。そして、萄子の手が届きそうな位置まで来ると大げさに「うわっ」と言った。

「酒臭えなあ」

「そりゃあ、お酒飲んだんだから当たり前でしょ」

流し台にコップを置くと、萄子はそのまま弟の脇(わき)をすり抜けようとした。だが、足がもつれて弟にぶつかる。不思議だった。真(ま)っ直(す)ぐに歩いているつもりなのに、身体が勝手に傾くのだ。

「しっかりしろよ、もうっ」

「大きな声、出さないで。お母さんたちが起きるじゃないの。ちょっと、肩、貸しなさい」

無理矢理、彰文の肩にもたれて、萄子は改めて歩き始めた。いつの間にか、萄子よりずっと高い位置にある彰文の肩は、以前のように薄くも弱々しくもない。ふと、こんな肩にもたれて泣けたらと思う。だが、まだ残っているらしい冷静な部分が「馬鹿な」とその思いをすぐに打ち消した。高校生の弟にしがみついて泣いて、どうしようというのだ。相手が違う。

「しょうがねえなあ。ほとんど毎晩じゃないか」

「だって、皆が誘ってくれるんだもの。独り者のお姉ちゃんをね、皆、可哀想に思ってくれてるのよね」

「そういう言い方、よせって」

彰文に支えられ、やっとの思いで階段を上がりながら、萄子は、まるで幻のように過ぎ去った今夜の宴を思い起こそうとした。だが、何だか賑やかな音楽とクリスマスツリー、人々の笑い声の他は何も思い出せない。きっと、思い出す必要もないことなのだ。

「遊ぶのは勝手だけど、母さんたちに心配かけないようにしろよ。ガキじゃないんだから」

「うるさいわねえ、あんたに説教なんかされたくないわよ。誰にも迷惑なんか、かけてないじゃないの」

「俺にかけてるじゃないか。こうやって」

他愛ない会話も既に億劫だった。とにかく眠くてたまらない。ようやく部屋まで送り届けてもらうと、萄子は「ご苦労」とだけ言って、身体をもたせるようにドアを閉め、そのままベッドに倒れ込んだ。

——やっと一日が過ぎた。

眠りにつく寸前、思い浮かんだのはそれだけだった。

このところの萄子は、とにかく外出が多くなっていた。高校や短大時代の友人で、まだ独身の相手を誘っては、食事やドライブ、パーティーと用事を入れる。萄子自身の口からは、何も語ってはいなかったが、結婚式に招待していた友人の口から、勝の件は噂になって流れているらしい。誰もが萄子に優しく、思いやりに溢れ、そして寛大だった。

友人たちは、時には男友だちを連れてきて、萄子に紹介してくれることもあった。最初の頃こそ、自分が哀れまれているようで惨めで仕方なかった萄子も、慣れてくるにつれ、初対面に近い相手に向かっても、好き勝手なことを言うようになった。ドライブに行きたいわ、スキーもしてみたい、土方巽の暗黒舞踏って、どんなものかしら——そのくせ、改めて誘いの電話が入ると、どれも断ってしまうのだ。酔いが醒めれば自己嫌悪だけしか残らない。それが分かっていながら、同じような日々ばかりを繰り返している。

これまでほとんど飲んだことのない酒を覚えた。好奇心で煙草も吸ってみた。朝は寝坊をし、時には昼過ぎまで寝間着で過ごすこともある。顔を合わせれば何か言われそうだから、両親とは極力会わないようにしていた。何も用事を入れられなかった日の夕食は、常に重苦しく、気まずいものだった。両親は、敢えて何を言おうともしなかった。気を使われている。菊子が興奮して怒鳴り声を上げるのを警戒しているに違いない、それが余計に腹立たしい。

——何でもいいわ。どう思われたって。

日に何度となく、菊子は同じ言葉を心の中で繰り返していた。家にいても、繁華街で遊んでいても、その言葉は頭から離れなかった。

クリスマスの日は、美空ひばりが『柔』でレコード大賞を受賞した。その情報を、菊子は友人たちと共に六本木の店で知った。カンツォーネの流れる洋風の店に一瞬、『柔』の大合唱が流れて、それだけで菊子は、無闇に可笑しくて涙が流れるほど笑いころげた。

「菊子さんて、意外に笑い上戸なんだね」

今日、出会ったばかりの男が、親しげに話しかけてくる。確か、さっきまで名前を覚えていたのだが、酔い始めている頭には、もう残っていない。それでも菊子は、彼の肩にもたれて笑い続けた。いつの間にか、男の腕が菊子の肩にも回されている。

——この人じゃない。この人なんかじゃ。

そう思いながら、萄子は男に抱き寄せられていた。その温もりが、不思議なほど嬉しかった。

「ねえ、二人でどっか行かないか」

男が耳元で囁いている。それだけで萄子は笑った。どこへ連れていかれても構わない、どうなっても良いと思っていた。

「この子、今日はもう大分酔ってるわ。やめといて」

友人の声が聞こえてくる。そんな気遣いさえ、余計なお節介にしか思えなかった。

昭和四十一年の元旦を、萄子は生まれて初めて家族から離れて友人たちとスキー・ロッジで迎えた。スキーも初めてなら、純白の世界も初めてで、萄子にとっては、それは新鮮な経験だった。スキー場で過ごしている間だけは、それなりに快活に過ごすことが出来たが、三が日も過ぎた頃、家に戻ると、また気分は暗く沈んだ。正月の間に来ていたらしい客が、何枚かの見合い写真を残していったのだ。

「そんなに、嫁がせたいんだったら、どこへでも行くわよ」

写真をろくに見もせずに、萄子はふてくされて答えた。厄介者なら、出ていってやる。その方がせいせいするというのなら、望み通りにしてやろうと思った。

「その代わり、お母さんたちで選んでよ。私は誰だっていいんだから」

「そんな言い方、ないじゃないの。皆さん、トコちゃんのことを心配して下さるからこそ、こうして――」

「だから、勝手に選んで下さいって言ってるの。どうしても行かせたいのはお母さんたちなんだから、行かせたい人が考えればいいでしょう」

「好い加減にしなさい」

父までが顔をしかめて厳しい声で言う。それでも、萄子は以前のように素直に両親の顔を見る気にはなれなかった。二言目には小言ばかり言う、萄子の気持ちを推し量ろうともしてくれていない両親など、何の頼りにもなりはしない。心から心配してくれているのなら、少しは勝の行き先を探してくれれば良いではないか、警察に問い合わせてくれても良いではないかと言いたかった。すべて甘えだと分かっていながら、そんな思いばかりが膨らんだ。

「見合いもしない、働きもしないで、じゃあ、いつまでそうして遊んで暮らすつもりなんだ」

時折、顔を出す兄までが、妙に説教くさい口調になって言うようになった。それでも萄子は「さあね」としか答えなかった。答えられなかったのだ。

「そうやって、ふてくされて、ひねくれていくのか」

「もともと、そういう性格なの」

自分で望んだ人と家族を築き、子どもにも恵まれて、少しずつ父の片腕として仕事を任されてきている兄の人生は、萄子の目から見ても順調そのものだ。そんな兄に、萄子の心の傷など分かるはずがなかった。

家にいるときは、子どもが見るような番組でも何でも、ただぼんやりとテレビを眺めている。この頃は『オバケのQ太郎』や『ウルトラQ』が大人気だ。今の子どもは幸せだと思う。他にも『鉄腕アトム』や『ジャングル大帝』などのアニメーションが溢れていて、子どもの文化が出来上がってきている。ハイクラウンなどという、外国煙草にも似た箱入りのチョコレートまでが出た。萄子が子どもの頃といえば、東京はまだ焼け野原で、チョコレートなど本当の貴重品だった。たった二十年の間に、何もかもが変わっていた。

勝にさえ会わなければ、萄子の人生だって、今も順調なままだったに違いないと思う。すべては勝に出会ったことから始まった。それを考えると楽しかった日々さえ、すべて恨めしく、苦々しく思えてならない。すべてをなかったことには出来ないものだろうか。何も知らなかった日々に戻ることは出来ないだろうか。

「いっそ、カナダへ移住でもしようかしら」

ある時、高畑(たかはた)という自称芸術家に、つい何気なく呟いた。そういう人が増えているのだそうだ。こんな狭い国で、ひしめき合って生きるよりも、広々とした大地に新しい人生を見出(みいだ)そうという人が少なくないらしい。今、カナダへ移住するとしたら、渡航費用と一カ月分の生活費を入れて、最低でも二十万はかかるという記事を、萄子は新聞で読んでいた。二十万は大金だが、これ以上、家族に厄介をかけないと約束すれば、それくらいの費用は出してもらえそうな気もする。

「カナダに行って、どうするのさ」

「分からないけど、何とかなるんじゃない？」

「甘いんだよな、考えが」

友人の紹介で知り合ったこの男は、以前から皮肉屋で、何を見てもまともな感じ方をしないように思えた。萄子は小さく鼻を鳴らしてそっぽを向いた。

「自分一人さ、ずっとそうやって悲劇のヒロインを気取り続けるつもりなのか」

高畑は、眼鏡の奥の目を細めながら、底意地の悪い表情で言った。彼には確かに酔った勢いで、勝の話をしたことがある。だが、事情を知ると一様に口を噤(つぐ)み、いかにも痛ましげな表情になる友人たちが多い中で、彼だけは表情一つ変えずに「それで？」と言った。その時点で、萄子は高畑が大嫌いになった。同情してくれとは言わないが、「それで？」というのは、あんまりではないかと思った。どんな芸術家なのかは知らないが、人の気持ちの分からない男になど、ろくなものは生み出せないに違いない。

「もうガキじゃないんだからさ、自分で稼いでもいないくせに、あんまりフラフラしてると、そのうち、とんでもない男に引っかかるぜ」

「余計なお世話よ」

「そりゃ、そうだがな」

引っかかるなら引っかかるで良いではないか。男というものが、果たしてどんな手練手管を使って女を口説き落とそうとするものか、自分自身がどんな言葉で心を揺すぶられるものか、試してみたい気さえする。

「あちこちで、相当覚えられてんじゃねえのか？　こんだけ遊び回ってたら」

「かもね。関係ないわ——あなた、ちょっとうるさいわよ」

出来るだけ冷ややかに相手を見据えて、萄子は蠅でも払うように顔の脇で手を振って見せた。高畑は憮然とした表情になり、他の仲間の方へ行ってしまった。

「ちょっとお、彼、萄子のこと気になってるのよ。冷たくしちゃあ可哀想じゃない」

他の友人が近づいてきて小声で言う。萄子は「冗談でしょう」とあからさまに顔をしかめた。だが、その一方では、やはり、という気がしなくもなかった。何となく気づいてはいたことだ、だが、それなら正面から口説いてみれば良いのだ。

夜遊びが続くにつれて、萄子は様々な発見をしていた。職業の多様さ、人間の多様さ、夜の世界の奥の深さ、そして、自分が意外に男性から気に入られるタイプであることも、その一つだった。新しく紹介された男たちは、大半が初対面で萄子を気に入る様子だったし、萄子が甘えたり、何かをせがんだりすることを喜ぶらしかった。利用している、相手の気持ちを逆手にとっていると分かっていながら、面白いほど自分にかしずこうとする男たちを、萄子は常に冷ややかに見るようになっていた。

二月、NHKの『事件記者』に「荒さん」役で出ていた俳優が自殺をした。その数日後、全日空のボーイング機が、羽田沖に墜落して乗客乗員百三十三人が全員死亡した。三月四日にはカナダ航空機が羽田空港の滑走路端の防潮堤に激突炎上、翌日にも英国海外航空機が富士山の上空で空中分解するという大惨事が続いた。

「まさか、カラヤンとベルリン・フィルが乗った飛行機まで落ちたりしないだろうな。そんなことになったら大変だぜ」

四月に来日するベルリン・フィルには、日頃クラシックなど聴かないように見える人たちまでが夢中になり、そんなことを言い合った。

四月に入ると、母は新しく始まった朝の連続テレビ小説『おはなはん』に夢中になり、巷には マイク真木の『バラが咲いた』が流れた。渡哲也主演の『東京流れ者』を見て以来、「流れ者には女はいらねえんだ」などと口真似をする男が増えて、その台詞を聞く度に、萄子は不快な思いをしなければならなかった。

——あなたには、何が必要なの。ねえ。

時折、思い出したように勝に向かって呟いてみる。遥か彼方へ行ってしまった彼を追いかける術が、もうないのだ。勝さえちゃんと自分を捕まえておいてくれれば、親しくもない男たちと抱き合ったり踊ったりする必要などなかった。夜の街に溶け込むことも、酒や煙草を覚えることもなかった。そう思うと、やはり恨めしくてならない。無理にはしゃいでいた気持ちなど、すぐにぺしゃりとつぶれてしまった。

「どうしたんだよ、元気ないじゃん」

そんな時は、萄子は必ず友人を求め、すべてを忘れるために出かけていった。そうすれば、きっと誰かが声をかけてくれる。その度に、萄子は、わざとらしい笑顔を作って、相手に寄りかかって見せた。誰でも良いから、心の隙間を埋めて欲しい、どんな相手でも良いから、すべてを忘れさせて欲しかった。

中には、萄子が水割りを作ってやるだけで、「ボカァ幸せだなあ」などと加山雄三を気取る男もいた。だが、そんな程度で幸せになれる男が、萄子にはただ軽薄な愚か者にしか見えなかった。結局は、すべてを馬鹿笑いで誤魔化すより他になかった。

「最近、なかなか派手にやってるんだって？」

珍しく柏木淳（かしわぎあつし）が連絡を寄越したのは、四月も末になった頃だった。

どうせ、兄から何か言われて連絡してきたのに違いない、そう思いながらも、萄子は「ちょっと会えないかと思ってさ」と言う淳に誘われるまま、有楽町で待ち合わせをした。用事が出来ただけでも良いと思ったからだ。

「久しぶり」

先に来ていた淳は、萄子の姿を認めると、目元だけを細めてまずそう言った。萄子は、何となく窮屈な思いのまま、ぎこちなく笑って見せた。以前、ここで彼と会ったときには、真剣に勝のことを相談した記憶がある。他に話せる相手がいなかった。淳は、とにかく情報を集めるべきだと言ってくれた。そして、その後『飢餓海峡』を一緒に観（み）たことも覚えている。あれから、もうずい分長い月日が過ぎてしまったような気がした。あの頃の自分さえ、遠い他人のように感じるのだから、勝と待ち合わせをしていた頃の萄子など、まるで何も知らない子どもだったとしか言い様がない。悲しいほど無邪気で純粋で、自分の幸福を微塵(みじん)も疑わなかった頃——遠い昔のことだ。

日がのびてきて、まだ暗くなりきらない街を、萄子は黙って淳と並んで歩いた。どこへ行くのとも尋ねなかった。淳も何も言わない。ちらちらと横顔を見上げると、日頃は穏やかなはずの彼が、硬い表情をしているのが分かった。

——相当、お説教をするつもりかしら。

それとも、これから行く先に兄が待ちかまえている可能性もある。それならそれで、構わなかった。受けて立つつもりだ。何しろ、もう子どもではない。もうすぐ二十六になろうという妹に、容易に説教など出来ると思われてはたまらない。

途中で一度だけこちらを見た淳が言ったのは、それだけだった。萄子は「もちろん」と答えた。早くも苛立(いらだ)ち始めている。淳も淳ではないか、いい歳(とし)をして、いつまでも兄の使い走りのようなことをしていて、どういうつもりなのだと言いたかった。

落ち着いたのはドイツ・レストランだった。意外なことに兄はおらず、民族衣装を着た金髪の店員が、笑顔で席まで案内してくれる。

「兄から言われて来たんでしょう？　誰の言うことも聞かなくて、とても手がつけられないから、一つ説教してやってくれって」

それでも運ばれてきたジョッキで乾杯するなり、萄子はそう切り出した。改めて向き合うと、淳はさらに硬い表情をしている。

「話を聞いていたことは確かだけどね——別に、説教するつもりはない」

「じゃあ、何？　まだ勝さんのことを心配してくれてるの？　それとも新しい情報でもあるとか」

頬杖をつき、顎の下で両手を組み合わせて、萄子は不敵に淳を見つめた。

「僕と、つき合ってくれないか」

淳は表情を変えないまま、静かな口調で言った。萄子は一瞬、何を言われたか分からない気がして、思わず「はあ？」と小首を傾げた。

「前から、言おうかどうしようか迷ってた。でも、決心して言うことにした」

「前からって、そんな話——」

「君が、奥田さんと知り合う前からだ。僕が、お宅に行くようになって間もない頃から、そう思ってた」

そんな話は聞いたこともなかった。第一、淳はこれまで、素振りの一つも見せたこともなかったではないか。反射的に笑い飛ばしたい気持ちになった。だが、淳はいつになく硬い表情を崩すこともなく、萄子から目を逸らそうともしなかった。急に胸が苦しくなってくる。この半年近くの間、何人の男から耳に心地良い言葉を囁かれても、ぴくりとも動かなかった心臓が、長い眠りから覚めたかのように、とくとくと脈打っている。

「言っておくけど、同情じゃない」

淳の声は、相変わらず静かなままだった。聞きたくないと思う。動揺させられたくなかった。

「一昨年からこれまで、僕なりにずっとそのことを考えてきたんだ。同情だとしたら、それは君に対して失礼だからね。だが、違う」

「でも、私は——」

「分かってる。だから、今すぐにとは言わない。待てって言われれば、待つつもりだから」

目の奥が痺れたように熱かった。重苦しく、鷲摑みにされたように感じる心臓が、無理にゆっくりと振り回されるような感じがする。

「思い出は、無理に消せるものじゃない。君が必死でもがいてるのも、よく分かる。でもとにかく、誰でもいいなんて捨て鉢な考え方は、して欲しくないんだ」

こんなに真剣な、厳しい表情をする淳を、萄子は初めて見たと思った。一瞬、彼も男に違いないのだということを初めて感じた。

——そういえば。

何年も前、初めて淳と会った頃を思い出した。あの頃から、淳はいつも萄子と会う度、はにかんだような笑顔を見せていた。交わす言葉は少なかったが、確かにこの人は、ずい分昔から萄子を見つめてくれていたような気がする。兄たちが騒いでいるときも、必ず一度は萄子に声をかけてくれた。だから、萄子も兄の仲間の中では、淳が一番好きだった。

「私——」

何と答えれば良いのか分からない。淳の真剣さが、重たく感じられる。だが、突き放してしまう勇気もなかった。第一、この半年あまりの泥濘（でいねい）のような毎日にも、そろそろ嫌気がさしてきていた。安心したい。落ち着きたい。少なくとも、その思いには、嘘（うそ）はない。

「いいわ。おつき合い、します」

大きく深呼吸した後、萄子は真（ま）っ直（す）ぐに前を見つめて、低い声で呟（つぶや）いた。

4

玉木はミルクコーヒーをすすっている。この男は何度ミルクコーヒーを飲んでも、まるで懲りるということを知らないかのように、唇に薄茶色の皮膜を貼りつける。最初からスプーンですくい取れば良いではないかと言いたいのをこらえながら、韮山は黙って彼を見つめていた。案の定、コーヒーカップから離した唇についた膜を、玉木は素早く器用になめ取った。なるほど、こういう慣れ方もあるものかと、妙なことに感心する。

「そうですか、もう、そんなになりますかね。早いもんだね」

「まあ、桜が咲く前に逝ったんだから、そんなもんですわ」

新緑の季節を迎えていた。今日は曇り空の代わりに涼しくて過ごしやすいが、昨日などは初夏を思わせる、汗ばむほどの陽気だった。

「桜、か。そういえば、覚えてますよ。あの、告別式の帰り道、蕾が膨らんでた」

三月二十八日、寿々江が逝った。十一月に発作を起こし、その時は一命を取り留めたものの、年が明けてから再び容態が悪化して、ついに力尽きた。享年五十二。早すぎるようにも、これまでの寿々江の人生を思えば、良くもったようにも思える歳だった。そしてつい一昨日には四十九日の法要を済ませた。

「淋しく、なりましたな」

「前々から入退院を繰り返しておりましたのでね、いつこうなってもおかしくはなかったんでしょうが」

玉木はほう、と言うように眉を上下させ、それでは刑事時代は大変だったろうと言った。留守がちの仕事をする身にとって、家庭が安定していないのは大きな不安材料になる。

「まあ、娘が小さい頃はですね、それなりに気を揉んだこともありますが、ある程度大きくなってからは、かえって頼りになりましたもんで」

玉木の顔が微妙に歪むのを確かめながら、韮山はゆっくりと呟いた。その娘の死が、女房の寿命を縮める大きな要因になった。あの事件が、すべての始まりだった。ついに一人だけ取り残された韮山がどれほどの思いでいるか、察することくらいは出来るはずだ。

「——せめて、容疑者が逮捕されるまで、お元気でいていただきたかったものです」

苦しげな顔のまま、玉木も唸るような声を出した。韮山は、相手を上目遣いに見つめたまま頷（うなず）いた。

「このまま、浮かばれない人間ばかり増えても、困りますやな」

「もちろんです」

「――たとえ、うちの娘が蒔（ま）いた種だとしてもね」

テーブルに視線を落としていた玉木が、すっと眠そうな目を上げた。もう、良い頃合いだろう。寿々江も逝った今、もはや何を隠し立てすることもなくなった。

「恐らく、そうなんでしょう。うちの馬鹿娘（ばかむすめ）が、女の浅知恵で、ああいうことになったんだと思います」

「どういう、ことです」

玉木の表情は複雑だった。自分の娘を悪（あ）し様（ざま）に言う韮山に対する訝（いぶか）りと、さてはのぶ子の素顔を知ったのかという同情、また、事件そのものについて、どこまで摑んでいるのか探りたいという、疑念にも近い好奇心――さらに、喪中の男やもめとなった者への心遣いというところかと、韮山は、さすがに以前に比べてくたびれて見える玉木の顔をしげしげと観察した。定年まで残すところあとわずかに違いない刑事は、視線の強さを競うように韮山の視線を受け止めていたが、結局は、頭のはげ上がった顔をわずかに突き出して、口元と眉根にわずかな力を込めながら、韮山の顔の隅々までを、きょときょとと見回す程度のことだった。

「のぶ子さんの蒔いた種とは？」

今日、玉木に会うについては、韮山もそれなりの覚悟を決めてきていた。どんな真実が暴かれ、どれほどの醜聞が流れることになろうとも、韮山の他に苦しむ人間はいなくなったのだ。だから、思い切った行動に出る。すべての決着は、最後にたった一人残された、韮山自身の手でつけなければならない。

「天下の警視庁が、そこまで調べてないはずが、ないでしょう。あんたたちは早い段階から摑んでたんじゃないんですか、のぶ子の素行について」

「素行、といいますと」

自分から馬脚を現すような真似はしないつもりらしい。何としてでも父親である韮山の口から語らせようという腹づもりか。畜生、なかなか底意地が悪い。

「そうそう、人様に自慢出来るような娘じゃなかったってことです」

韮山は煙草をくわえ、苦々しい思いで煙を吐き出した。

「あんた、以前あたしに言った。のぶ子の真実をどこまで知ってるかって、ねえ」

玉木は「そうでしたかね」と言いながら、小さな目をすっと伏せて、自分も新しく煙草をくわえる。その様子を眺めながら、韮山はつい、自嘲的な笑いと共に鼻から煙を吐き出した。

「あいつぁ、ほら、あたしに似て不器量だったから、親としては心配してたんです。このまんまじゃ、一人の男にも好かれねえんじゃねえか、いかず後家になっちまうんじゃないかってね。だが、よくしたもんです。親の心配なんて、ちゃんちゃらおかしいってもんでね、あいつは、そのう——男関係についちゃあ、あたしらなんてとてもとても、及びもつかないくらいに進んでたってことですよ。分かってるでしょう」

玉木は目を伏せたままだ。武士の情けというものか、それとも、黙って先の言葉を待っているのか。

「手練手管にかけちゃ、小娘とはいいながら、なかなかのもんだったはずなんです。そのあいつが最後に目をつけたのが、奥田だった」

韮山は、また一つため息をついた。

我ながら、何と情けない話を他人にしなければならないものかと思う。だが聞かされる側だってたまったものではない。それは、韮山自身が少なくとも一昨年まで、そういう立場にいたのだからよく分かっている。

「奥田が婚約していることを知っていながら、のぶ子は奥田を奪い返そうとしていた。そのために、あいつは危険な賭けに出た。もちろん、本人は危険なんて思いやしなかったんでしょう。悪知恵は働いても、所詮は世間知らずの小娘です。すべては自分の思惑通りになると信じて、よく知りもしない男に協力を頼んだ」

「よく知りもしない男？」

玉木が顔を上げた。韮山は、どんな変化も見逃すまいと、その丸い顔を見つめた。

「恐らく、いや、間違いなく、その男は寺瀬本人だったか、または野郎とつながりのある、誰かだった」

玉木の太い眉がぴくりと動く。数秒の沈黙の後、彼はすっと視線を逸らし、懸命に何かを考え始めたようだった。果たして今の段階で、その男の存在まで掴んでいるのか、いないのか。韮山は苛立ちを抑えながら、玉木を見つめていた。

「――のぶ子さんの、その賭けっていうのは？」

「具体的には、分かりません。ただ、のぶ子は奥田の性格をよく知っていた。奴の正義感、責任感の強さ、頼まれたら嫌と言えないところもね。そりゃあ、年がら年中、あたしが家に呼んできて、ああでもない、こうでもないってやってるうちに知ったことでしょうが、あいつは、そんな奥田の性格を利用しようとしたんでしょう。あいつが一生涯、のぶ子の傍にいなければならないと思うようにね、仕向けようとした」

玉木は腕組みをし、眉間に皺を寄せて小さくゆっくりと頷いている。韮山は、自分の娘の話だということも忘れて、つい懐かしい高揚感を覚えそうになっていた。退職前の何年間かは、ずっと所轄署回りで、そう大きなヤマにぶつかることもなかったが、これでも以前は何回か特捜本部を設けるような事件捜査に関わっていたこともある。その当時の日々、仲間と交わした言葉、細い糸を手繰り寄せるようにしてホシを追い詰めたときの快感が、微かに蘇る。

「色々考え合わせると、だ。のぶ子は自分を連れた奥田が、わざと危険な目に遭うように、予め仕組んだんじゃないかということです。そして、奥田のせいで自分はこんな恐ろしい目に遭った、奥田の犠牲になったと、そう思わせたかったんじゃないですかね」

「ニラさん、あんたやっぱり、大したもんだ」

玉木が、まいったというように頭を下げた。

「いや、大したもんです。よくそこまで」

腕組みを解き、玉木は憂鬱なのか安堵しているのか分からない、奇妙な表情でこちらを見た。

「確かに我々の方でも、のぶ子さんの性格や行動を調べていくうちに、ですな、こりゃあ、まあ、何というか——」

「まともな娘じゃあ、ありません」

こんなことを人前で言わなければならない情けなさに、韮山は思わず眉根を寄せた。ただでさえこのところ深くなったとルミから言われる皺が一層険しく寄ったことだろう。いずれにせよ、他人の口から言われるくらいなら、父親の自分が言う方がまだましだ。

「知らぬは何とかばかりなりという、まさしくあれですわ。まあ、ものの見事にだまされとったわけです」

玉木はますます居心地の悪そうな顔になって、また新しい煙草を口にくわえる。そして唇に煙草をくわえたままで「まあ、それはそれとして」と、極めて無関心を装った。下らない芝居だ。捜査中の事件に関して、刑事がどんな情報にも無関心でいられないくらいのことが、韮山に分からないはずがない。安っぽい同情は無用に願いたいと言いたいのをこらえ、韮山は玉木を見つめていた。

「間違い、ないんですか。のぶ子さんが、寺瀬の関係者と知り合いだったっていうのは」

「証拠はありません。ただ、のぶ子は何としてでも奥田を振り向かせるために、一芝居打とうと計画していた。そういうことに手を貸してもらえる知り合いがいると、友人に話していたそうですわ」

　玉木が、ぐっと顔を近付けてきた。やはり新ネタだったか。あの、元バスガイドは意外に信用できる相手だったということになる。

「今となっては、女房もこういうことになりましたから、聞き出すことも出来やしませんが、うちの娘は、まあ、怖いもの知らずと言いますかね、父親が留守がちなのをいいことに、好き勝手にしておったんでしょう。以前、女房は言ってました。男親には、娘の話なんかしたって仕方がないってね。女同士で話し合ってたことも、多いんでしょう」

　あれは、いつのことだったろう。つい、この間のことだったような気がするのに、あの時、珍しく気色ばんだ様子を見せていた寿々江も、今は骨になってしまった。無常とは、こういうことを言うのだろうか。韮山は、目の前に玉木がいることも忘れて、ついぼんやりとしそうになった。たった一年半あまりの間に、すべては何と変わってしまったことだろうか。すべてを失うために、いったん、手に入れたと思い込まされてきた、それが自分の人生なのだろうか。その思いは、絶望感というよりも、むしろ虚無感に近かった。

　だが、いずれにせよ、中途半端（はんぱ）では済まされない。すべて灰燼（かいじん）に帰すための人生だったとしても、汚点だけを置き去りにしていくわけにはいかなかった。韮山は頭を振り払うようにして現実に戻った。

「こっちは手の内をさらした。捜査本部の方では、どうなんですか」

玉木は、自分も物思いにふける顔をしていたが、わずかに逡巡（しゅんじゅん）を見せた後、深々とため息をついて、吸いかけの煙草を灰皿に押しつけた。

「正直に言いますと、のぶ子さんの交遊関係は、すべて洗ったつもりでした、何度もね。ですが、寺瀬とつながるような線は、出てきてはおらんかったんです」

「寺瀬は寺瀬で、洗ってるんでしょう」

「無論です。だが、洗い直しますよ。すぐに」

玉木の顔に、珍しく焦燥が読みとれた。捜査のプロが、こんな重要な証言を取り損ねていたのだから、韮山が優越感に浸っているのと反対に、誇りを傷つけられているのも当然かも知れない。

「のぶ子さんは、いつ、どこで、その男と知り合ったんですかな」

「それが、分からんのです。分かりさえすれば、あたしが自分で調べることも出来たんですが」

「そりゃあ、やめておいて下さい」

玉木は、わずかに慌てたように言う。韮山は、出そうか出すまいか迷っていた名前を口の中で何度か転がした後、「奥田、ですが」と言った。

「つまり、もしかすると、あいつは今回のことでは、単なる犠牲者なのかも知れんわけです。あたしは、あいつに謝らんといかんのかも知れません。のぶ子のせいで、人生を棒に振ったのかも知れんわけですから」

「まあ——そうかも、知れませんがね。それにしても行方をくらます必要が、ありましたかね」

その点については、韮山も何度も考えた。真実を知った奥田が、韮山に義理立てをして、またはのぶ子の名誉を守るために姿を消したという推測は、彼の不器用で極端な性格を考えれば、さほど無理ではないという気がする。それでも、挙式を目前に控えて、可愛い婚約者まで放り出して、未来の夢をすべて放棄する、そこまでする必要があったかどうかが、韮山にも分からなかった。

「逃げる必要までは、なかったように思うんですがね。言いたくないことは言わなくたって、むしろ、きちんと対処さえしていれば、警察を辞める必要もなかっただろうし、結婚することだって出来たはずなのに」

玉木も同様のことを考えているのだろう。腕組みをしたまま、得心がいかないという表情を崩さない。

「まあ、そこが奥田らしいといえば、そうかとも思います。いずれにせよ、真実を知っているのは奴だけだ。もしかすると、伸二の件も含めてね」

「出てきて、くれませんかねえ」

それから二人はしばらくの間、押し黙ったままで煙草をふかした。

「そういえば、あの、奥さんの告別式の時に見かけた娘さん、あの人は？」

やはり、覚えていたか。玉木は、葬儀の日に見かけたルミのことを言っている。あの日、韮山はルミに、奥に引っ込んでいてはどうかと言った。葬儀には警察の関係者も来る、ルミに気づく者がいないとも限らない。せっかく事件から切り離されて、落ち着いてきたというのに、思い出したくないことまで聞かれなければならなくなるのも辛いのではないかと思ったのだ。だがルミは、寿々江の葬儀に、こそこそと隠れるような真似はしたくないと言い張った。第一、もう何を聞かれても構わない、逃げも隠れもしたくないのだと、彼女は胸を張って言った。

「何か、よく気のつくお嬢さんでしたな。ああいう子がいれば、ニラさんも心強いに違いないと、後から話していたんですがね。何ですか、親戚のお嬢さんか何かで」

「あの子は、あんた方も探してた娘です」

玉木が禿頭の下の濃い眉をひそめる。韮山は、きまりの悪さを隠しきれず、曖昧に笑いながら、彼女こそ、伸二とつき合っていたというルミなのだと説明した。彼女を吉原のトルコ風呂で見つけ出し、寺瀬の関係者から切り離すために、他の仕事先を紹介した顚末を説明すると、玉木は呆れたような表情で、「ニラさん」と言ったまま絶句した。

「もしやとは思ったが、あんた、まさか——」

「あ、いや、仰りたいことは、分かっとります。だが、あの子は見れば見るほど悲惨な状態だった。あのまま放っておけば、落ちるところまで落ちるのは、目に見えてたんですよ。私も色々と話を聞きましたが——」

「それにしたって、ひどいじゃないですか。私たちはルミのことだって、それなりの人員を割いて探し続けてたんです。お分かりでしょう？　それを、自分の手許に置きながら黙ってるなんて、そりゃあ、あんた、裏切りですよ」

さっきまでのしおらしさとは打って変わって、玉木は憮然とした表情になって、それからもブツブツと文句を言い続けた。だが韮山は、適当に頭を下げ続けただけだった。自分たちの捜査力を棚に上げて、一方的に文句を言うなと言ってやりたかった。事件から一年半以上が経過しているのだ。その間、何をやってきたのだと言ってやりたい。

「とにかく一度、話を聞きに行かんとなりませんな」

「ああ、職場の方は勘弁してやって下さい。経営者は承知してますが、職場の連中は、あいつの過去なんか、何も知りはしないんですから」

ルミは週に一度、休みの度に韮山の家に来ていると言うと、玉木は何か言いたそうな、奇妙な顔のまま、それでも一応は頷いた。男やもめの一人暮らしの家に、若い娘が通ってくることの不自然さを感じているのかも知れなかった。だが、どう思われようと知ったことではなかった。

少し前に、水爆実験をしたと報道された中国で、今度は文化大革命とやらが始まったという。「革命」という不穏な響きに、また流血の騒ぎが起こるのかとも思ったが、要するに少し前から始まっていた資本主義復活への兆しと、毛沢東批判に対抗する手段として、資本主義への実権派を罷免するというものらしかった。戦後、平和と豊かさに向かってひた走ってきた日本と同じ時を経ながら、まったく違う歩みを見せる中国の報道を目にする度、韮山は不思議な気分になった。

その日も、ぼんやりと一人でニュースを観ていると、玄関先で「ただいまぁ」という声がした。休みの前日でもないのに、ルミが荷物を持って、にこにこと居間に入ってくる。韮山は、「なんだい」と、呆けたようにルミを見上げた。

「クビにでも、なったか」

「違うってば。あのねえ、私、明日から通いにしてもらったんだ」

「通いだって？　どうして」

「新しい子が入ったんだよ。部屋が足りないの」

だからといって、どうして、と言おうとする間に、ルミはさっさと仏壇に向かい、寿々江とのぶ子の遺影に向かって「ただいま」などと言いながら線香を上げている。それから一通り部屋を見回し、「汚いなあ」と呟いた。

「全然、掃除してないじゃん」

別に不自由はしていない。韮山は不機嫌に顔を歪め、ルミが帰る日の前日になったら適当に片づけるつもりだったのだと腹の中で呟いた。

「他の人たちだったらアパート借りなきゃならないけど、私には帰る家があるんだからって。先生が」

首の後ろを掻きながら、ちらりと見れば、ルミは意外なほど神妙な顔つきになっている。帰る家、と、今、この娘は言った。その言葉に賭けるように、そっと窺うようにこちらを見ている。

「こっから毎朝通うっていったら、大変だぞ」

「普通のお勤めの人は、皆やってることだよ」

「帰りだって、そう毎日、迎えには行ってなんかやれないんだからな」

「自分で帰ってこられるってば。その代わり、おじちゃん、悪いんだけどあと一回だけ、荷物を運ぶの手伝って欲しいんだ」

上目遣いで、じっと見つめられて、韮山は小さく舌打ちをした。「しょうがねえなあ、もう」と、わざと顔をしかめる。ルミは、心底ほっとした表情になって、にっこりと笑うとすっと立ち上がった。

「ああ。お腹ぺこぺこ、何かあるかな。わあ、こっちも汚いじゃんよう！」

悲鳴のようなルミの声を聞きながら、韮山は、何故だか泣きたいような気分になっていた。自分の方が助けたつもりでいたのに、いつの間にか、立場が逆になっているようだった。

5

あり合わせも何もなく、結局、お茶漬けをすることになったルミは、それでも不満そうな顔もせずに、逆に「美味しい」と目を細めた。

「思うんだ。何もおかずがなくてさ、ご馳走じゃなくても、こうやって畳の上で、ちゃんと誰かとご飯食べるのが一番だって」

「店にいたって、いつも誰かと飯食ってるだろうが」

「でも、職場だからね。先生や先輩だよ、相手は。いくら仲良くなったって、やっぱり違うって」

「そんなものかね」

ふん、と小さく鼻を鳴らし、韮山は新聞を広げる。さっき、一通り読んでしまったから、別段、目新しい記事が見つかるわけではなかった。ただ、そうでもしなければ間が持たないからだ。

「やっぱり、おばちゃん、もう帰ってこないんだね」

少しの沈黙の後、ルミが呟いた。

「不思議なもんだよねえ。いるのが当たり前だと思ってた人が、急にいなくなっちゃうのって」

「急でも、ないさ。あんなに入院してたんだから」

「だけど私、きっと帰ってこられるって思ってたんだから。きっとまた、元気になるって」

ちらりと顔を上げると、ルミは箸を宙に浮かせたまま、ぼんやりと寿々江の遺影を見上げている。

「おばちゃん、優しかった。私、大好きだった」

いつになくしみじみとした声で、ルミは呟いた。

「お母さんて、こんな感じなのかなって、いつも思ってたんだ」

「それを聞いたら、おばちゃんも喜ぶだろう」

こういう話はやめにして欲しかった。湿っぽくなっていけない。寿々江だって、ルミを可愛がっていた。のぶ子が逝って、身も世もないと思っていたとき、ルミの存在が、どれほどの慰めになったか、気を紛らす材料になっていたか分からないほどだ。だが、韮山の口から、そんなことの言えるはずがない。

「じゃあ、ここに住むっていっても、怒らない？」

「怒りゃあ、しないさ。生きてた頃だったら、赤飯炊いたんじゃないか」

「赤飯？　へえ――」

ルミは、急に淋しい顔になって「赤飯」と繰り返す。

「私、赤飯て、食べたことない」

韮山は、思わず振り返ってルミを見た。これまでにも、彼女は寿々江が用意した料理の中で材料を知らなかったり、料理そのものを知らなかったりしたものが数多くあった。中華鍋（なべ）さえ、初めて見たと言った。

こりゃあ、明日はどこかで赤飯を買って帰ってやらなきゃな。寿々江がいたら気がついたに違いないことを、多少なりとも考えてやる必要がある。面倒な話だと思いつつ、韮山はつい張り切る自分を感じていた。寿々江の容態も気にする必要のなくなった今、のぶ子の件で動く以外、明日の予定など立てることもない毎日を過ごしていたことを、また改めて感じていた。

ルミとの奇妙な生活が始まった。

寿々江からも、勤め先の美容院でも、ずい分あれこれと教わったのだろう、ルミは意外なほど家事をこなせる娘になっていて、その点では、韮山は大いに助かった。それでも毎日毎晩、顔を合わせるとなると、何となく窮屈に感じられる。何しろ、相手は赤の他人だった。それも、二十歳そこそこの若い娘と、長い夜に向き合っているのは、気疲れがする。

「今度から、夜、車出そうと思ってな」

ある日、韮山はルミと遅い夕食をとりながら、出来るだけさり気なく切り出した。

以前から考えていたことだ。さすがに不況といわれるだけのことはある。日中は、長距離の客も少なくて、思ったほどの売り上げが望めないことが、韮山にも分かり始めていた。警察官時代には感じなかった景気の変動が、その日の売り上げに正直に反映され、影響をまともに受ける。

「夜？　じゃあ、夜中、留守になるっていうこと？」

最初、ルミは驚いた顔になり、それからつまらなそうに「ふうん」と言ったきり、一点を見つめた。

「――私がいると、じゃま？」

「そんなこたぁ、ないさ。こっちだって、お遊びでタクシー転がしてるわけじゃないんだ。多少なりとも稼ぎの多い方がいいだろう」

「そんな、無理することないって。私だって、少しずつお給料増えてきてるんだしさ。今月分から、家に入れるようにするから」

その言葉に、韮山は思わず笑ってしまった。娘のようなことを言う。だが実際には、のぶ子は自分の給料は、ほとんど小遣いにしてしまっていた。

「家賃としてでも、食費としてでも、入れるから。夜なんて、危ないじゃんよ。私だって一晩中、一人でこの家にいるの、嫌だよ」

何故、と尋ねかけて、ルミの視線がすっと仏壇の方にさまようのを、韮山は見逃さなかった。

「薄気味が悪いか。夜中に、化けて出るとでも思ってるのかい」

ルミは一瞬、ためらった表情を見せ、それからふてくされたように唇を尖らせて「そんなんじゃ、ないけどさ」と俯く。韮山の中で、小さな棘のような苛立ちが疼いた。人の身内を幽霊扱いするな、と怒鳴りたい思いが膨らんだ。ところがルミは、いつになく神妙な表情で、「だって」と言った。

「これまでにも夜中にさ、変な音がすること、あったんだもん」

そして、すっと顔を上げ、身を乗り出してくる。

「当然だと思うよ！　おばちゃんは病気だったから、仕方がないとは思うけど、でも、のぶ子さんは、犯人だって捕まってないんだよ。悔しいに決まってるよ！」

韮山は目をむいてルミを見つめた。こちとら、毎日のように化けてでも良いから姿を見せて欲しいと思いながら、一度として果たせていないのだ。

ルミは真剣そのものの表情で、頼むからもうしばらくの間、夜中に一人で置き去りにしないでくれと言った。韮山は「馬鹿馬鹿しい」と吐き捨てるように言いながら、本当に夜中に物音がするものなら、韮山自身も聞いてみたい、姿が見えるのなら見てみたいものだと思っていた。

「大体、お前はあれなんじゃねえか？　これまで狭いとこばっかりで、いつも誰かと暮らしてたもんだから、一軒家っていうのが、もう怖いんだろう」

「――そうかも知れないけどさ」

「のぶ子が成仏（じょうぶつ）出来てるかどうかは知らないが、何も、お前に悪さなんかしやしねえよ」

「分かってるよ。分かってるけど、でもさあ、とにかく、一人でいると色々と考えちゃうんだってば。怖かっただろうな、悲しいだろうなって――もしも私だったら、絶対に化けて出てやるって」

のぶ子を知らないルミが、のぶ子に限りない同情を寄せ、たとえ間接的であろうと、伸二が関係していたに違いないことを気に病んでいるのは、韮山も知っている。だが、その伸二を殺害した犯人だって、相変わらず見つかってはいない。ルミは、口でこそ伸二には罰が当たったのだなどと言っているが、心の内ではたった一人の家族のように思ってきた男の死に、どれほど傷ついているか、容易に察することが出来た。

「おばちゃんがいてくれれば、おじちゃんが夜中に働こうとどうしようと構わないけどさ、独りぼっちにされるんじゃあ、何のために住み込みじゃなくなったのか、分からないじゃないよ」

結局ルミに押し切られる形で、韮山はもうしばらくの間、夜勤は思い止まることにした。そのうち、この家での生活にも慣れてくれれば、ルミも韮山をうるさく感じ始めるだろうし、何よりも、いつまでこの家にいるか分からない娘だ。あまり遠い先のことまで考えても仕方がない、取りあえず今は取り残された者同士、身を寄せ合って暮らすより仕方がなさそうだった。

玉木がやってきたのは、そんなことのあった二、三日後の、ルミが休みの日だった。はげ上がった額に、早くも汗を滲（にじ）ませて、玉木は予（あらかじ）め電話で告げた時刻よりも二十分ほど遅れてやってきた。

「いやあ、道路が混んでましてな。本当に近頃、車が増えたもんです。空気が悪くてかないませんわな」

仕事に出ずに来訪を待っていた韮山とルミは、せわしなく汗を拭（ふ）く玉木を、ただ見つめていた。玉木は、人心地がつくとすぐに、背広の内ポケットから数枚の写真を取り出した。

「まず、ルミさんに見てもらいたいと思ってね。この中に知ってる男はいるかね」

卓袱台（ちゃぶだい）の上に並べられた写真を一目（ひとめ）見るなり、ルミは「あ」と小さな声を出した。

「ほとんど全部、知ってる」

写真は全部で十三枚あった。中には警察で撮られたに違いない、正面を向いたものもあれば、どこで入手したのかスナップ写真を引き伸ばしたらしいもの、また、街なかで隠し撮りをしたらしいものも混ざっている。

「寺瀬と――ほとんどが、寺瀬の手下。これ、この男は、伸ちゃんと一番仲が良かったんだ。それから、これ、こいつが一番、寺瀬になついてる」

ルミは、忘れていた悪夢が蘇ったかのような表情で、写真を一枚ずつ手に取り、説明を始めた。韮山は、初めて見る寺瀬の顔写真を凝視した。

――やりそうな野郎だ。

それが、韮山の第一印象だった。顔立ちそのものは、意外に整っていると思う。細面で鼻筋も通っている。だが、その女のように細い眉の下の三白眼は、生半可なことには動じないほど据わっており、唇の薄い口元には、いかにも冷酷な笑みが似合いそうだった。頬骨は高く、その頬は削げ落ちている。顎も意外なほどに華奢だった。こういう、一見すると優男風に見える男が、意外に剛胆なものだ。手前勝手な論理を組み立てて、自分の欲望を満たすためには手段を選ばない、そんな男にも見えた。

「――この人は、見たことあるような気もするけど、よく知りません」

玉木に指された写真を見て、ルミは小首を傾げている。韮山は、自分も玉木の指さす方に視線を移した。玉木はさらに、もう二枚の写真を指した。ルミは、やはり片方の男は顔だけ知っていると言い、もう片方については、見覚えがないと答えた。

「この中に、伸二と仲が良かった、または悪かった奴はいるかね」

玉木は重ねて質問した。ルミは、一枚の写真を選び出した。

「伸ちゃんは、いつもナオって呼んでましたけど、仲良かったみたいです」

「荒井直樹か」

玉木が頷いた。韮山もその写真を手に取って眺めた。全体に小作りな、取り立てて印象に残らない顔をしている。よく見ると、眉から目の脇にかけて、微かな傷痕が残っているようだ。ルミはまた一枚の写真を手に取り、その男と伸二とは犬猿の仲だったと言った。玉木は「吉村一夫ね」と、やはり頷いた。

「それが、今じゃあこの二人、何をするにも一緒なんですわ。伸二がいなくなった途端に、まるで兄弟みたいに離れなくなったっていう話でね」

「そんなあ、何だか、変なの」

ルミが眉間に皺を寄せて口を尖らせた。

「伸ちゃんとナオくんは、二人とも一夫のこと嫌ってたはずなのに。裏切られかけたことがあるって、だから絶対に気を許しちゃいけない相手だって。寺瀬が、どうして一夫を可愛がるのか分からないって」

韮山の頭が大急ぎで回転し始めた。

「こいつらは今、どこにおるんです」

今すぐにでも腰を上げたい衝動に駆られながら、韮山は玉木を見据えた。だが、玉木は、彼らに関する質問には一切答えられないと言った。

「念のために申し添えますが、以前いた場所を訪ねても無駄です。寺瀬は今、本拠地を替えようとしている」

「どこに」

「だから、それも言えませんて。分かっとるはずじゃないですか」

苦笑混じりの玉木を見据えて、韮山は思わず握り拳を作った。荒井直樹と吉村一夫。恐らく、この二人のうちのどちらか、または両方が事件に関わっているのに違いない。以前は犬猿の仲だったという二人は、同じ秘密を共有し、または、傷をなめ合う関係になったのに違いなかった。その秘密とは何か。

「あの二人が兄弟みたいに仲がいいなんて――信じられない。どう考えたって、変だよ」

ルミが困惑した表情で韮山と玉木を見比べている。本当は席を外せと言いたかったが、茶の間から追い出したところで、立ち聞きをされるおそれがある。それは無理からぬことだった。ルミにとっても、もしかすると伸二の仇の話かも知れないのだ。

「その背後に何があるか、その辺は、もう少し調べんことには分かりませんがね」

だが、玉木の表情は言葉の曖昧さとは裏腹に、確信に満ちていた。韮山はますます、何としてでも二人の居場所を知りたいと思い始めた。写真を眺めているだけで、憎悪の炎が燃え上がる。耳の底で、のぶ子の悲鳴が聞こえる気がした。こいつらが、のぶ子をあんな目に遭わせたのか、友だち面をして、のぶ子を裏切り、伸二まで裏切って。

「くれぐれも、注意して下さいよ、ニラさん。前にも言ったが、寺瀬はヘビみたいな野郎だ。何といっても悪知恵の働く野郎なんです、それに――」

玉木は、そこでちらりとルミを見て、少し迷った表情を見せた挙げ句、韮山に向かってぐっと身を乗り出してきた。まるで、ルミなど視界の片隅にもいないように振舞うつもりらしい。

「野郎は、目的のためには手段を選ばない。それに今、防犯の方が、内偵に動き始めてるらしいんです」

「内偵って、寺瀬のですか」

「キミヨっていたでしょう。寺瀬のレコだった女ですがね、その女が死にました」

隣で、ルミが密かに息を呑んだのが分かった。だが韮山も、玉木に向かって身を乗り出し、まるで、いつもの喫茶店で話すときのように声の調子を落とした。

「死んだって、殺しですか」

「いや、直接の死因はシャブですわ。もう、全身ボロボロでね」

それで、防犯が動き出しているということか。韮山は、玉木を見つめ続けていた。すべての背後に寺瀬がいることは、まず間違いがなさそうだった。警察は別件でも良いから彼らのうちの誰かを引っ張り、その上で、自分だけは手を汚すまいとしている寺瀬本人の息の根を止めてやりたいと考えている様子だった。その意気込みは、玉木の言葉の端々からも感じられた。彼は何度となく、韮山に無謀な行動には出てくれるな、警察を信じて待っていて欲しいと繰り返して帰っていった。

「新しい仕事って、シャブのことだったのかな」

玉木が帰った後、ルミがため息混じりに呟いた。そういえば伸二は失踪する直前に、寺瀬が新しい仕事に手を出そうとしているらしいと言っていた。その仕事に関わってしまったら、本当に足を洗えなくなるとルミに話していたという。それがシャブの取引だったとすると、確かに引き返すのは難しいだろう。

「キミヨさん、死んだんだ――」

韮山は懸命に苛立ちを抑えていた。本当なら今すぐにでも荒井や吉村を探し出して、自分の手でのぶ子の仇を討ちたいと思う。だが、そうは言っても自分一人で何が出来るはずもないということも理解しているつもりだった。第一、居場所さえも知らされていないのだ。それに、寺瀬の息の根を止められなければ、復讐は中途半端に終わってしまう。最終的にたどり着かなければならない標的は寺瀬だ。寺瀬に、どうやってたどり着くかだ――。

「馬鹿だよ。さんざん利用されて、その上、シャブ漬けにまでされちゃうなんて」

「下手すりゃあ、お前もそうなってたかも知れん」

韮山は吐き出すように言った。ルミは「私が？」と一瞬眉をひそめ、それからため息をついた。

「そうかもね。あのままだったら、本当、そうかも」

そのまま、しばらく口を噤んでいたかと思ったら、いつの間にか彼女は声を出さずに涙を流していた。かっつん、こっつん、と柱時計の振り子の音だけが響く。

「裏切ったんだね。あいつら」

どれくらい時間が過ぎたか、鼻をすすり上げて、ルミは震える息と共に言った。

「裏切ったんだよ。ナオくんは、伸ちゃんを裏切ったし、吉村は、きっとのぶ子さんを。裏切った者同士で、うまいことやろうとしていやがるんだ」

ほとんど学校へ行っていないが、ルミは決して愚鈍な娘ではない。彼女は、韮山が推測したのとほぼ同じ筋立てを考えていたのに違いない。

「――冗談じゃ、ないよね」

ルミは、頬の涙を拭おうともせずに呟く。

「冗談じゃ、ないよっ！」

そう言うなり、ルミはすっと立ち上がった。一瞬、呆気に取られた韮山は、次の瞬間、弾かれたように立ち上がって、小走りに玄関に向かうルミの後を追った。

「おいっ、どこに行くんだっ」

「決まってんじゃないっ！　許さない、許さない！」

振り返ったルミの瞳は憎悪に揺れていた。

韮山は、ルミの勢いに気圧されそうになりながら、玄関先で靴を履こうとするルミの腕を摑んだ。

「駄目だ、行くんじゃないっ」

「行く！　おじちゃん悔しくないの？　裏切られて、あんな目に遭わされて、最後には殺されて！　放っとけると思ってんのっ！」

「分かってる！　分かってるから、やめろっ」

ルミは懸命に韮山の手を振りほどこうとする。その腕は、想像以上に細く、そして、柔らかかった。

「お前が行ったところで、かなう相手じゃないだろうが。第一、どこに行こうっていうんだよ、ええ？」

「そんなの、分かんないよっ。だけど、探し出してやる！　探し出して、ぶっ殺してやる！」

「駄目だって言ってるだろう！」

仕方なく、韮山はルミの頰を叩（たた）いた。加減したつもりだったが、柔らかい滑らかな感触を感じたと同時に、意外に大きな音がぴしゃりと響いた。その途端、ルミはぜんまいが切れたかのように動かなくなった。

「――落ち着け。お前が行ったって、のぶ子の二の舞になるかも知れんのだぞ。俺はもう、これ以上、葬式はたくさんだよ」

ルミは叩かれた頰を抑えたまま、横を向いて俯（うつむ）いている。その胸は激しく波打っていた。

「分かるだろう。相手の居場所も分からんようじゃあ、勝負にならん。第一、お前に何が出来る？　せっかく美容師になろうっていう時に、殺されないまでも、病院行きか、ムショに入ることになるんだぞ、ええ？」

「――いいもん、入るよ。平気だよ、それくらい」

「馬鹿者が。行かれるくらいなら、俺が行ってるんだよ。どうせもう、未練も何もないんだから」

ルミがすっと顔を上げた。すがりつくような顔を一瞥（いちべつ）して、韮山は「そうだろうが」と言いながら、ルミを三和土（たたき）から引き上げた。さっきまでの勢いはなりをひそめ、素直に玄関から上がった彼女は、新たな涙を流していた。今度は肩を震わせ、やがて嗚咽（おえつ）を洩（も）らし始めた。向き合えば、小柄な韮山と大差ない身長の娘は、その柔らかい身体を韮山に預けて泣き続けた。

「――駄目だよ、おじちゃん。一人にしないでよ」

思わず当惑しそうになりながら、韮山は、その柔らかい感触を愛（いと）おしく思った。韮山でさえ背負いきれないと思うのに、こんな娘が、何という重荷を背負ったことだろう。とても一人で放っておけるものではない。

「――初めて、だね」

どれくらい時間が過ぎたか、ようやくルミの震えが止まった。

「何が」

「初めて、叱られた」

韮山の首筋に顔を押しつけながら、ルミがくぐもった声を出した。いつも先輩の実験台になるのだというパーマの髪が、頰にちくちくと当たる。そのかゆさをこらえながら、韮山はしばらくルミを抱いていた。

6

久しぶりに美津子から連絡があったのは、五月の半ばのことだった。萄子が勝との挙式を指折り数えて待ちわびていた頃、短大時代の友人である彼女もやはり、結婚を控えていた。あの当時は、親の言いつけ通りに見合いで結婚相手を決めてしまったことを半ば悔いながら、萄子の恋愛をしきりに羨ましがっていた彼女は、電話口で萄子の声を聞くなり、「わあ、萄子！」と感嘆に近い声を上げた。

「もう、いくら待っても連絡してきてくれないから、我慢しきれなくなって、こっちから電話することにしたの。ねえ、あなた元気なの？　どうしてる？」

相変わらず賑(にぎ)やかな早口の声を聞いて、萄子は複雑な気分になった。懐(なつ)かしい思いもある。飽きもせず、何時間でもお喋(しゃべ)りに花を咲かせていた頃が夢のように思い出された。それでも、仲間内で話題になった大恋愛が、あんな形で終わりを遂げたことを、誰もが心密かに良い気味だと思っているのではないか、内心で萄子を軽蔑(けいべつ)しているのではないかと思うと、ことに穏やかな結婚生活を送っているに違いない友人たちには、どうしても自分から連絡をするつもりになれなかったのだ。

繰り返し元気かと聞かれて、曖昧に「どうにかね」などと答える自分が情けなかった。春以来、萄子の近くには常に淳がいてくれる。ああ、私には恋人がいる、傍にいてくれる人がいると思うと、気持ちは静かになった。だが、それは勝と知り合った頃のような、心の中が細かく泡立つような喜びも、小さな出来事の一つずつに一喜一憂していたような波立ちもない、淋(さび)しくなるほど穏やかなものだった。

「ねえ、今、どこからかけてると思う？」

「どこって――」

「大阪。私、今、大阪に住んでるの！」

美津子の声は相変わらず張りがあった。それだけに萄子は、次の言葉に自分の耳を疑った。美津子は、まったく同じ口調で、離婚したのだと続けた。

「まさか。嘘（うそ）でしょう？」

「嘘で離婚したなんて言うはずないじゃない。本当も本当。もう、あいつにはがっかり、色々とあったのよ。だから、父に頼んでね、気分転換も兼ねて、こっちの支店を手伝うことにしたの」

美津子の家が老舗（しにせ）の洋装店だったことを思い出しながら、萄子は信じられない思いで彼女の声を聞いていた。離婚したのだという。周囲の誰からも祝福され、望まれた結婚、しかも見合い結婚ではないか。久しぶりに、萄子の中で様々な疑問が生まれてきた。それに、自分と同様につまずいた相手なのだと思うと、美津子には申し訳ないが、急に気持ちが楽になった。

「面白いところよ、大阪って。ねえ萄子、今、お仕事か何かしてるの？」

「何も」

「ねえ、だったら遊びに来ない？」

美津子の声はあくまでも明るく、そして朗らかだった。大阪など、新幹線に乗ってしまえばあっという間に着く距離ではないか、是非とも遊びに来いと、彼女は繰り返し萄子を誘った。

「あなたは、こっちには戻ってこないの？」

萄子の方から質問すると、彼女は、仕事の打ち合わせなどもあるから、かなり頻繁に東京と大阪を往復していると答えた。

「すごいわね。ビジネスマンみたい」

「楽しいわよ。私ってもともと、家庭に納まるタイプじゃないのかも知れないわ。ああ、じゃあ、取りあえず今度、私が東京に戻ったときにでも、会わない？」

今度は、萄子は快諾した。わざわざ大阪まで会いに行って、話が合わなかったら気まずいことこの上もないと思ったが、以前のように会えるのなら、その場で美津子がどれくらい変わったかを確かめられる。

「美津子さん、か。覚えているような気もするけど」

その週末、淳に美津子の話をすると、彼は小首を傾げながら、確かに以前、萄子の家で会ったことがあるはずの顔を思い出そうとしているようだった。

「それにしても、離婚して大阪暮らしとはね」

「人の運命なんて、分からないものだわ」

緑が濃くなり始めた公園を歩きながら、萄子は誰にともなく呟いた。結婚前に踏みにじられる夢と、結婚後に突きつけられる現実、その良し悪しは判断がつかない。

「それで、会うことにしたの？」

「彼女から、また連絡があればね」

「いいかも知れないな。女同士でお喋りも」

淳の口調はいつも静かで落ち着いている。交際を始めてからも、彼は無理に萄子との距離を縮めようとすることもなく、兄の後輩として会っていた頃と、ほとんど変わっていなかった。ただ、二人きりで会う機会が増えるにつれ、萄子にも少しずつ、彼の家庭のことや、仕事の内容などが分かり始めた。淳は、口数は多くはなかったが、かといって無口ということもなく、萄子が聞くつもりにさえなれば、映画にもコーヒーにも、また小説の世界などにも、意外な造詣の深さを示した。萄子は休日の度に、淳に誘われるままに映画館や美術館に行き、動物園や公園を歩き、また、時にはドライブをした。心躍るようなデートとは言えなかったが、それでも、夜遊びもしなくなり、平日は家にこもることの多くなった萄子にとっては、彼との外出は貴重な息抜きだった。しかも、両親が認めている。淳と会うと言えば、しばらくの間は萄子の扱いに困り果てていた様子の母も、笑顔で送り出してくれた。

——私には、恋人がいる。両親も認めている、ずっと昔から私を思ってくれていた人がいる。

時々、自分に向かって言い聞かせることがある。なのに、気持ちはまるで華やぐことがなかった。それが、自分でも淋しかった。

美津子と会ったのは、六月に入った頃だった。梅雨が近いせいか、湿度の高い、曇り空の続くようになった頃、彼女は髪を綺麗なアップにして、大振りのハンドバッグを腕にかけ、颯爽と現れた。待ち合わせの場所で彼女と目が合うなり、蓢子は飛び跳ねるようにして歓声を上げてしまった。自分でも、こんな少女じみたことが出来ると思っていなかったのに、学生時代に戻ったような懐かしさが、あれこれと思い浮かべていた不安などは、一瞬のうちに消し去ってしまった。

喫茶店に落ち着くなり、蓢子たちはすぐにお喋りに花を咲かせた。くすくす笑いを交えながら、まるでつい先週も会ったばかりのように、他愛もない話をするのは、久しぶりだった。

「それで、皆さんは、お元気？　お兄さんや弟さんは？」

一時間も過ぎた頃、ようやく最初の興奮がおさまったように、美津子がこちらを見た。化粧は変わったが、黒目がちのよく動く目元などはそのままで、濃い色の口紅が、彼女をさらに活動的に見せている。いつの間にか、彼女は慣れた手つきで煙草を吸うようにもなっていた。

「兄のところには子どもが生まれたの。弟は高校二年生になったけど、ほら、今月の末にビートルズが来るじゃない？　今はもう、あれに夢中よ」

「へえ、あの弟さんが」

「毎日、下手くそなエレキギター弾いてるわ」

「確か、私が初めてお目にかかったときはランドセル背負ってたわよね。こっちが年をとるわけだわ」

諦めたように眉を動かす彼女は、とても年をとったなどという表現は似合わない。むしろ、萄子の方が、いつまでも宙ぶらりんなままで、妙にぬかみそ臭くなっている気がした。

「一年二カ月」

「——何が？」

「私の、結婚生活。それしかもたなかったの」

美津子の表情は静かなままだった。萄子は、黙って彼女を見つめていた。

「やっぱりお見合いなんて、あてにならないものだわ。周りがあんまりすすめるもんだから、そんなものかと思って決心したけど、自分が馬鹿だった」

聞けば、美津子が結婚相手に選んだ男は、一見真面目そうで、非の打ちどころがないように見えたのに、酒が入ると性格が一変し、その上、金銭に対しては異常なほど貪欲で吝嗇でもあり、さらに嫉妬深さも加わって、家計簿のみならず、美津子の日記帳から古い手紙の類まで、すべてを盗み見したのだという。そして、少しでも気に入らないことがあれば、酒を飲んだ上でねちねちと美津子を責め立て、時には暴力さえも振るった。美津子の言葉を借りるなら、一年以上も耐えたことさえ、無駄だったとしか思えないような新婚生活だったらしい。

「男なんて、もう絶対に信じないわ」

ふん、と鼻を鳴らして、彼女は言い放った。

「それで、萄子は?」

自分の話をひとしきりしてしまうと、美津子は逆に聞いてきた。「私はねえ」と言い、萄子は小さく深呼吸をしてから、初めて、ことの顚末を簡単に話して聞かせた。ドレスが縫い上がった直後に事件が起きたこと、勝を探して方々を旅したこと、一度だけ電話がかかってきたことなど。美津子は、時には形の良い眉をひそめ、時には衝撃をこらえるように口元を押さえながら、丁寧に萄子の話を聞いてくれた。

「結局、未だに何が何だか分からないままなのよ。あの人が実際に人殺しをしたのか、していないのか、どうして何もかも捨てて逃げなければならなかったのか――はっきりしたことが、何もないの」

「残酷な話ねえ」

美津子は深々とため息をついた。

「それじゃあ、諦めのつけようにも困るじゃないね」

初めて我が意を得た気分だった。萄子は大きく頷き、すべてを白紙に戻そうとする両親にも、腫れ物に触るように接する兄弟にも、そして、早々に事件を解決してくれない警察にも、すべてに腹が立ってならないのだと言った。勿論、勝にだって腹が立っている。挙式を目前に控えて、意味のわからない電話だけですべてを忘れさせようなんて、そんな勝手な話があるものかと思っていることも。

「私みたいに、徹底的に見切りをつけられちゃった方が、まだましかも知れないのね。未練どころか、幻滅以外、何もないんだから」

美津子は、いかにも気の毒そうな表情で言った。その、さっぱりした言い方が救いになった。萄子は悪戯っぽい表情で「そうね」と頷き、「あら」と怖い顔になる友人を見て笑った。こんな風に話せるということは、それだけ気持ちの整理がついてきている証拠だろうか、すべてを過去に押し流せつつあるということなのかと思う。それは月日の流れのお陰かも知れなかったし、また、淳がいてくれるせいかも知れない。

「大体、刑事なんていう職業の人を相手に選んじゃったんだから、多少の危険は覚悟しなきゃいけないとは思ってたのよ。それは、萄子も同じでしょう？」

「そりゃあ、ある程度はね。でもまさか、こんなことになるとは思わなかったもの――世間知らずだったって、いうことかしら」

「そうとも言い切れないわ。殺人事件なんて、滅多なことじゃ身近で起こったりしないって、誰だってそう思うもの。避けられないことだった、そう思うより仕方がないんじゃない？　だから、時間をかけて、ゆっくりと諦めをつけるしか。ためしに、他に誰かとおつき合いでもしてみたら？」

少し迷った後で、萄子は淳のことを話した。美津子は明るい表情になって、彼ならば似合いだと頷いた。彼女は、以前、萄子の家で会った淳を、おぼろげながら覚えているようだった。

「それに、あなたはまだ戸籍だって綺麗なんだし、絶望したまま残りの人生を歩むには、まだ若すぎるわ。そういう人がいてくれるんだったら、絶対に前のことは忘れるべきね」

同い年のくせに、美津子の口調は大人びていて、萄子はつい苦笑したくなった。だが、美津子が「私なんか」と続けたので、慌(あわ)てて笑顔を引っ込めた。

「結局、理由は何であろうと、私に何の落ち度もなかったとしても、出戻りは出戻りなのよ。家でも扱いに困るし、世間体もあるじゃない？　だから思い切って、大阪に行くことにしたんだもの」

知っている者が誰もいない大阪での暮らしは、気楽ではあるが、やはり心細いものだと、美津子は言った。確かに東京から来たお嬢さんを、支店の従業員たちは大切にしてくれる。だが、ほんの数人の従業員を除けば、すべて大阪弁に囲まれて暮らしていると、時々、どうしようもなく淋しくなるのだという。

「だから、遊びに来て欲しかったの。東京弁で、ああでもない、こうでもないってお喋りする相手が欲しかったのよ」

美津子は素直だった。こんな風に自分の心情を明かせる彼女を、萄子は羨ましいとも、また好ましいとも思った。彼女が待つ大阪へなら、遊びに行っても良い、どうせ無為に日々を送っているのなら、話し相手になるだけでも良いと思った。

「分かったわ、じゃあ、折を見て、今度は私が大阪に行くから」

萄子が請け合うと、美津子は瞳（ひとみ）を輝かせて喜んだ。

「面白い街なのよ、大阪って。東京よりずっと小さくて、何もかもがひしめき合ってる感じがするの。だから、その摩擦で熱っぽくなるのかしらと思うことがあるわ」

「物騒じゃあないの？　先月だったかしら、何とかいうところで暴動があったって聞いたけど」

テレビのニュースを思い出しながら萄子が尋ねると、彼女は、それは釜ケ崎（かまさき）のことだと頷いた。

「東京で言うなら山谷（さんや）みたいなところらしいわ。大阪の南の方らしいんだけど、私も行ったことはないの」

山谷、と聞いて、萄子は川崎のドヤ街を思い出した。勝を探したい一心、もう一度会いたい一心で、彰文につき添われ、または一人で、何度あそこまで足を運んだことだろう。あの頃は、萄子は今よりもずっと必死だった。そして、勝を信じていた。今となっては、あの頃の自分がいじらしくさえ感じられる。

「確かにひどい騒ぎだったみたい。でも、ごく一部のことよ。私たちには関係ない世界の話」

美津子のように、まったく無関係だとは、萄子にはどうしても思えなかった。勝のことがあるせいかも知れない。とにかく、そんな場所にも人々の暮らしがあり、人生があるということを、萄子は身をもって知っていた。

六月の半ば、美津子との会話でも名前が出た「釜ケ崎」が「あいりん地区」と名称を変えるという報道があった。近々、大阪へ行くつもりになっていた萄子は、その報道を興味深く眺めた。

さらに翌週あたりからは来日するビートルズに関する報道が増え、その一方では、学費値上げに反対していた早大の学生が、およそ百五十日ぶりにストを解除したなども報じられた。いつの間にか、耳慣れないハスキーな声で「女のぉ、ためぇいきぃぃ」と歌う歌手が登場し、森進一という名前を覚えた頃、彰文はビートルズの来日に合わせて、どこかに徹夜で泊まり込むのだと言い始めた。

「もう、大丈夫なのかしら。学校によっては、コンサートを観に行ったら、それだけで、すぐ退学処分になるところもあるんですって」

母は心配そうに言っていたが、彰文の学校は、そこまでは厳しく言われていないらしい。とにかく彼の興奮は相当なもので、もうすぐ生で聴かれるのだから、少しは静かにしていて欲しいと思うくらい、日がな一日、ビートルズのレコードをかけていた。

「どうして武道館なんだ。あそこは武道をする場所のはずじゃないのか」

父までが不服そうに言っていた。確かに、日本武道館でビートルズのコンサートというのは、何とも不釣り合いで奇妙な印象があると萄子も思った。

「俺たちにとってはね、どこだって構わないんだ。だけど、あそこまで広い会場がないんだから、しょうがないんだって」

だが彰文は涼しい顔で、そんなことを言っていた。そして、学期末試験も近いというのに、まずは羽田で出迎えるのだと、張り切って出かけていった。

文字通り嵐のようなビートルズ旋風が巻き起こり、五日間の来日中に補導された少年少女は六千五百人を超えたと報道された。幸いなことに彰文は補導もされず怪我もせずに帰ってきたが、前よりも一層レコードを聴き、バンドを組みたいなどと言うようになった。だが、期末試験の成績はがた落ちで、父は、二学期の成績が戻らなければ、ギターもレコードもすべて処分すると言い渡すまでになった。

「夢中になれるのは、それでいいと思うけどな」

週末に会うと、淳は萄子の話を聞いて、笑いながら言った。このところ出張が多く、疲れ気味だと言っていた彼に、萄子は初めて大阪へ行きたいと切り出した。美津子と会い、その後も何度か電話で話し合った上で決めたことだ。最初のうち、淳は鷹揚に構えていて、いかにも賛成だという口振りだったが、萄子が何日くらいの予定で行くか決めていないと打ち明けると、初めて表情を険しくした。

「決めてないって、どういうこと」

「美津子の仕事を手伝ってくれないかって」

意を決して、萄子は淳を見つめた。

7

萄子なりに、時間をかけて下した結論だった。自分のすべてを切り替えるために、過去を洗い流して生まれ変わるために、思い切って環境を変えるのも良いかも知れない。誰一人として知る人のいない土地へ行くというのなら不安もあるが、美津子がいて、仕事もあって、しかも大阪という土地ならば、さほど遠いとも思えない。それらの話をする間、淳は唇を噛みしめ、膝の上で握り拳を作っていた。

「分かってもらえないかも知れないけど、今の私には、そうすることが必要な気がするの」

半ば怯えながら、萄子は懸命に話した。だが淳は、何も答えようとしない。ただ、一点を見つめたままだ。

——怒ってる。この人が、怒ってる。

これまで、常に穏やかで、語気を荒らげたことさえない淳が、明らかに怒っているのが分かった。萄子は初めて、胸の奥がざわめくのを感じた。怒らせたくないと反射的に思った。

「そのまま、住み着くっていうんじゃないの。ただの居候じゃ気詰まりだから、その間だけでも、仕事を手伝わせてもらおうかと思ってるだけ。それに、美津子だって年中、東京に戻ってきてるんだし、何も一緒に行動するんじゃなくても、私も気軽に——」

「それが、君にとって必要なことなの」

淳の声は、かつて聞いたことがないほど、低く、暗く響いた。萄子は、ほとんど恐怖を覚えた。この人は怖い人だと、初めて思った。

「そう——思ってるわ。今のところ」

「先方の迷惑は、考えてるの。気まぐれでちょこっと手伝う程度の、そんな人が紛れ込んできたら、かえって面倒をかけるっていうことは」

「でも、美津子は歓迎するって言ってくれたわ」

「そりゃあ、美津子さん自身が、ほんの気まぐれ程度で手伝ってるからじゃないの。仕事って、そういうものじゃないと思うけどな」

「あの子は気まぐれなんかじゃないわ！　知ったようなこと言わないでっ」

思わず語気を荒らげていた。淳は静かな表情のまま、黙ってこちらを見つめている。はっきりと怒っていると思う。だが、それは燃えるような怒りではなく、何だかひどく悲しげな、切ないものとして萄子に伝わってきた。

「——私だって、子どもじゃないのよ。お手伝いするんだったら、それなりに責任を持つわ」

「だから、どれくらい」

早く切り上げると答えれば、無責任だと言われるだろう。だが、萄子自身、そう長くいるつもりなどないのも本音だった。ただ環境を変えたい一心なのだ。結局、「分からない」としか答えられなかった。長い沈黙の後、淳は大きく深いため息をついた。

「僕は、君の役に立ってないのかな」

消え入りそうな、かすれた声だった。萄子の耳には、いつまでも淳のため息と、最後の呟き（つぶや）が残った。こんな風に自分が動揺するとは思わなかった。

それでも、萄子の決心は変わらなかった。淳を怒らせたくはない。同時に、悲しませたくもない。その気持ちには嘘（うそ）はない。だが、そんな思いが、淳への愛情から来ているものかどうかは分からなかった。表面上は静かな日々を送るようになっていても、心の中は、まだまるで落ち着いてはいないのだ。淳への気持ちさえ、自分でも決められないほど、混乱は続いているのに違いなかった。

——僕は、君の役に立ってないのかな。

そんなことはないと答えるべきだったと気づいたときには、萄子は既に大阪に到着していた。七月の大阪は焼けつくような暑さだった。美津子に笑顔で出迎えられ、彼女一人が暮らすには広すぎるほどのマンションに案内されて、ようやく人心地がついたときに、真っ先に思い浮かんだのが淳のことだった。申し訳ないことをした。でも、もう大阪に来てしまった。

「こっちは東京より暑いみたいなの。湿気がひどいし、本当にむしむしするのよね」

マンションの窓を開け放ち、外の風を入れてから、美津子は張り切った様子で萄子をもてなす支度を始めている。馴染み（なじ）のない鉄筋の建物の中で、萄子は所在なく辺りを見回しながら、心配そうな表情で送り出してくれた母や、何も言わなかった父のことを思い、そして、淳を思った。それは、自分でも意外な感覚だった。向こうが望むから、交際してきたつもりだった。別段、萄子から頼んだわけではない。それなのに、自分の身勝手な行動が、淳を怒らせ、さらに、彼を遠ざけることになるとしたら、あまりにも心細い気がしてならなかった。

「何よ、どうしたの。疲れちゃった？」

居間とキッチンを往復しながら、美津子が声をかけてくる。萄子は柔らかく首を振り、それでも憂鬱（ゆううつ）な表情は隠せなかった。

「淳さん、怒らせたままで来ちゃった。あの人を傷つけたわ」

ここが大阪のどの辺りなのか、よくは分からなかった。窓から見える風景は、東京と大差ないように見える。その景色を見下ろしながら、萄子は頰杖（ほおづえ）をつき、ため息をついた。

「電話してみたら？」

「まだ会社だろうし、住んでるのは寮だから。呼び出しだもの」

「構わないじゃない。そうしなさいよ。無事に着いたからって」

涼しげなプリント柄のワンピース姿の美津子に言われて、萄子は、でも何と言えば良いのか分からないのだと答えた。

「素直に。怒らせてごめんなさいねって。嫌いにならないでねって」

「私は別に、嫌われたって」

「ねえ、萄子」

何か良い香りがしてくる。美津子は「いけない」と言いながらキッチンに駆け戻り、遠くから大きな声を張り上げてきた。

「あなた、自分で思ってるより、淳さんが好きなんじゃないの？　奥田さんにこだわってるから気がついてないだけで、心の底では、もうとっくに」

まさか、と思う。だが、そうであるべきだとも思った。頭が混乱しそうだった。本物の大阪は確かに、言葉も味つけも文化も、何もかもが東京とは違っていた。本当の大阪弁に囲まれながら、萄子は毎日、珍しい思いで街を歩き回った。

本当なら、すぐにでも美津子の仕事を手伝いたいと思ったのだが、彼女は最初から萄子のことなどあてにしてはいないということが、すぐに判明した。彼女は、萄子が想像していた以上に、仕事に対しては厳しい姿勢で臨んでいたし、中途半端（はんぱ）な腰掛け程度の感覚で、自分の仕事場に足を踏み入れて欲しくないらしいことも、すぐに分かった。ただ美津子は、萄子に気分転換をさせ、一方で自分の話し相手になってもらったり、一緒に台所に立ったりして、まるで合宿でもしているような気分を味わいたいらしかった。

「そりゃあ、食い倒れの街って言われてるくらいだから、ご飯を食べるような場所は山ほどあっても、周り中、大阪弁なわけでしょう？　こっちが標準語で注文しただけで、店員さんから隣の客にまで『あれ』っていう顔されちゃうのよ。親しみやすいしざっくばらんだし、そういう点では嫌いじゃないんだけど、それでも時々面倒臭くなるのよね」

彼女が仕事に出ている間、萄子は一人で地図を片手に、どこへでも出かけるようになっていた。そして夜になると、互いに報告をし合う。まるで、美津子が夫で萄子が妻になった、奇妙な新婚生活のような日々が続いた。萄子は、三日に一度の割合で自宅に電話を入れ、無事であることを伝えた。

「本当に、ご迷惑じゃないのね？」

心配性の母は、何度となく同じ質問を繰り返し、やがて萄子の衣服などと共に、乾物や調味料、洗剤などまで送ってくる始末だった。これでは本当に大阪に嫁いだようだと、萄子はつい苦笑したくなった。そして、日に何度か、淳を思い出していた。

こちらに着いてすぐに手紙を出したが、返事は来ない。やはり、彼は怒っているのだろう。そして、もうこれ以上は萄子のわがままにつき合いきれないと、見切りをつけてしまったのかも知れない。それは、自分でも驚く(おどろ)ほど情けない、淋(さび)しい想像だった。だが、仕方がないのだ。嫌われても、呆(あき)れられても、文句を言える筋合いではない。第一、萄子自身は、淳のことなどさほど真剣に思っているつもりはなかった。それなのに、毎日のように手紙を待ち受ける自分が不思議だった。

暑い夏だった。東京では聞いた覚えのないセミの声が、一層暑さを感じさせる。東京と同様、大阪も建築ラッシュなのか、どこを歩いていても工事の音が響き、住宅地でさえ、金槌(かなづち)が釘(くぎ)を打つ音が聞こえた。

一人で街を歩いていると、ふと淳が傍にいてくれたらと思う。何を見ても、彼ならばどう感じ、どんな意見を言うことかと想像してしまうのだ。既に地図を持たなくても歩けるようになった心斎橋界隈は、東京では感じられないような熱気に満ちていた。いかにも頼りない浮き草のような気分のまま、ふいに涙ぐみたくなる自分に気づいて、萄子はさらに動揺した。

七月も下旬になると、連日三十度を超える猛暑が続いた。大阪は、どこを歩いても東京よりもさらに緑が少なく感じられ、ねっとりと貼りつくような暑さが、ただ歩いているだけでも人を息苦しくさせる。

それにしても大阪という街は、萄子には不思議な街に感じられた。この、貼りつくような熱気が似合っている気がする。一人一人の人間が醸し出す雰囲気そのものが、東京よりも濃密に思えた。格式へのこだわりと猥雑さ、無神経さと自意識の強さ、伝統と奇天烈な目新しさ、すべてが同居しているようで、そのコントラストが、はっきりとしていない印象があった。貧しさと豊かさも、合理性と理不尽も、すべてが背中合わせにくっつき合っている。そして、暑く貼りつくような摩擦を起こすのだ。

街を歩いているだけで、萄子の耳には様々な大阪弁が飛び込んできた。

あかん、あかん、こうも暑いと、もう商売あがったりや！——いっそ氷でも売ったらどうや？——ほんまやで——暑ければ暑いなりに、夕立が来れば、またその夕立に、人々は声に出して思いを表現する。それらの言葉は、時々はテレビなどでも耳にしてきたが、萄子には決して真似の出来ない、不思議なリズムを持っていた。

山手線よりもずっと小さな環状線に乗り、その日、萄子は初めて天王寺というところへ行ってみた。動物園があるという話を聞いたし、いわゆる大阪の下町だと教えられて興味を抱いたからだ。

駅を下りて歩き始めた途端、梅田の界隈とはまるで違うことに、すぐ気がついた。街の匂い、道行く人の服装が違う。表情が違う。気取りのない庶民の街らしいことが、すぐに感じられた。広い道に沿って歩くうち、右手に通天閣が見えてきた。大きな広告を胴体につけて、東京タワーなどとはまるで異なる、何とも奇妙な塔に見える。何気なく、その通天閣を目指して歩き始めると、辺りの雰囲気はさらに変わった。

狭い道路に面して、小さな店がひしめき合っている。派手な暖簾がはためき、巨大な看板には、店名や「くしあげ」などという巨大な文字が躍っていた。暖簾の隙間から覗き込むと、男たちが一列になって立ったままカウンターに向かっている。短冊に書かれた品書きが、壁一面を埋め尽くしている店がある。その店と店との隙間から、小さな子どもたちが風呂敷をマントにして飛び出してきた。

「危ないやないけ！」

下着姿で歩いていた男が、片手にチャンバラ遊びの刀を持った少年を怒鳴りつけた。だが子どもは慣れているのか、ふん、と一瞥をくれただけで、そのまま走り去っていってしまった。何と雑多で、エネルギーの充満した界隈なのだろうかと目を丸くしていると、角の洋品屋から出てきた女が、ぎょっとしたように立ち止まった。厚化粧の上に、ちりちりのパーマをかけた、大きなひまわりの柄がプリントされたワンピースを着ている女だった。片手に日傘を持って、彼女は真っ直ぐにこちらを見つめている。まさか因縁をつけられるとも思わなかったが、萄子は慌てて自分から視線を外した。早口の大阪弁で話しかけられるだけで、気持ちが怯んでしまうのだ。

再び通天閣を目指して歩き始める。途中に「ひち」という看板があって、何のことかと思ったら、その他の場所には「ひち・質」と書かれていた。大阪では質屋のことを「ひち」と言うのだろうか、それなら江戸っ子と変わらないではないかなどと考えながら、萄子は熱気の中を歩き続けた。

通天閣の周辺は少しだけ広くなっていて、聞いたこともないような旅役者の看板がいくつもかかっていた。小さな芝居小屋がある。着流しにカンカン帽の男が、下駄を鳴らして行き過ぎる。軒を連ねる商店は、どれも店先に色とりどりの商品を並べていて、いかにも庶民の生活を支えているらしかった。大阪には、至る所に様々な表情を持つ商店街が広がっていることを、萄子は短い間に学んでいた。東京も同様なのだろうが、町や地域によって、これほどまでに表情を変えることはないと思う。下町があり、山の手があっても、大阪のような多様さは、東京に感じたことはなかった。

半裸の男がふらふらと酔った足取りで歩いていく。店先に水を撒きに、老婆がバケツを持って現れる。人々の姿は、まるで映画のシーンのようでもあり、萄子の抱えている現実からはかけ離れた、幻の世界のようにも感じられた。

「お姉さん」

背後から声が聞こえた。焼けつくような陽射しが、路地に黒々とした影を落とす街を眺めて、ただぼんやりと歩いているうちに、再び同じ声がする。何気なく振り返ると、さっき見かけた、ひまわり柄のワンピースの女が立っていた。

「お姉さん」

女の赤い唇が、確かにそう動いた。額を汗が伝う。どこからか、悪い揚げ油の匂いが漂ってくる。ふと、川崎のドヤ街を思い出した。

「お姉さんでしょう？　萄子さん」

今度は、女はそう言った。ぼんやりしそうになっていた萄子は、夢から覚めたように、今度は目の前の女に意識を集中させた。明らかに標準語だ。

「分からないかな。私、変わった？　ほら、熱海で」

熱海と聞いて、萄子はさらに女を見た。次の瞬間、思わず「あ」と口を開いていた。

「洋子ちゃん？　熱海の？」

女は嬉しそうな笑顔になって、こっくりと頷いた。その笑顔には、確かに見覚えがあった。萄子の記憶の中では、長いお下げ髪にした少女が、やはり笑っている。

「あなた、こんなところで何をしてるの？」

ワンピースの女は「お姉さんこそ」と笑った。

間違いなく、宮川洋子だった。萄子が熱海の旅館に泊まっていたとき、散歩の相手をしてくれたり、小糸との連絡役になってくれた少女が、別人のような姿になって、大阪にいる。確かに、何でも関西の方へ行ったという話は聞いている。だが、中学を卒業したら東京へ出て芸者になるのだと言っていた少女は、以前から彰文などよりも、よほど大人びて見え、それだけでも萄子には強烈に印象に残っている、その少女と、こんな町で再会することが、どうにも奇妙に思えてならない。

「あなた、今、どうしてるの？　元気だったの？」

誘われるまま近くの食堂に入って、油でべたつくテーブルを挟んで向き合うと、萄子はすぐに切り出した。

「まさか、こんなところで会うなんて、びっくりだわ。それにしても、よく覚えててくれたのね」

「見て、すぐに分かった。あ、お姉さんだって」

洋子は、真っ白に化粧した鼻の頭に汗を浮かせながら、薄く微笑む。その雰囲気を見て、萄子は、今の彼女が普通の会社勤めではないらしいことを察した。

「お母さん、ご病気なんですって？　私、あの後も一度、熱海に行ったのよ」

運ばれてきたコーラを飲みながら、洋子は小さく頷く。そして、母はまだ生きてはいるが、もう時間の問題だと医者から告げられているらしいと言った。少女の背負っている運命を思って、萄子は思わずため息をついた。恐らく、仕送りをしているのだろう。そのために、夜の商売でもしているのに違いなかった。

「この近くに、飛田ってあってね」

「飛田？」

「そこに、いるの」

「――そう」

「お客さん、とってる」

洋子は半ば諦めたような、恥ずかしそうな表情で呟いた。萄子は、だって、あなたは確か十七歳じゃないのと言いたいのを、寸前でこらえた。好きで客などとっているはずがない。そうでもしなければ、幼い弟妹や、病の床にいる母たちの生活など支えられないのに違いない。

「苦労、してるのね」

やっと口に出来たのは、それだけだった。洋子は淋しげに笑いながら、氷を一つ口に含んだ。片方の頬をその氷で膨らませながら、彼女は「でもね」と言った。

「他にも一杯、色んな子がいるから。私だけじゃないからね」

そこまで言ったとき、彼女は氷を右から左へ移動させ、手をひらひらとさせながら、目を大きく見開いた。

「そうそう、それで、私、お姉さんに連絡しなきゃって思ってたんだ！」

萄子がぽかんとしている前で、彼女は、萄子に手渡された東京の住所をなくしてしまったこと、連絡をしようにも、わざわざ『かねゐ』旅館には問い合わせにくかったことを詫びた。

「あの、写真の人。私、会ったんだよ、話もした」

萄子は信じられない思いで洋子を見つめた。

洋子の話では、飛田という町は古くから何百もの娼妓屋が軒を連ねており、売春防止法が施行された後も、表向きの形態だけを変えて同様の店がひしめき合う、一大遊郭だという。その町で、洋子と同じ店で働いている女のもとに通っていたのが、間違いなく勝だったというのだ。萄子は、慌ててバッグから勝の写真を取り出した。

「本当なの？　確かめてみて」

何度、捨ててしまおうかと思ったか分からない。それでも、どうしても手放すことの出来なかった勝の写真を、萄子は洋子の前に差し出した。彼女は前にも見たことがあるはずの写真に改めて目を落とし、しっかりと頷いた。

「間違いないと思うよ。東京に住んでたことがあるって言ってたし、生まれは福島だとも言ってた」

「いつ？　いつ、会ったの？」

思わず身を乗り出していた。洋子は申し訳なさそうに俯いた。

「去年――私、本当に迷ったんだ。連絡しようか、どうしようか。でも、その人――もう、他の人と一緒になるって聞いたから。うちの店の子と」

どんな顔をすれば良いのか分からなかった。汗ばんでいる顔の表面を、ぴりぴりと電気が走って、眉も目も、自分で思っているのとは違う動きをしている気がする。

「私、その子と仲良かったんだよね。筑豊から来てる子で、歳は私より少し上だったけど」

筑豊と聞いて、萄子は目眩さえ起こしそうになった。それなら、間違いなく勝だろうとも思った。ボタ山が目に浮かぶ。やっと泊まることの出来た宿の貧しさ、川渡り神幸祭の、きらびやかな神楽と山笠、すべてが頭の中で渦を巻いた。

「それから少ししたら、本当にお店を辞めて、その子、田舎に帰ったの。手紙をくれるって約束してたんだけど、ずっと来ないなあと思ってたら、五月か、六月かな、沖縄から来たんだよね。幸せにやってるからって」

「沖縄？」

混乱したままで、萄子は洋子を見つめた。彼女は小さく頷いた。

「その子、もともと筑豊だったわけじゃなくて、出身は沖縄の宮古島っていうところだったんだって。だから、いったん筑豊に帰ったけど、その後で、やっぱり生まれ故郷の方がいいって思ったんじゃない？　向こうには今も親戚がいて、そこで仕事を手伝わせてもらうことになったらしい」

「宮古島――それで、その人は、一人じゃないって？」

「彼と一緒だって。きっと幸せになるからって書いてあった」

暑さのためばかりではなかった。息苦しさに、気分が悪くなりそうだ。頭から血の気が引いていくのが分かる。「お姉さん、大丈夫」と尋ねる洋子の声が、遠くに聞こえた。

吐き気がこみ上げてくる。おぞましい、怒りとも悔しさともつかない感情が、目の前の洋子の存在さえ、忘れさせそうだった。

「顔色、悪いけど――ねえ、大丈夫？」

さらに洋子の声がした。うるさい、放っておいて欲しい、この子は今頃になって、何ということを言い出したのだと、怒りの矛先が目の前の少女に向けられてしまいそうだった。

――あなたっていう人は。

こともあろうに、遊郭のような場所で働く女と。一体、勝は何を考えているのだろうか。すべてをなげうって、萄子をこんなにも苦しめて、その上で選んだ相手が、売春婦ということか。自分は、売春婦よりも劣るということなのだろうか。

「私、余計なこと、言っちゃった？　こんな話、しない方がよかった？」

いかにも心配そうな洋子の顔が目の前にあった。派手な化粧をして、見るからに品のない格好をして。あなたも、あなたでしょう。一体、何を考えているの、どういうつもりなのと、蔑(さげす)みの毒を吐きそうな自分がいた。八つ当たりにもほどがある。必死で働いて、懸命に家族を支えている少女に向かって、自分は何という偏見に満ちた考え方しか出来ないのだろうか。

「――洋子ちゃんも、その人と話したことがあるんでしょう？　どんな感じの人だった？　名前を、聞いた？」

「私の友だちは、リョウさんって呼んでたけど。割合、無愛想な感じで、滅多に笑わないような人だった。その、友だちの前でも無口だって言ってた」

「リョウさん――仕事は、何をしてる人だった？」

「詳しいことは、知らない。でも、勤め人じゃないことは確かだった。いつでも作業着だったし、身体(からだ)が汚れていることもあったし」

　動悸(どうき)が速まっていた。勝かも知れないと聞いただけで、こんなにも緊張している自分に気づいて、萄子はさらに混乱した。忘れてなどいない証拠だ。やはり、こだわりは捨てきれず、未(いま)だに会いたいと思っている。何をさておいても、今すぐに飛んでいきたいと思う。

「洋子ちゃん、その手紙、まだ持ってる？」

「持ってはいるけど――」

「その人の住所、教えてもらえないかしら」

洋子は濃いラインで縁取られた目で、じっとこちらを見ていたが、やがて申し訳なさそうに首を振った。

「住所は、書いてなかった」

「書いてなかったって――だって、友だちなんでしょう？　あなたに、近況を報告してきたんでしょう」

つい、詰め寄る口調になった。洋子は少し驚いた表情になり、小声で「そうだけど」と言った。

「でも、私たちみたいな仕事してたら、いつまでも仲良くなんか、出来ない。一度、足を洗った人とは、そのまま縁が切れるんだよ。ただ、元気だから安心してって、あの子はそれを言いたかっただけ」

洋子の瞳そのものは、熱海で会ったときとまるで変わっていないはずだった。だが、彼女の目には、既に人生の深淵を覗き、諦めることを知った女の、淋しい揺らぎが見えた。

「遊びに来いとか、そんなことを書いてあったわけじゃない。こっちだって、そんなこと言われても困るしね。外の世界のことなんか、出来れば知りたくないんだ。その日のことしか考えない、目の前に来る客のことしか考えない、そうやって毎日、暮らしてるの」

萄子は、思わずテーブルに視線を落とした。戸口を開け放った店の前を、子どもたちの歓声が通り過ぎる。絶えず人の足音がして、他の人の話し声も聞こえた。

「今日だって、まさかこんな場所でお姉さんに会うと思わなかったから、つい声をかけちゃったけど――安心して。今度からはもう二度と、声なんかかけないから」

「そんな、淋しいこと――」

「その方が、いいの。住む世界が、違いすぎるんだよ。お姉さん、私を家族や友だちに紹介出来る？　私は、今の私の仲間たちに、お姉さんを紹介なんか出来ない。それに、何年かして、またばったり会ったとして、その時にもし私が堅気に戻ってたら、どうだと思う？　熱海で会ったきりなら平気だろうけど、お姉さんにはこういう過去を知られてるんだと思ったら、きっと、怖くて声なんか、かけられない――そういう仕事、してるんだ」

一瞬でも、彼女を軽蔑（けいべつ）した自分が恥ずかしい。彰文などは呑気（のんき）にビートルズに明け暮れて遊び回っているというのに、同い年でありながら、赤く塗った爪（つめ）で髪を掻（か）き上げ、夜になれば客をとるという少女が、哀れに思われてならなかった。

食堂を出ると、すぐに別れようとする彼女と、萄子は何かしら離れがたい気がしてならなかった。せめて、もう少し話せないものかと持ちかけると、洋子は当惑した表情になった。

「だって、懐かしいじゃない？　その、飛田っていうところは遠いの？」

「遠くはないけど――お姉さんが来るような街じゃないよ」

「どうして？」

「東京のことはよく分からないけど――何ていうか、大阪は、街が決まってるみたいなの」

「決まってるって――」

「お金持ちの街とか、貧乏な人が暮らす街とか。買い物に行くのにも、食事に行くのにも、決まってる感じ。だから、自分に関係ない街には、行かない。私なんか、まだ一回も行ったことない場所、一杯あるよ。いつも来るのは、この辺ばっかり。ごちゃごちゃしてるけど、皆、優しい人ばっかりで、面白いしね」

洋子は、さも暑そうに空を仰ぎ、額に手をかざして深呼吸をする。萄子は、つい、自分もつられて空を見上げた。通天閣がそびえている。客を呼び込む声や、流行りの歌謡曲、パチンコ屋の音などが渦を巻いて熱気の中を上っていくようだった。

洋子は、諦めたような笑顔で、再びこちらを見た。

「ねえ、釜ケ崎って、知らない？」

「聞いたこと、あるわ。前に暴動があったところでしょう？」

「今は、あいりん地区っていうようになったらしいけど、飛田はね、そこの、すぐ近く。ほとんど隣町」

胸を衝かれた気がした。そんな物騒な場所にいるのだろうか、飛田というのも貧しい街なのだろうかと、様々に思いがよぎる。萄子の不安げな表情を敏感に読みとったのか、彼女は薄く笑った。

「熱海の町でさえ一人で歩けなかったお姉さんが、とてもじゃないけど、行かれるような場所じゃないって」

「――洋子ちゃんと一緒なら平気じゃない？」

どうして、こんなことに食い下がっているのか、自分でも不思議だった。だが、旅先で出会っただけの少女と、やはり違う旅先で出会えたこととの不思議さや、その縁を、大切にしたい気持ちが働いていた。どんなに会いたくても会えない人もいる。探して探して、探し続けても、見つけられない相手もいるのだ。

「駄目。見られたくないの。それに、飛田はね、女はほとんど歩いてない。歩いてる人がいるとしたら、私らみたいな連中だけなんだよ。お姉さんみたいな格好の人が歩いてたら、目立ってしょうがないって」

これ以上、しつこくするのは、かえって迷惑だろうと、萄子もやっと諦める気持ちになった。それでも、やはり気にかかる。何の力にもなってやれない自分が、いかにも無力な存在に思われて仕方がなかった。

「あの——教えてくれて、ありがとう。お礼をしたいけど——何を、どうしたらいいのか分からないわ」

そんな必要はないと、洋子は、初めて子どもらしい声で笑った。

「私こそ、お姉さんの住所、なくしてごめんね。本当に東京に行ってたら、手紙書くつもりだったんだよ」

「——いいのよ」

「ああ、生きてると面白いこともあるんだねえ」

「本当にね」

「お姉さんに会えて、嬉しかったよ。でも、悲しい気もした。熱海のこと、思い出したから」

それだけ言うと、洋子は照れたような笑みを浮かべたまま、後ずさるようにして、ゆっくりと萄子から離れ始めた。五センチ、十センチと距離が広がっていく。目の前で、洋子のワンピースの柄が揺れた。

「ねえ、あの人のこと、まだ探してた?」

「――まだ、決着がついてないから。それまではね」

頭上から、焼けつくような陽が照りつけてくる。

「じゃあ、また探しに行く?」

答えに詰まっている間に、そろそろと、萄子との距離を開けつつあった洋子が、さっと飛ぶようにして、萄子の前に戻ってきた。安物の化粧品の匂(にお)いがした。

「一緒になった私の友だちってね、苦労した子なの。すごく。その子の幸せも、考えてやって」

洋子は、哀願する表情で、鋭く囁(ささや)いた。それから「バイバイ」と言うと、萄子を置き去りにして、走っていってしまった。

その後、どこを、どう歩いたか分からない。頭の中には、洋子が着ていたワンピースのひまわり柄だけが焼きついていた。ひらひらと揺れて、むせるような化粧品の匂いと共に、萄子の全身に染(し)み込んでいるようだ。

一体、自分は何を見、何を聞いたのか、混乱して分からなくなりそうだった。

――苦労した子なの。

洋子は最後にそう言い残し、ひまわり柄のワンピースを翻して、雑踏の中に消えていった。

だから何だというのだ。飛田の遊郭で働いて、客をとっていたような子だから、それだけの苦労をしているから、勝を奪って良いとでもいうつもりなのか。

理屈では承知していた。洋子の友だちだったというその娘は、萄子から勝を奪ったつもりなど、毛頭ありはしないのだ。それどころか、勝の過去も、本当の名前さえ、何一つとして知らないままなのかも知れない。それでも、萄子は顔も知らないその娘を憎んだ。昨年の五月、萄子が、あんな思いで筑豊の町をさまよっていたときも、その後も、ずっと勝の傍にいたに違いない娘が、無条件に憎かった。

いつの間にか、空には鉛色の雲が広がり、薄暗くなり始めていた。遠くから雷鳴がとどろいている。ふと気がつくと、まるで見知らぬ街を歩いていた。一体、ここはどこなのだろう、どの辺りを歩いているのだろうときょろきょろするうち、ぽつり、ぽつりと雨が落ちてきて、次の瞬間には、辺りから立ち上る雑音のすべてが雨音にかき消された。途方に暮れ、どこに向かえば良いかも分からない萄子は、水煙の立つ道端で、ただ雨に濡れることしか出来なかった。

「あんた！　何してんの！　濡れるで！」

通り過ぎざまに、買い物帰りらしい主婦が声をかけていく。

「えらいこっちゃ、洗濯もん、出しっ放しや！」

賑(にぎ)やかな声が萄子を突き飛ばしていく。稲光が空を紫色に染めた。次の瞬間には、大地を揺るがすような雷鳴がとどろき、遠くの空に稲妻が走った。雨に降りこめられる大阪の街を、萄子はただぼんやりと眺めていた。

「萄子！　あんた、どこまで行ってたの。夕立に遭ったの？」

やっとタクシーを拾い、ようやく見慣れた風景の中に戻ってきた頃には、既に雨もやみ、西の空が赤く染まり始めていた。マンションに足を踏み入れるなり、美津子の悲鳴のような声が萄子を出迎えた。返事をする気力もなく、冷え切った身体を引きずるようにしてのろのろと玄関に入るなり、萄子はそのまま凍りついた。美津子の背後に、淳が立っていた。その顔を見た途端、悲しいのか嬉しいのか分からない感情が突き上げてきた。こんな時に、一番会いたくない人がいる。

「濡れねずみじゃないか。雨宿りも出来なかったの」

淳の声が、冷え切った身体を一層、震わせる。萄子は震えながら、淳から目を逸(そ)らした。

「私、帰らなきゃ——東京に帰るわ」

濡れた身体のまま荷造りを始めようとする萄子を、淳と美津子が無理に止めた。

「何、拗ねてるのよ、萄子。せっかく柏木さんが来て下さったんじゃないの。仕事で忙しかったんですってよ。それで、やっと時間が出来たからって——」

「拗ねてなんか、いないわ！　とにかく帰るのっ」

頭の中がまだ混乱している。天王寺へなど行かなければ良かった。洋子になど、会わなければ良かったのだ。

「私、お風呂入れてくるわね」

美津子が居間から出ていってしまうと、気まずい沈黙が流れた。淳の顔が見られない。これ以上、気持ちが乱れるのはたくさんだ。第一、彼が来ていなければ、萄子は即座に東京に戻るつもりになどならなかった。

「——返事も、くれなかったくせに」

萄子は宙を見つめたままで呟いた。

「ごめんな。本当に忙しかったんだ。やっと少し時間が出来て、だったら手紙なんか書くより、会いに来た方がいいと思った」

切なさに胸が苦しくなる。それが腹立たしかった。淳が来てくれたというだけで、余計に心が乱れる自分が嫌だった。素直に喜べないことが情けない。

「そのことを怒ってるの。それとも、何かあったんじゃないのか」

淳の声は相変わらず落ち着いていた。この人には嘘はつけない。これ以上、宙ぶらりんな状態にはしておけない。ようやく少しずつ気持ちが落ち着いてきたところで、萄子はゆっくりと考えをまとめ始めた。

今、はっきりと分かったことがある。淳に惹かれ始めていた。この人を失いたくないと感じている自分がいる。もっと彼を知りたい思いが膨らんでいる。大阪に来てからというもの、何となく鬱々としていた原因が彼にあったことが、ようやく全身で理解出来た。だが、それだけに、はっきりさせなければならないことがあった。今のままでは、淳に申し訳ない以上に、萄子自身が、二つに引き裂かれてしまいそうだ。

「――私、行かなきゃならないところが出来たの」

大きく息を吸い込み、萄子は、ようやく思い切って淳の顔を見た。彼は表情を動かさないまま、正面から萄子の視線を受け止めた。そして、少しの沈黙の後、微かなため息をついた。

「――今さら？」

「今さら。そうだわ。でも、このままじゃ駄目。自分の気持ちに嘘はつけないもの。

ちゃんと、決着をつけたいの。今のままだと、いつか、あなたを裏切りそうな気がするから」

出来るだけ深く呼吸をしながら、萄子はゆっくりと呟いた。今、すべてを失おうとしているかも知れないと思う。だが、仕方がなかった。現に萄子は納得していない。このまま、過去のすべてを洗い流すことなど、自分自身が納得出来ない。沖縄へ行くつもりだと言うと、淳は初めて目を大きく見開いた。

第六章　涙

1

新しい洗濯機を買った。二槽式といって、洗濯槽とは別に脱水槽のついている品物だ。三万三千九百円は、かなり痛い出費ではあったが、ルミは、その洗濯機を韮山が想像していた以上に喜んだ。古ぼけた家の片隅に、その洗濯機は似つかわしくないほど白く輝いて見える。

「これで、うんと楽になるよ！　おじちゃんの洗濯物も、これからは全部、私が洗うからね」

「いいよ、別に」

韮山は顔をしかめて、そっぽを向いていた。だが、いかにも嬉しそうに、洗濯機を撫でさするようにしているルミを見ていると、満更でもない気分になる。

湿気た浴室の脇にある、ほんの小さな脱衣所には、寿々江が使っていた洗濯板やたらいなども置きっ放しにしてあった。四角い洗濯石鹸も、そのまま干からびてひびが入ってきている。それらに目をやれば、寿々江のため息が聞こえてきそうな気がした。

——よその娘には、そんな物まで買ってやって。

大きな洗い物は洗濯機を使っても、あとの物は、こまめに手で洗う女だった。腰が痛い、手が荒れると文句を言いながら、それでもせっせと手を動かしていたものだ。機械は信用出来ないのだと、そんなことも言っていた。

——甘いんだから。

寿々江は、韮山が気まぐれのように、のぶ子に土産を買ってきてやったときにも、いつも似たようなことを言ったものだ。その都度、韮山はふん、と鼻を鳴らしてそっぽを向いていた。今度の、こりゃあ、しょうがねえだろう。前のやつは洗濯物を絞るところの取っ手か、あれの具合が妙なことになったんだから。おまけに、ローラーみたいなところも具合良く回らなくなったんだ。寿命だったんだよ。お前だって文句を言うくらいなら、もう少し長生きすりゃあ、良かったんだ。

「ねえ、おじちゃん、洗い物ないの？」

「昨日、洗ったばかりだ。そんなにたまらないさ」

「今日、届くって分かってたら、ためておけばよかったねえ」

ルミの弾んだ声を聞きながら、韮山は台所で、麦茶を煮出した薬缶を、そのまま大きめの金だらいに浸ける。最初は麦茶の淹れ方も分からなかったが、それは乾物屋の女房に教えてもらった。こう暑い日が続いては、麦茶でも飲まなければやっていられない。茶の間で電話が鳴る。「出るよ！」とルミの声がして、少しすると、バタバタという足音が近付いてきた。

「警察。玉木さん」

丸い薬缶が、金だらいの中でぷかりと揺れた。

受話器の向こうから、玉木の声が吉村一夫を逮捕したと告げた。

「容疑は」

思わず受話器を握る手に力がこもった。韮山は、背後に立っているルミをちらりと一瞥した後、「何ですか」と続けた。

「暴行傷害と銃刀法違反です」

「どこでですか。路上か、どこかの店内ですか。ガイシャは誰なんです」

「その手には乗りませんよ、ニラさん。あんた、まだ自分で何とかする気でしょう。まあ、見てて下さい、必ず自白させますから。ここまで手こずらされたんだ、あとは一気にいきますよ」

電話は簡単に切れてしまった。韮山は、急な報せに半ば呆然としながら、のろのろと受話器を戻した。いよいよだ。いよいよ、尻尾を摑むところまでこぎ着けたということだ。

「おじちゃん、警察、何だって？　玉木さんて、この前の人？」

捜査本部としては、どんな微罪でも良いから容疑者を引っ張り、その上で別件に切り替えるつもりに違いない。だが、ここから時間がかかることは間違いがないはずだ。もしかすると、麻薬取締法違反の容疑でも調べるはずだし、それから伸二の件というところか。目撃者さえいないことを考えれば、のぶ子の事件は一番後回しにされるおそれがある。何という焦れったい話なのだろう。

「ねえ、おじちゃん」

自分に出来ることは何かないだろうか。ただ手をこまねいているより他ないのだろうか。すべてを司法の手に委ねて、一番大きいはずの事件の、被害者の遺族だというのに、ただ電話連絡を待つだけなのだろうか。

「おじちゃんてば」

それが法治国家の鉄則であることくらいは百も承知しているつもりだ。それに、こうやって連絡をしてもらえるだけでも、韮山が刑事だった役得といえば、そうなのだ。一般市民であれば、犯人が逮捕され、起訴まで持ち込んだところで、やっと結果報告を受けるのがせいぜいというところに違いない。

「おじちゃん！」

反射的にうるさい、と怒鳴りかけて、相手がルミであることを思い出した。韮山はようやく、長い息を吐き出した。落ち着くんだ。ここに、同じ思いをしている娘がいる。彼女は実の娘でも、親戚でもなかった。

「吉村を、逮捕したそうだ」

ルミの瞳が輝いた。

「本当？　どっちのことで？　伸ちゃん、それとも、のぶ子さんの？」

「どっちでもない。別件逮捕だ」

だが、これで本当に決着がつくのかどうか、まるで見当がつかなかった。出るのはため息ばかりだった。

吉村一夫は、殺された伸二とは犬猿の仲だった方のチンピラだ。ルミは伸二から、一夫については「平気で人を裏切る男」だと聞いている。もしかすると捜査本部は、野被疑者のそんな性格に目をつけたのかも知れなかった。脅したりすかしたりして、野郎を翻意させようというところだろうか。たどり着きたい相手は別にいる、何としてでも寺瀬まで引っ張れなければ意味がない。

それから毎日、韮山は玉木からの連絡を待ち続けた。仕事中でも、気がつけば同じことを考えている。取り調べはどんな状況なのか。新しく相棒になっていた荒井直樹は、寺瀬は、今頃どこで、どうしていることだろうか。それにしても、直接に関われないことが、どうにも焦れったい。のぶ子を陵辱した上に生命まで奪った被疑者に、父親である自分が指一本触れることが出来ないなんて、何と理不尽な話なのだと思う。韮山は、自分の手で直接、犯人に復讐したかった。死の恐怖を味わわせ、生きているうちで最大の屈辱を思い知らせてやりたかったのだ。

「電話、あったかい」

「私も今さっき、戻ったところだから」

毎晩、帰宅してルミの方が先に戻っていると、韮山は必ず同じ台詞を口にした。ルミの帰宅時間は大体決まっているようだが、韮山の場合は、そろそろ引き上げようとした矢先に拾った客が、とんでもない方向へ行ってくれと言う場合も珍しくはない、結果として、三日に一度は、ルミの方が先に帰宅していた。彼女は、韮山よりも早く家に戻った日は、必ず風呂を沸かし、仏壇に線香をあげた上で、台所で韮山の帰宅を待ってくれていた。何十年もの間、帰宅すれば料理が用意されている、風呂が沸いているのが当たり前だった韮山は、この頃になってつくづく、明かりが灯っている家に帰る有り難さを感じていた。のぶ子が生きている間、寿々江が元気な頃に、こういう思いになれなかったことを悔やんだ。

「まさか、もう釈放されたなんていうこと、ないだろうね」

「そうなったら、そうなったで、連絡が来るさ」

二人で夕食をとりながら、毎晩、似たような会話を繰り返す。それでも、話し相手がいることは救いになる。一人でこんな思いを抱えていたら、気が変になってしまいそうだ。正直なところ、ルミの手前があるからこそ、仕事にだって毎日、休まずに行っているくらいのものなのだ。

「ねえ、電話してみたら？　もう一週間になるよ」

「まあ、もうちょっと待とう。まだ勾留期限は切れてないんだ」

捜査も追い込みに入っているに違いない現在、外部から頻繁に電話をかけることは、さすがに躊躇われた。結局、こうして手をこまねいているより他にない。いくら焦っても、どうすることも出来ないのだ。当事者がこれほど無力なものだとは、考えていなかった。

既に八月に入っていた。第二次佐藤改造内閣が発足し、数日後には、衆議院議員の田中彰治ら七名が、恐喝・詐欺容疑などで逮捕された。東京は三十度を超える日もあるにはあったが、晴天はあまり続かず、台風も多くて、今年は秋の訪れが早いことを予感させた。

吉村一夫については、新聞もテレビも、まったく報道していない。あまりの情報のなさに、好い加減、我慢も限界だと思ったとき、ようやく待ちわびた玉木からの電話があった。

「明後日には起訴しなきゃならん。そうなったら今度は、シャブで再逮捕しますから、一時、保安の方が主導権を握るわけですが、そこまでは本人も諦めてるみたいでね、意外に素直に応じてるんですわ。要は、仲間の名前まで出すか、または、佐竹伸二やのぶ子さんの件に関しても、口を割るか、ですが」

逮捕した直後に電話をしてきたときは、興奮していたためもあってか、自信たっぷりに聞こえた口振りが、今度は幾分、弱々しく感じられた。韮山は、とにかくどのような感触なのかをじかに知りたかった。翌日、久しぶりに品川のいつもの喫茶店まで出向くと、珍しく玉木の方が先に着いていて、はげ上がった額に汗の玉を光らせながら、クリームソーダを飲んでいた。

「野郎だって、伸るか反るかってところでしょう。兄貴分の名前まで出しちまったら、その時はもう、全部自白しないわけに、いかんはずなんですから」

決定的な物証に欠ける場合の、殺人事件容疑者の取り調べがいかに難しいかは、韮山にも経験があった。殺人者は、自分を待ちかまえている刑罰が重く、下手をすれば極刑になりかねないことを十分に承知している。自ら望んで、無期懲役や死刑になりたい者など、いるはずがない。人の生命を奪っておきながら、殺人者は自分の権利を最大限に守ろうと必死になる。生き延びるためには、どんな嘘(うそ)でもつくものだ。

「喧嘩(けんか)やシャブじゃあ、何年かしたら必ず釈放ですからね。その時に、たとえば寺瀬が待ちかまえてたりすれば、それこそ生きちゃいられんかも知れないことくらいは、百も承知でしょうからな」

韮山も苦々しい気持ちで呟(つぶや)いた。何しろ時間がたちすぎている。たとえばどこにガサ入れをしたところで、決定的な物証が見つかる可能性はかなり低いと考えなければならないだろう。

「まあ、今ね、二件共について、現場に残されてた証拠を徹底的に洗い直してます。野郎には、意外なことに前科(マエ)がないんですわ。だから、現場の指紋からも割れなかったんだが、まあ、見ようによっては、やっぱりそこまで周到に考えて、選んだってとこなんじゃないですか、寺瀬の野郎が」

「荒井の方は、どうしてますかね」

「内心じゃ、びくびくものだと思いますよ。女のところに転がり込んで、あんまり出かけようともしないくらいでね」

丸い顔を歪めて、玉木は深々とため息をついた。

しばらく沈黙が続いた。韮山は、ゆっくりと煙草を一本吸い、吸い殻を灰皿に押しつけた後で、改めて玉木を見つめた。

「あんたの勘では、どうです。野郎は、シロですか、クロですか」

玉木も吸いさしの煙草を口の端にくわえたまま、眉間に深々と皺を寄せる。ふいに、この男と知り合ってからの月日を思った。のぶ子が殺された直後、初めて玉木と会った頃には、それほど深い皺は刻まれなかったはずだと思う。二年足らずの時は、韮山にとってばかりでなく、この男にも長かったのに違いない。

「吉村って男はね」

ようやく、玉木が口を開いた。ワイシャツの襟元から伸びる太い首が、微かに上下した。

「まあ、言うなれば根っからのすけこましですわ。お喋りでねえ、調子のいい奴で、雑談にならいくらでも応じます。今まで、どんな女をこましてきたか、どういう女には、どんな口説き文句が効くかなんていうことについてはね、自慢たらしく、滔々と喋りやがる」

耳の奥でごうっと血の流れる音を聞いた。つまり、そういう女の中に、のぶ子も含まれていたかも知れないということだ。

「写真でも見たでしょうが、なかなか人当たりのいいね、ちょっと見は、大映あたりの大部屋俳優みたいな感じでさ」

「優男（やさおとこ）では、ありますわな。ちょっと言い寄られたりすれば、ついふらふらっと来るかも知れん――のぶ子も、そうだったんですかね」

「さて、そこです」

間髪を容（い）れず、玉木が言った。

「時期が来たら、野郎にのぶ子さんの写真を見せようかと思ってます。今、野郎とのぶ子さんとのつながりを証言出来る人物を探してます。だが――」

アイスクリームが溶けかかって、乳緑色に濁っているクリームソーダを、玉木は不味（まず）そうな顔で口に含む。そして、いずれにせよ、それだけで殺人容疑をかけるのは、あまりにも無謀だと続けた。たとえ、共犯者として荒井や寺瀬の名前を吐かせるところまでは出来たとしても、血液型の一致程度では、公判を維持するどころか、起訴まで持ち込むことも無理だろうというのだ。

「自白を強要されたなんて証言されたら、それをひっくり返すだけの材料が、こっちにはないわけでしょう。まあ、伸二殺害の件までは何とか出来たとしても、です。のぶ子さんの件については――」

最後の言葉は、ため息に取って代わった。玉木の言いたいことは、韮山にもよく理解出来た。つまり、いくら警察の方が力を入れても、検察の方で、そんな曖昧な状況のまま、被疑者を起訴するかどうかが問題になるのだ。検察庁は、負けると分かっている勝負には出ない。それが現実だった。

「ところでニラさん」

暗澹たる思いに、ため息を繰り返していた韮山は、玉木に呼ばれても顔を上げる気にもなれなかった。苛立ちが募る。改めて、自分の内に積もり積もってきた犯人への憎しみ、恨みの、やり場のなさを思い知らされた。今となっては、何をどうやっても手遅れなのだ。たとえ、韮山自身の手で真犯人にたどり着き、その息の根を止めたとしても、逝った娘は帰らない。しかも、唯一の頼りである警察でさえ、奴らを完全に追い詰めることが難しいときている。

「奥田のことは、その後、何か分かりましたか」

「――奥田？　ああ、いや」

そういえば、奴のことを忘れていた。いや、意識的に忘れようとしていたのかも知れない。のぶ子の素顔が分かり、どうやら奥田には、かなり迷惑をかけていたに違いないと分かった時点から、韮山は、出来ることなら奥田のことは考えないようにしてきた。奴の運命を変えてしまったのが、もしかするとのぶ子かも知れないと思うと、申し訳なさに、どうしたら良いか分からないからだ。第一、復讐したい気持ちとは裏腹に、これ以上、さらに誰かを憎むことに、正直な話、疲れ始めている。

「お宅らはどうなんです。探してはいるんでしょう」

ちらりと、上目遣いに玉木を見ると、彼は不快そうに口元を歪めて、ここまで手がかりが摑めない以上、もう何カ月も具体的に行動を起こすことさえ出来ていないと言った。

「それに、我々の捜査対象も、ある時点からは寺瀬とその一派に絞られてきてますんでね。だが——生きているんなら、やはり彼には、出てきてもらわにゃならんでしょうな。何しろ、彼は事件の鍵を握る唯一の人物だ。他に決定的な証拠も見つからないとなれば、すべては彼の証言一つで決まるとも言える」

頭の天辺から冷や汗が出てきそうだった。

「そんなことを言ったって——」

「シャブの件で逮捕勾留したとして、その直後、荒井もひっくるめて、伸二殺害の件で引っ張ったとしますよね。それは大きな賭けです。無論、我々の方でも証拠集めには必死になってる。だが、荒井までパクった時点で、奴らの動機を明らかにし、のぶ子さんの件を持ち出さないことには、どうしようもない。調書に一貫性がなければ、それだけで裁判では任意性を問われるし、その間に、下手をすれば寺瀬には逃げられる可能性があるんだ」

今の予定では、麻薬取締法違反に続いて、伸二殺害容疑で逮捕したとして、被疑者の勾留期限はぎりぎりまで延ばしても秋の彼岸の頃になるという。それまでに奥田を見つけることが出来なかったら、伸二殺害の件までで彼らを裁くのが、精一杯ということになる。つまり、寺瀬にまでは、たどり着けそうもないということだ。

「奥田です。何としても、彼の居所だ」

奥田か——やはり、あいつを探し出すより方法がないか。

玉木と別れてからも、韮山の混乱した頭は、一筋の光も見出すことは出来なかった。タクシーのフロントに「回送」の札を出したまま、とにかく闇雲に都内を走り回り、何とかして頭を整理しようとするのだが、燃え尽きることのない怒りと憎しみと、すべてを投げ出してしまいたい疲労感とが、他のすべての理性を押しやって、何かを破壊したい衝動にまで駆られそうだった。

——なんてえこった。畜生。

別れしなに、もう一度、寺瀬の居場所を尋ねてみたが、玉木はどうしても教えてはくれなかった。司法の手が届かないなら、せめて、自分の手で決着をつけさせて欲しい。だが、それは許されない。そんな理不尽な話など、あるものではないと思った。

ふいに、大きなクラクションの音がした。

「馬鹿野郎（ばかやろう）っ！　どこ見ていやがるんだ！」

反射的にブレーキペダルを踏んだ瞬間、右折してきたトラックから、半裸姿の若造が身を乗り出してきて怒鳴った。赤信号の交差点に突っ込もうとしていたのだ。目の前を轟音（ごうおん）が行き過ぎ、ぼんやりした頭に「馬鹿野郎」という響きと、男の形相だけが焼きついた。

——憎しみ。

奥田のことを思った。今頃は、さぞかしのぶ子と韮山とを憎んでいることだろうか。自分の運命をこうも変え、すべてを踏みにじったのが、のぶ子の浅知恵の結果であると知っていたら。しかも韮山は、そんな娘を嫁にどうかなどと、寝とぼけたことまで言っていた。この父子（おやこ）を、奴は憎んでも憎みたりないはずだ。だからこそ、行方をくらましたのだろうか。会えば理性で抑えられないほどの憎悪で、すべてを破壊しかねないと思って、その時に、女房がいれば、女房までも傷つけることになると考えて——。

自分は恨まれている——そんなことは、これまで考えたこともなかった。奥田だけではない。真実を知れば、藤島萄子だって同様だ。死んでしまったのぶ子はともかく、生きている韮山は、娘の分まで人の恨みを背負って生きなければならない。つまりそれは、償いということだろうか。被害者であるはずの自分が償いまでしなければならないということなのか——。

藤島萄子に会わなければならないと思った。今も奥田を探し続けているかも知れない娘に会い、恨まれることを覚悟で、頭を下げなければならない。

渋滞する都心を走り抜け、ようやく刑事時代の最後に、いつも歩き回っていた界隈に着く頃には、既に夏の陽が傾き始めていた。萄子の家の近所は、少し見ないうちに新しい家が増えたようだった。東京は絶えることなく増殖を続け、セメントやモルタル塗装や、ひんやりとした建物ばかりが増えていく。そのうちに、そんな内側にばかり熱がこもる、息苦しい街になることだろう。

確か、以前は母親が応対に出たはずだが、今日は呼び鈴を鳴らすと、萄子自身が出てきた。また、以前と少し雰囲気が変わったようだ。折り入って話があると告げると、彼女は硬い表情の瞳の奥を不安げに揺らしながら、韮山を応接間に通した。

「奥田の居所は、分かりましたか」

ソファーに向き合うと、韮山はすぐに本題を切り出した。萄子は硬い表情のまま「何故ですか」と呟いた。

「分かってきたことがあるんです。あいつは――奥田は、やってません。のぶ子を、殺してない」

かつて韮山は、この同じ部屋で目の前の娘に向かって、奥田を許さないと宣言した。自分の手で必ず復讐すると言った。あの時、涙さえ浮かべていた娘は、もう目の前にはいなかった。今、表情を殺して韮山の話に聞き入っているのは、頬の線も削げて、唇を強く引き結んだ大人の女だった。韮山が必死の覚悟で、奥田は恐らく、のぶ子の安っぽい計略にはまったのだと説明する間、萄子は目だけを大きく見開いて、ひたすら韮山を凝視していた。その沈黙が、恐ろしかった。

「――死んだ娘のことを、父親であるあたしがこんな風に言わなけりゃならんことくらい、みっともない話はありません。だが――お詫びせにゃ、なりません」

萄子の母親が運んできた冷たい麦茶を、韮山は礼を言うのもそこそこに、一息に飲み干した。渇いて貼りつきそうだった喉を、冷たい液体が駆け下りる。窓辺から風が入ってレースのカーテンを膨らませる。ちり、ちり、とガラスの風鈴の音が聞こえた。

「悪かったのは、のぶ子の方だ。奥田が、あんたと婚約したのを知っても、何とかして自分の方に振り向かせようとしたんでしょう、馬鹿な娘です」

韮山は何度も汗を拭いながら、必死に自分の中で言葉を探した。だが、意外なほど、萄子の表情に変化は生まれない。韮山はますます焦った。もう関係ない、奥田のことなど忘れたと言われたら、どうしようかと思った。もちろん、その方が韮山自身は救われることになる。だが、どんなに恨まれ、憎まれようと、奥田を探さなければならないのだ。そのためなら、一生、恨まれ続けることも覚悟しなければならなかった。

韮山はソファーから身を乗り出し、テーブルに手をついた。

「お嬢さん。あの馬鹿娘を、許してやってくれませんか。親にさんざん恥をかかせて、人に迷惑をかけて、とうとう母親まで心労で死なせましたが、それでもあたしには、たった一人の娘でした。自業自得といえば、それまでかも知れんのですわ。だが、何も殺されることはなかった。あそこまでされることは――もう、叱ることさえ、出来やせんのです」

韮山は深々と頭を下げた。考えてもいないことだったが、その時急に、涙がこみ上げてきた。さっきまで渇いていたはずの喉が熱く潤い、目の前の洒落たテーブルセンターが、みるみる滲んでいく。

「あの、奥様は――」

「この春に、死にました。あれも親馬鹿で、娘のことだけ信じておったんですが――哀れな母親です」

そして、俺は一人になった。一人で、人を恨むだけの人生になった。その上、奥田からも、この娘からも恨まれて、まだ生き続けなければならない。そう思うと、耐えきれなかった。もう、とても持ちこたえられそうにない。全身の力が抜けそうだ。自分のものとも思えない声が、喉の奥から絞り出された。

「詫びて済むものじゃない。だが、奥田にも詫びなきゃなりません――どうしても、奴に出てきてもらわんと、犯人を裁けないんです」

2

男が泣く姿を、生まれて初めて見たと思った。

テーブルに手をつき、肩を震わせて、あの韮山が嗚咽を洩らしている。玄関に入ってきたときから、ずい分虚ろな、それでいて何かに取りつかれたような思い詰めた表情で、今日は一体、どんな言葉で萄子の胸をえぐるつもりだろうかと身構えていたのに、韮山はひたすら、のぶ子を許して欲しいと言うばかりだった。

ただ目の前に座っているのが耐えられなくて、萄子はそのまま席を外してしまった。居間に逃げ込むと、母が緊張した表情でこちらを見た。

「どうしたの。もうお帰りになるって？」

「——泣いてるのよ。とても、見ていられない」

真夏だというのに、二の腕を薄ら寒い感覚が駆け上がる。思わず自分を抱きしめるようにしながら、萄子は応接間の気配を探った。カニのような顔をさらに歪ませて、びしょびしょと情けなく、韮山はまだ泣いているのだろうか。

「どうして、うちに来て泣く必要があるの」

母が怪訝そうな表情で言う。細かく説明するのが面倒で、萄子はため息混じりに、ただ首を振っただけだった。

詫びてもらっても、もうどうなるものでもないのだ。時を遡ることは出来ないし、起きてしまった事実を変えることも出来はしない。現実に勝は萄子の前から消え、あの頃、思い描いていた未来は永遠に閉ざされた。のぶ子が死んだという現実と同様に、取り消すことの出来るものなど、何一つとしてありはしない。確か韮山は、奥田が必要なのだと言った。詫びたい思いと共に、彼が出てこなければ、真犯人を裁けないのだと。

——追い詰められてる。

妻にも逝かれたとは、知らなかった。のぶ子の一周忌に一度だけ会った人が、もうこの世にいない不思議を、菊子はぼんやりと考えた。目元がのぶ子にそっくりだった女性は、いかにも不幸せそうな、疲れた顔をしていた。さぞかし無念だったことだろうと思う。実りのない、淋しい人生だったことだろうとも思った。

韮山にしても同じことだ。あの歳になって、家族の思い出が染み込んでいる家に一人で取り残される孤独は、菊子にも少しは分かる気がした。韮山自身は、何も悪いことなどしていない。ただ、娘が無謀だったばかりに、ああして菊子にまで頭を下げなければならないのだ。

「やっぱり、ちょっと見てこようかしらね」

母が何度も同じことを言うので、菊子は仕方なく重い腰を上げた。菊子自身が相対さなければならない問題だ。思い出したくもないに違いない母に、こんな時だけ甘えるわけにもいかなかった。

小さくノックをしてドアを開けると、ちょうど、大きく鼻をかむ音が聞こえた。

「いや、ああ——お恥ずかしいところを見せました」

少し鼻にかかったかすれ声で、韮山が呟いた。

韮山が何度も深呼吸をして平静を取り戻す間、萄子はただスカートの上で両手を組み、自分の手指を撫でたりさすったりしていた。自分の決意を、この男には話すべきだと思う。その前にまず、この打ちひしがれて見える男を慰め、安心させる言葉を口にすべきだとも思った。だが、口にしてしまえば、すべて嘘に聞こえる気がした。韮山のぶ子は、取り返しのつかないことをしてくれた、すべてはもう、どうしようもないところまで来てしまった——その思いは、拭い去ることは出来ない。

「——韮山さんを責めたり、恨んだりすることは出来ません。恨むならのぶ子さんだと思いますが、今さら亡くなった方を恨んでも、仕方のないことです」

肩を落としたまま、韮山は黙って俯いている。萄子は一つ深呼吸をして、カーテン越しに見える庭に目をやった。この同じ部屋で、何度、勝と笑い合い、見つめ合い、将来を語り合ったことだろう。最初は窮屈そうな顔で、やがて少しずつ打ち解けていった勝の笑顔は、何と眩しかったことだろうか。

「最近になって、私も考えるようになりました。誰でも同じでしょうが、彼は彼の人生を行くしかないし、私も、やはり私の人生を行くしかないんだろうって。お互いが、二人で生きることを選ぶのなら、これからでもそうなる可能性はあるのかも知れませんし——」

そこまで話しかけたとき、母が控えめな笑みを浮かべながら飲み物を運んできた。萄子は急いで口を噤(つぐ)んだ。家族には、まだ何も話していない。今はまだ、萄子の思いを知られたくなかった。

「何ですか、雷の音がしてきましたわね。ひと雨くるのかも知れません」

韮山は、母の方を見ようともせず、ただ新しく目の前に出された紅茶に向かって、小さく頭を下げた。さらに何か言うつもりだったのか、萄子の隣に腰を下ろしかけた母を、萄子は鋭く見上げて小さく首を振って見せた。母は一瞬、驚いたような顔を見せたが、そのまま黙って部屋を出ていった。

「勝さんの嫌疑は、完全に晴れたんでしょうか」

母の気配が遠ざかったところで、萄子は改めて韮山を見た。紅茶に角砂糖を入れる韮山は、まだ目の縁を赤くしたまま、どこか虚ろな表情で頷いた。

「つまり、真犯人が分かったということですか」

「捜査段階ですから、完全に犯人と決めつけることは、まだ出来ません。ですが、どうやらそれらしいという人物は、絞り込みました。そのうちの一人が他の件で逮捕されましてね、今、取り調べの最中です」

「韮山さんは、たとえ彼が犯人じゃなくても、傍にいて、のぶ子さんを見殺しにしただけでも許せないって仰ってましたね」

韮山が、またがっくりと俯く。その頭頂部の髪が、以前よりも大分薄くなっているのを発見して、萄子は余計に暗澹たる思いになった。

「その気持ちは——今でも変わらんのです。あれほどの男が傍にいながらとね、どうしても、そう思うんです。奥田の性格を考えれば、ただ見殺しにしたとは思えんのは確かなんです。それは、分かってる」

韮山は、顔を歪めたまま萄子の方を見て、自分のポロシャツの胸を鷲摑みにした。

「ただ、ここがね、そうでもせんことには、つぶれそうでした。今だって、大して変わりゃあしませんが、だが、奴には気の毒なことをした——。あたしは、奥田に土下座をしてでも詫びなけりゃなりません。そして、のぶ子を成仏させてやるためにも、どうしても、出てきて欲しいんです」

韮山の小さな目が、また潤んでくる。気が弱くなってしまっているのだろうかと、萄子はやるせない思いにとらわれた。捜査が大詰めに来ているらしいことだけは理解出来た。どうやら勝の嫌疑は完全に晴れたらしい。だが、そうなればなったで、いよいよ萄子の疑問は深まるばかりだ。では何故、勝は行方をくらまさなければならなかったのか、すべてを捨てる必要が、どこにあったというのか。

「のぶ子の一周忌の時に、新しい人生を考えろと言っておきながら、今さらと思われるかも知れんが、時間がないんだ。奥田に出てきてもらわんことには、みすみす真犯人を取り逃がすことになりかねんのです」

「時間がないって？」

「容疑者は、そりゃあずる賢い男だそうです。恐らく、自分の手は汚さずに、手下だけを使って、のぶ子をああいう目に遭わせたのかも知れません。何しろ本人には、ちゃんとアリバイもあるし、言い逃れはいくらでも出来る状況を作ってる。だが、その男がすべての糸を引いていたことは、間違いがない。その男まで引っ張れないことには、意味がないんだ」

韮山は、現在、別の容疑で取り調べ中の犯人から自白を引き出すためにも、最終的には主犯格の男を逮捕するためにも、奥田の証言が欠かせないのだと言った。

「何しろ、物的証拠がほとんど残っていない事件です。奥田だって、それくらいのことは十分に承知してるはずなんだ」

遅くとも来月の彼岸の頃までに勝の証言が得られなければ、本当の意味での事件解決は無理になるだろうと、韮山はかすれた声で呟いた。

「私――今、おつき合いしている人がいるんです」

一点を見つめたまま、思い詰めた表情の韮山に、萄子は唐突に言った。韮山の瞳が絶望的に揺れた。

「勝さんとのこともすべて承知した上で、私とつき合いたいと言ってくれた人です。勝さんと知り合うよりもずっと前から、私を知っていてくれた人です」

「――そう、ですか」

「私、もう勝さんを探すのは、やめにしようと思っています――あと一度だけで」

韮山を正面から見つめて、萄子は言った。

「今、パスポートを申請しているんです。パスポートが下りたら、行くつもりです」

片方の耳では、応接間の外の気配を探りながら、萄子は小さな声で呟いた。家族には聞かれたくない話だ。韮山は「パスポート？」と言いながら眉をひそめ、身を乗り出してくる。

「すると、外国ですか。奥田が外国にいるって、誰かから聞いたんですか。それとも本人から？」

　萄子は小さくかぶりを振った。言ってしまって良いものかどうか分からない。今、話してしまったら、韮山はすぐに警察に連絡を入れて、もしかすると警察は捜査員を差し向けることも出来るかも知れない。それでは意味がなかった。のぶ子の事件に関しては勝は無実であっても、彼は間違いなく、萄子を傷つけ、そして、裏切っている。今となっては事件のことよりも、何故勝は萄子を捨てることが出来たのか、何故、いとも簡単に他の女性を選ぶことが出来たのか、そちらの方を問いただしたかった。そのためには、何が何でも萄子自身が、勝までたどり着く必要がある。

「どこですか、それは。間違いなく、そこにいるんですか。奴は何て言ったんです」

「彼から連絡があったわけではないんです。ただ、多分そうではないか、と聞いただけです」

「誰から」

「――知り合いです」

「その知り合いっていうのは誰です。どこの、何ていう人ですか」

「大阪の知り合いです」

「大阪？　大阪の、どういう知り合いですか。あんたとは、どういう関係の人です。奥田とは」

「私の、親しい友人です——これ以上は、申し上げたくありません」

苛立ちながら言い返すと、韮山は初めて我に返ったような顔になって、また悄然とうなだれた。この人は刑事のままなのだ。焦っている、追い詰められている遺族であるだけでなく、刑事としての習性が抜け切れていないのだと思った。すると、勝もそうだろうか。今もどこかで、まったく違う人生を歩みながら、刑事として身につけた癖を捨てられずにいるのだろうか。

「大阪、ですか」

「今はもう、大阪にはいません」

「そうなんでしょうな。パスポートが必要な場所だっていうくらいなんだから」

苦悩を滲ませた顔を、韮山は無骨な手でつるりと撫でる。萄子の耳に、大きなため息が聞こえた。

「本当に、そこにいるかどうか確信は持てません。今までも、何度も空振りだったんです。今度こそ、今度こそと思いながら、いつも駄目でしたから。でも、それも最後にしようと思っています。万一、本当に彼だったら、その時は、証人になるように伝えます」

頷きながら、韮山は初めて煙草に手を伸ばした。

パスポートを申請していること、勝を探して最後の旅に出るつもりであることを、まだ家族には話していないのだと言うと、韮山は煙草の煙を吐き出しながら、怪訝そうな表情になった。萄子は、冷めかけた紅茶を一口飲んで、誰にともなく微笑んだ。

「言えば反対されるに決まっていますから。両親にとっては一日も早く忘れたいことですし、私が他の方とおつき合いを始めた時点で、私自身も、もう彼のことは諦めたと思っているみたいで」

「そりゃあ——親としては、そうであって欲しいもんです」

この人の娘は、永遠に父親を安心させ、微笑ませることが出来ない。それを思うと、恨むことさえ虚しく感じられる。最後に萄子は、とにかく勝に会えることを祈っていて欲しいと言った。

「お互いのために、ですな。それにしても、お嬢さん——ああ、萄子さん」

灰皿に煙草を押しつけ、ソファーから腰を浮かしながら、韮山は、その日初めて、微笑むような顔をした。

「強く、なりましたね」

意外な言葉だった。萄子は思わずはにかんで、小さく会釈をした。

「旅から戻り次第、ご連絡します。それまでは、家の者には何も仰らないでいただけますか」

「商売柄、いや、元のですが、口は堅いものでね。約束します」

履き古した靴に足を入れ、丁寧に頭を下げて帰っていく韮山の後ろ姿は、かつてないほど小さく、哀れに見えた。どこかでヒグラシが鳴いている。玄関先で、ついぼんやりしていると、母が火のついた蚊取り線香を持ったまま、「お帰りになったの」と傍に来た。

「何ですって？　刑事さん」

「——真犯人が、捕まるかも知れないんですって」

「本当に？　じゃあ、勝さんは——」

「彼は無実よ。前からそう言ってきたじゃない」

横目で母を見る。母は困惑した表情で、落ち着きなく視線をさまよわせていた。

「だったら、どうして——じゃあ、勝さんが見つかったら、トコちゃん、あなたまた——でも、柏木(かしわぎ)さんのことは、どうなの」

「淳(あつし)さんは、淳さん。勝さんのこととは関係ないわ」

「関係ないって——」

母が言い終わらないうちに、萄子はすっときびすを返し、応接間を片づけ、食器を洗って二階に上がった。ベッドに腰掛け、思わず目をつぶって深呼吸をする。

——君が、それを望むなら。

淳の顔が思い浮かんだ。大阪まで会いに来てくれた彼に、萄子はすべてを打ち明けた。そして、勝に会わなければ、自分の気持ちは整理出来ないと泣いて訴えた。あの時、淳は苦しげに呟いた。

「だけど、待つのは、これで最後だから」

萄子は、ゆっくり頷いた。もう、この人を傷つけたくない、二度とこんな顔をさせたくないと、強く思った。

韮山が外国へ行くものと誤解するのも、無理もなかった。萄子自身、沖縄へ行くということは、ほとんど海外へ行くのと同じ感覚でしかない。それでも萄子は、覚悟を決めていた。東京に戻ってすぐに旅行の手続きを始めて、有楽町の交通会館にパスポートも申請したし、保健所にはチフスや痘瘡などの予防接種も受けに行った。パスポートと検疫証明書がなければ渡れない日本、それが沖縄だった。

驚いたことに、淳もまたパスポートを申請した。唯一の相談相手である彼は、萄子の身に万が一、何かあった場合、パスポートがないために駆けつけられないのでは困るからと笑った。

「本当は一緒に行かれればいいんだけど、それも筋違いな話だしね」

そんなことを心配する淳に、萄子は心の底から感心していた。何と辛抱強く、誠実な人なのかと改めて思い知った気がした。それなのに自分は、この人を傷つけてまで、勝を探しに行こうとしている。最終的に、ただ傷つけるためだけに、彼とつき合ってしまったのかも知れないと思うと、憂鬱になった。

調べてみると、沖縄までは羽田から那覇へ、直航便が飛んでいることが分かった。だが、それは月曜日と土曜日の週に二回、それもたった一便ずつだ。主に、沖縄戦没者の墓参の人たちが団体で利用する場合が多いのだという。料金は、ジェット料金も含めて片道で三万千二百五十円。それこそ、新式の洗濯機が買えるような値段だった。

もちろん、船で行くことも可能だが、たとえば東京発の船は直航の『ひめゆり丸』でも四十八時間かかる。週に一度しか出ない『ひめゆり丸』に乗れなければ『波の上丸』という船もあるが、そちらは三泊四日もかかるという話だった。船も飛行機も乗ったことはなかったが、船酔いが心配だったし、とにかく早く行きたい一心で、萄子がパスポートが下りる日から計算して決めた出発日は、八月二十七日の土曜日だった。

「沖縄？　沖縄へ行くっていうのか」

パスポートが下りた日の夜、萄子は初めて、家族に沖縄行きを告げた。夏休み中、ずっと退屈そうに見えた彰文一人が「すげえ！」と歓声を上げたものの、あとは静寂が広がった。

「前に熱海で知り合った女の子が、大阪で勝さんに会ったそうなの。勝さんは――女の人と一緒ですって。私、パスポートとったの。予防接種も受けたわ」

萄子は食卓に箸を戻し、背筋を伸ばして父を見た。父は、険しい顔を崩そうとしない。勝が無実だという報告は、母から父へも伝わっているはずだ。

「お前、まだ――」

一瞬、ぶたれるかと思った。その前に、萄子は父に深々と頭を下げた。

「これで最後だから、淳さんとも、約束したから！」

重苦しい、長い静寂が続いた。

「――本当に、間違いないのか。沖縄にいるって」

静寂を破ったのは父だった。萄子はやっと顔を上げ、分からないと答えた。

「でも、行けば気が済むの。もうこれで、本当に最後にしようと思うから。あの人が無実であろうとなかろうと、ちゃんと見つかろうと見つかるまいと、自分の中で踏ん切りがつけられると思うから」

浴衣の父は腕組みをして、深々とため息をつき、目をつぶってしまった。救いを求めるように母を見たが、母もまた、黙って俯いてしまっている。

「無謀だとは思うわ。でも、言葉が通じない場所に一人で行くわけじゃないんだし」

「ちょっと物騒かもな。あそこは占領地でしょう。アメリカ軍が毎日、ベトナムに向かって飛行機飛ばしてるところだよね」

彰文が余計なことを言う。萄子は舌打ちしたい気持ちで弟を睨みつけ、自分が目指そうとしているところは、沖縄本島からさらに離れた宮古島なのだと言った。

「宮古島？　宮古上布の宮古島か。本島じゃなくて」

父が目を開けて、初めて萄子を鋭く睨みつけた。萄子には何の知識もないだけに、答える言葉も見つからなかった。

「そんな場所まで行ったら、電話一本だって簡単にかけられるかどうか、分からんのだぞ」

「分かってる。日本のお金も持ち込めないって聞いたわ。全部、ドルに両替して行かなきゃいけないんだから、まるで外国と同じよね。でも、行って、納得してきたいの。もしも会えなくても、悔いは残したくないから」

「——本当に、これが最後なのね？」

泣き出しそうな顔で押し黙っていた母が、切なげに口を開いた。

「柏木さんにだって、気の毒よ。分かってるのね？」

　萄子は、ゆっくり頷いた。母は静かに父を見つめている。父は何も答えないまま、すっと席を立ってしまった。浴衣の背中越しに「勝手にしろ」という声が聞こえた。萄子はその背中を見つめ、再び母の方を向いて、初めて「ありがとう」と言った。こんな風に素直に礼を言えたのは、ずい分久しぶりの気がする。

「こういう時こそ、俺を誘えば安心だったんだよ。あんな、焼津とか熱海なんかじゃなくてさ」

　つまらなそうに文句を言う彰文に、母が「熱海？」と聞いている。萄子は慌(あわ)てて、彰文に目配せをした。ここで過去の嘘(うそ)までばれてしまっては大変だ。彰文も、はっとした顔になって「焼津ね、焼津。熱海は、お姉ちゃん一人で行ったんだもんな」と誤魔化した。だが母は、いかにも疑わしげな目つきで萄子たちを交互に眺め、呆(あき)れたようにため息をついた。

「苦労して育てて、ちょっと手がかからなくなったかと思ったら、嘘ばっかりついて、好き勝手なことをするようになるんだものね」

　母親なんてつまらない、と呟(つぶや)きながら、母は白瓜(しろうり)の漬け物をコリコリと嚙(か)んだ。

3

八月二十七日は土曜日ということもあって、半ドンだった淳が、羽田まで見送りをしてくれた。飛行機は午後三時十分発、那覇には五時三十五分に到着する予定だ。浜松町へ行くのも初めてなら、東京モノレールに乗るのも初めての経験だった。モノレールの車窓から見る東京の風景は、これまで萄子が慣れ親しんできた東京とは、また異なる表情を見せていた。

「大きな倉庫ばっかりなのね。さすがに東京だわ」

母と弟に見送られて家を出るときから、萄子は普段よりも饒舌（じょうぜつ）になっていた。それが羽田に近づき、不安と緊張が高まるにつれ、ますます他愛ないことでも口にせずにいられなくなってくる。

「ほら、飛行機があんなに大きく見える。やっぱり、近づいてるのね」

淳は、萄子が何を話しかけても、短く返事をするだけで、決してそれ以上に話題を膨らませようとはしなかった。彼がふと口を噤（つぐ）み、黙って視線を遠くに向けるだけで、萄子は泣き出したいような気持ちになり、「やっぱり、やめたわ」と言いたくなるのをこらえた。

——ひどいこと、してる。この人を、こんなに傷つけてる。

正直なところを言えば、その思いは淳から交際を申し込まれた時点で、既に膨らみ始めていた。最初の頃こそ、そんなことを気にかけてなどいられるかとも思い、相手が望むから、こうしてつき合ってやっているのではないかという高飛車な思いにもつながっていたが、一人で勝手に大阪へ行ったときから、萄子は自分でもはっきりと気づき始めていた。

兄と変わらないようなつもりでいたけれど、淳は明らかに異性として、萄子の中に棲みついていた。彼はいつでも、時には兄以上に萄子に近く、萄子の心に寄り添おうとしてくれてきた。それが、あまりにも親しみやすく、当たり前に感じるほど自然で心地良かったから、きちんと意識出来ずにいたのだ。だが、傍にいてもらえない、もう、彼に見つめてもらえなくなるかも知れないと思っただけで、あれほどまで動揺し、不安になった。大阪に行くまで気づかなかった。萄子は、淳を必要としている。淳と離れたくない、失いたくないと思っている。

——私も、彼と同じことをしようとしているのかも知れない。

勝に捨てられて、あんなに傷ついた自分だった。愛したい、信じたい相手に去られる辛さは、世の中の誰よりも味わってきたつもりだ。それなのに今、萄子は確かに淳を振り捨てようとしている。

「ちゃんとドルは持ったの」

「――大丈夫」

「那覇の宿は、決まってるんだろう?」

「『琉球ホテル』っていうところ」

「宮古は」

「こっちからだと情報が少ないから。那覇に着いてから決めるつもり」

そうか、と頷き、人知れずため息をつく淳が、やはり悲しく見えてならなかった。「止めてくれないの」と言って、彼の腕にしがみつきたい衝動を抑えながら、萄子はモノレールに揺られた。止められたところで、言うことを聞くはずがないのだ。自分でも分かっている。それが萄子だった。

空港に着いて搭乗手続きを行う頃には、互いにすっかり無口になっていた。淳自身、羽田は初めてだと言っていたのに、萄子の旅行鞄を持ち、案内板を頼りにてきぱきと動く彼の後を、萄子はただ黙ってついて歩いた。いよいよ搭乗口に向かうときになって初めて、彼は萄子の名を呼んだ。

「帰って、こいな」

胸が痛い。無理に微笑もうと思っても、顔が強張って上手に出来なかった。

「――待っていて、下さる？」

「あんまり長くは、待てない」

「どれくらいなら？」

淳は、答えなかった。ただ、悲しい顔でこちらを見ていた。萄子は、自分がいかにも愚かな質問をしたことに気づき、思わず「馬鹿みたいね」と呟いた。馬鹿みたいだ。萄子の方が、淳を捨てるかも知れないのに。何年待たれようと、二度と彼のもとへは戻らないかも知れないと分かっているのに。そんなはかない希望を、この期に及んでもまだ、捨てられないままだというのに。

「帰る日が決まったら、連絡するわ。きっと」

黙って頷く淳に、何か他の言葉はかけられないものかと、萄子なりに必死に考えた。

「――帰ってきたらね」

一つ深呼吸をしてから、精一杯に笑って見せる。

「帰ってきたら、今度は私、一度くらい、大喧嘩してみたいわ」

「大喧嘩？」

「淳さん、一度も怒ったことないじゃない。私、怒られてみたいな。怒って、怒鳴られてみたい」

淳は不思議そうな、切ない顔のままでやはり笑った。その笑顔を胸の奥にしまい込んで、萄子は「じゃあ」ときびすを返した。背中に彼の視線を感じる。振り向きたい、振り向いて、駆け戻りたい。その誘惑と闘うように、萄子は真っ直ぐに前だけを見て歩いた。

午後三時十分、日本航空九三一便は、定刻通り羽田を出発した。最初は滑るように、やがてバスのようにごとごとと滑走路へ向かう機内から、見送りの人たちの群れが見えた。その中に淳はいるだろうか、最後まで見届けていてくれるだろうかと、窓際の席から、萄子はそればかりを気にしていた。

飛行機はやがて一度スピードを緩めたかと思うと、他のすべての音をかき消すような轟音に包まれ、次の瞬間には、背中を無理に押すような加速が始まった。

――飛ぶ。

窓の外の風景が流れるように背後に消え、次の瞬間、機体はふわりと浮いた。見る見るうちに建物が下に見えていく。同時に空が近づき、水平線が斜めに見えた。その途端、萄子は淳のことを忘れてしまった。今度こそ会うつもりの勝のことだけが、心のすべてを支配した。飛行機は雲間を抜けて上昇を続け、やがて、窓の外は青い空と白い雲だけの世界になった。萄子は飽きることなく、ひたすら窓の外を眺めて時を過ごした。

五時半といえば、夏でも夕方の気配が近づいてきているはずだと思ったのに、初めて降り立った那覇の街は、未だ昼日中のままのようだった。空は抜けるように青く、雲は文字通り輝いて見える。熱い風が吹き抜けて、服の隙間からも湿度の高い熱気が忍び込んでくる。まだ飛行機の轟音と振動が余韻として残っている萄子の肉体は、頭で何かを判断する前に、その熱気に反応して汗を噴き出し始めた。

——ここが沖縄。

飛行機が沖縄に近づくにつれ、海の色は見たこともない鮮やかな色に変わった。やがて見えてきた沖縄本島は、鬱蒼とした緑に覆われた島だった。だが実際に降り立ってみると、その熱く湿った空気の密度の濃さ、強烈な陽射し、そして人の多さに、萄子は圧倒された。とにかくタクシーに乗って、「琉球ホテル」と告げる。ハンドルを握っていたのは、目鼻立ちははっきりしているが、確かに東洋人だった。

「お客さん、今の飛行機？」

言葉が、少し奇妙な気がする。標準語とも関西弁などとも違う、聞いたことのない歯切れとリズムを持っている。それでも日本語を話せたことで、萄子はほっと息をついた。

「やっぱり暑いんですね」

「そりゃあ沖縄は南国だからね。暑いよぉ」

左ハンドルで道路の右側を走るタクシーは、その車体にも大きく「TAXI」と書かれていたし、車内に貼られている数枚のステッカーにも日本語と共に横文字が書かれていた。

「他の人たちは？」

「他の人？」

「そう。他の人」

「私、一人です」

激しいクラクションの音がして、米軍のものらしいジープが行き過ぎた。頭上を大きな鉄のかたまりにしか見えない飛行機が飛んでいく。それらの騒音に囲まれながら、運転手は「一人？」とハンドルを握ったまま振り返った。

「一人で来たんですか。本土から」

「東京から」

「へえ、東京から！　それはまた、大変な遠くから、よくいらっしゃいました」

運転手は、さも驚いた様子で馬鹿丁寧な挨拶(あいさつ)を寄越すと、その後も「東京」と一人で繰り返していた。ふと、筑豊へ行ったときのことを思い出した。夜行で門司まで行き、そこで乗り換えたローカル線で出会った老婆(ろうば)も、菊子が東京から来たと言ったら目を丸くしていた。かかった時間こそずっと少ないが、確かに今度は空を飛んで、菊子はほとんど地の果てまで行くような気持ちでドル紙幣を握ってここまで来た。運転手が驚く以前に、菊子自身が本当に沖縄まで一人で来られた自分自身に驚いているくらいだ。

ホテルは意外なことに、日本本土からの団体旅行客で混雑していた。菊子も名を知っている大手の製薬会社や電気メーカーが「友の会」と称してツアー客を送り込んでおり、さらに、折しも戦没者の遺骨収集作業が進んでいる最中ということもあって、これだけ混雑しているのだと、ホテルの従業員は説明してくれた。

「お客様は、お一人で？」

宿帳代わりの宿泊カードに名前を書き込んでいると、フロントの従業員が不思議そうな顔をする。菊子は出来るだけ落ち着いて見える微笑みを浮かべて、当然だというように頷いた。

「明日は、宮古島へ渡りたいんです。知り合いが、そこにいるものですから」

「ああ、宮古へ。軍の関係の方ですか？」

意外な質問に、思わず聞き返した。

「軍？――」

「ああ、いいえ。ごゆっくりどうぞ」

部屋のキーを渡されて、エレベーターに向かって歩き始めたところで初めて、質問の意味が分かった。アメリカ軍に知り合いがいるのではないかと聞かれたのだ。

――つまり、どういうこと？

若い女が一人で米軍兵に会いに来たとでも思われたのだろうか。それは、萄子がどう見えるから発せられた質問なのだろう。夫がいるように？　アメリカ人の恋人がいるように？　アメリカナイズされているように？　それとも、商売女のように？　どう思われたところで、構ったことではなかった。むしろ、たった一人で南国まで飛んできた女が、傍目にはどう見えるのかを楽しみたい気持ちにさえなる。

客室の窓から眺める風景は、どこか異国情緒の漂うものだった。そろそろ六時になろうというのに、空はまだまだ夕暮れの気配さえ見せてはいない。紺碧の空に、ちぎれ雲が流れていた。そして、那覇の街はといえば、どこか埃っぽく、雑多で活気に満ちており、そして、とにかく暑かった。

二十年あまり前、この土地は日本で唯一(ゆいいつ)米軍に上陸され、壊滅的な被害を受けている。それは子どもの頃から習って知っていた。戦後の焼け野原を、おぼろげながら記憶している萄子は、その風景を思い出しながら、今も米軍の統治下にあり、看板も何もかも、日本語と英語を並記されている街並みを眺めていた。

調べたところ、沖縄本島から宮古島までは、エアアメリカ機で一時間かかる。またこちらは那覇港の隣にある渡眞利(とまり)港からは『八汐(やしお)丸』という定期船が出ているが、こちらは十六、七時間かかるということだった。運賃は片道で飛行機なら十一ドル、船の方が高くて十一ドル四十セントだという。日本円に換算すれば飛行機でも四千円弱という計算だ。ただ移動するだけで、何と費用がかかることかと、萄子は早くも心細い気持ちになった。円とドルとの感覚の違いもある上に、沖縄の物価が高いのか安いのかもぴんとこなかった。

翌日の飛行機で、すぐに宮古島に渡りたかったのに、ちょうど日曜日ということもあってか、座席は既に一杯だと言われた。夕方の船で行く方法もあるにはあるが、長時間船に乗るのは、飛行機以上に不安がある。結局、宮古島へ飛ぶのは月曜日に延ばすことにした。陸続きでない土地へ行く不便さを思いながら、その日、萄子は初めて南国の一夜を過ごした。

半日前は東京にいたのに、自分が今どこにいるのか、どうにも信じられない気がして、新聞を読んでみる。このところ政界を騒がせている「黒い霧」に関する記事が載っていた。広告欄には「いすゞベレット」や「蛇の目ミシン」のものがあって、間違いなく、ここも日本なのだと思わせた。それでも、「三菱(みつびし)コルト１５００」は頭金＄２１５と出ているし、シャープのテレビは＄１５０と出ている。募集欄にはメイド、セールスクラークなど、見慣れない職業があったし、条件として「英会話出来る人」と入ったものも少なくなかった。

筑豊に行ったときにも、東京より日暮れが遅い気がしたが、沖縄はなおさらだった。ホテルの従業員からすすめられて、とにかくタクシーで国際通りという場所まで行ってみる。途中、タクシーの運転手に国際通りは「奇跡の一マイル」と呼ばれているのだと教わったが、着いてみるとまさしく、そこは賑(にぎ)やかな商店が連なる大きな繁華街だった。何よりも人が多い。その上、そのうちの何割かは白人や黒人だった。かつて感じたことのない活気、賑わいが、熱風の中で揺れているように感じられる。

よほど田舎を想像していた萄子にとって、それは、まさしく奇跡のような、不思議な光景だった。看板には日本語と英語が溢(あふ)れ、また店先にも、見たこともないような品々が並んでいる。映画館の前には人だかりがしていたし、三味線とも異なる不思議な音色とリズムを持つ音楽が、辺りの商店から流されていた。

——ここが沖縄。ここが那覇。

広い通りを外れて路地を歩くと、戦後の闇市(やみいち)を彷彿(ほうふつ)させるような出店が並び、女たちが野菜や乾物、調味料などを売っていた。商店の入り口や一軒家の門には、左右に狛犬(こまいぬ)のような置物が、必ずといって良いほど据えつけられている。人々の会話は、聞いたこともない言葉だった。これが沖縄の方言なのだろうか、日本中どこへ行っても、大体の意味くらいは察することが出来るように思ってきたが、この言葉で話されてしまっては、お手上げだった。

「あの——」

つい不安になって、二、三人の主婦らしい女の集団に近づき、萄子は話しかけてみた。

「『琉球ホテル』に行きたいんですが」

道筋くらい分かってはいたが、他に聞くことがない。

「ああ、『琉球ホテル』ね。それだったら、この先を——」

女の一人は別段、奇異な目を向けることもなく、ごく自然に答えてくれた。思わず安堵のため息が出た。

たった一日の沖縄滞在で萄子が学んだことは、言葉の違い、文化の違い、そして食べ物の違いだった。市場を歩いてみても、見たこともない野菜が並んでいるし、熱帯魚のような魚が売られ、豚の顔が並んでいる。そんな光景は東京でも大阪でも、無論他の土地でも見たことがなかった。その上、この暑さだ。大阪も暑いと思ったが、沖縄は、その比ではなかった。いつまでも暮れない空を、白い雲が勢い良く流れていく。熱風が、車で混雑する道を吹き抜け、英語で何か書かれている横断幕を揺らす。那覇は、想像以上の都会だった。その熱気と密度の濃さは東京をしのぐと、萄子には感じられた。

商店街を外れて住宅地に入ると、赤黒い屋根瓦を白漆喰で固めた、正方形に近い家々が目についた。方々に鮮やかな色の花々が咲き乱れ、その濃いピンクや赤、黄色などが目にしみる。石垣に囲まれ、黒っぽい柱や戸板と、赤い屋根瓦のコントラストが印象に残った。やはり、どの家の門口にも向かい獅子がいる。いかにも南国らしい椰子の木や、枝々から蔓のようなものを垂れ下げている大木もある。鋸のようにギザギザした細長い葉の木は、幹が曲がりくねっており、堅そうな実がなっていた。それらの植物の、どれ一つとして萄子は名前を知らなかった。何という花なのか、木なのかを知ることが出来たら良いのにと思った。

こんな風景を見たら、淳なら何と言うだろうとふと思い、次の瞬間には、宮古島で勝に会うことが出来たら、これらの名前を教えてもらえるかも知れないと思う。混乱が、再び萄子を襲う。

――本当に会えたら。

それでも不思議なほど、静かな気持ちだった。以前ならば泣き出したいような不安に翻弄(ほんろう)され、彼に会った途端、そのまま走り寄る自分を思い描いたと思うのに、今の萄子は、とてもそんな自分を想像することは出来なかった。こんな遠くまで来て、心細くないはずがないのだが、気持ちは驚くほど平安だった。むしろ、これが最後の旅になる、少なくとも、最後の一人旅になるのだという感慨の方が迫ってくる。

会えるにせよ会えないにせよ、いよいよ決断する時が来たのだ。この、熱い土地に、すべてを捨てて帰る。二人でも。一人でも。それだけは確かだと思う。そんな決断を下すには、沖縄は、いかにもふさわしい土地のように感じられた。

食事は、あまり口に合わなかった。ようやく訪れた暑い夜も、眠りには適さないように思われた。湿気を多く含んだ、とろけるような夜気に包まれながら、萄子はまどろんでは目を開け、ホテルの窓から瞬(またた)く星々を見上げて過ごした。夜だというのに、相変わらず白く見える雲が、ぐんぐんと勢い良く流れていくのが、小気味良いほどだった。

八月二十九日、萄子は再び那覇空港に行き、今度は宮古島行きの小さな飛行機に乗った。

エメラルド・グリーンとはこういう色を言うのだろう。窮屈な姿勢で飛行機の窓から外を眺めながら、萄子はその海の美しさに目をみはっていた。手を伸ばして、そのままますくい取ってみたいような明るい色の海は、これまで萄子が見てきた、どの海とも違う色をしていた。ぽかり、ぽかりと雲が浮かんで、その影が海面に落ちている。

やがて、前方に平らな島が見えてきた。その、あまりの起伏のなさに驚いているうちに、飛行機は見る見る高度を下げていく。機内アナウンスが、着陸態勢に入ることを知らせる。

——来ちゃったわ。本当に。

島というよりも、中州のような印象だった。潮が満ちてくれば、そのまま水没してしまうのではないかと思うほど、平らな島だった。徐々に赤茶色の畑が見えてくる。白い道が見えた。民家が建ち並び、草原のようなものも見えた。次の瞬間、どすん、という衝撃と共に、飛行機は着陸していた。

タラップを下りた途端、那覇で感じたものとはまた異なる風が鼻先をかすめていった。土の匂い。草の匂い。都会だった那覇とは違い、遮るもののまるでない、まるで絵本の中のような風景が、果てしなく広がっていた。

——広い。

宿に向かう途中も、萄子は辺りを見回して、ひたすら目を丸くしていた。上空から眺めたのだから、島だということは承知している。だが、どこまでも平らな風景は、島の果てを感じさせない。容易に一周出来るつもりでいたのに、これでは思ったよりも時間がかかるかも知れなかった。それでも、勝を探す。本当にいないという確信を得るまでは、絶対に諦めない。何度も自分に言い聞かせ、生まれて初めて見る広々とした風景を眺めながら、萄子はオート三輪に客車をつけたような簡易タクシーに揺られた。

萄子がとった宿は、平良港に近い、島で一番開けている辺りにあった。どこまでも平らだと思ったのだが、港から緩やかな坂道を上った中ほどにある、意外にこざっぱりとしたコンクリート製の二階建ての宿だ。

「一人？　本土から一人でいらっしゃいましたか」

玄関口で声をかけると、五十前後に見える陽焼けした男性が出てきて、まず目を丸くした。萄子は曖昧に笑いながら、取りあえず部屋に案内された。通された部屋は六畳ほどの板張りで、畳の代わりに花ござのようなものが敷いてある。この暑い土地では、確かに畳よりも板の間の方が過ごしやすいのだろう。

——どうやって探そう。

荷物を解きながら、早くも考え始めていた。自分が正確にはどんな形の島の、どの場所にいるのかさえ判然としないようでは、身動きの取りようがない。まずは島を知ることが先決かも知れなかった。

4

とにかく何らかの情報を得なければならない。改めて室内を見回してみると、姫鏡台とタオル掛けがある以外、あまりにも殺風景なことに気づいた。テレビが置かれていないのだ。那覇に泊まったときだって、テレビで手軽に情報を得ていた萄子は当惑し、また不満に思った。確かに、那覇のホテルは宿泊料も十五ドルと、本土なら並以上の部屋だった。それに比べたら、この宿は三ドルというのだから、サービスが劣るのは無理もないと思う。それでも、せめてテレビくらいは観たかった。

「テレビのあるお部屋は、ないんでしょうか」

階下に下りて、先ほどの主人らしい男を探すと、萄子は出来るだけ控えめに言ってみた。すると主人は表情を変えずに「ありません」と答える。

「テレビは、まだないんです」

「あの——こちらの、お宿にですか？」

「そうではなく、この宮古島では、まだテレビが見られないんです。あるのは親子ラジオね」

信じられない思いだった。すっかり便利な世の中になったと思っていた。確かに、萄子の家にだってテレビが登場して、まだ十年かそこらなのに、あるのが当然だという気になっていた。

「地球は、ほら、丸いでしょう。ここまでは電波が届かないそうです。ご不自由をおかけします」

宿の主人は丁寧に頭を下げる。彼が謝るようなことではなかった。萄子は慌てて

「いいんです」と、顔の前で手を振って見せた。

「すみません。この島のこと、何も知らなくて」

自分のわがままと、文明に慣れたひ弱さのようなものを改めて感じる。主人には、

「ご不便ですね」と恥ずかしさを誤魔化すように笑いかけた。

取りあえず島のことを知りたいのだがと相談すると、主人は、それなら市役所へ行くのが良いのではないかと教えてくれた。アメリカの統治下にある沖縄の行政府は、琉球政府という。それでも、市役所は市役所だった。

外へ出ると、白い雲がぐんぐんと流れていく。乾いた地面に雲の影が黒く落ちて、それが次から次へと滑っていった。空は輝くように青く、陽射しは強烈だ。帽子でも被らなければ、日射病になるかも知れないと考えながら、萄子は主人に教わった通り、緩やかな坂道を上った。市役所は、坂道を上ってすぐの場所にあるということだ。つまり、港を中心に開けた町は、そのまま行政の中心でもあるらしかった。市役所で地図をもらい、ついでに島内の人口を尋ねると、平良市だけで三万二千あまり、宮古島全体では五万九千人近くもいるという。

「そんなに、いるんですか」

思わず窓口の人に聞き返す。市役所の職員は、やはり沖縄の人らしい目鼻立ちのはっきりした顔の、陽に焼けた男性で、「多いでしょう」と頷いた。

「この島の周囲にある七つの小島も含めて宮古群島と呼ばれていますが、すべてを合計すると人口は七万四千人あまりになります」

菊子はまたもやため息をつかなければならなかった。これは、思っていたよりも、大変な作業になりそうだ。

市役所でもらった地図を眺めると、宮古島は、一本だけ角の生えた鹿の、右向きの横顔のような形をしていた。平良市は、その角を含めて頭の上半分を占め、耳のつけ根辺りに中心を持っているという印象だ。島内には、この平良市の他に二町一村があり、鹿の横顔の鼻先の部分が城辺町、首の付け根が下地町、顎の辺りが上野村といったところだろうか。人口の分布をみれば、平良市が三万二千、城辺町が一万六千、下地町と上野村が、それぞれ五千五百、四千六百程度になっていた。

さらに宮古島の周辺には、伊良部、池間、来間、大神、下地、多良間、水納の各島があって、特に伊良部島と多良間島は大きいらしく、それぞれに約一万二千、二千八百という人が住んでいる。

――少ないところから探すしかないわ。

地図をじっくりと眺め、菊子は考えを巡らせた。離島へ行くには、足の便のことも考えなければならない。日帰りが無理な場所なら、宿の心配もしなければならないだろう。取りあえずは宮古島の島内から探すのが良いかも知れない。宿の人に尋ねたところでは、宮古島は、平良の市街地から外れれば、本当にのんびりとした田舎で、互いに知らない顔などほとんどないくらいの近所づき合いをしているという。気候風土の厳しさもあって、互いに助け合わなければ暮らしていかれないことから、共同体としての意識が強いのだという話もしてくれた。だとすると、周囲の情報がすぐに届くような、小さな集落から訪ねるのが良さそうだ。

その日は一日、宿の近くを歩いたり港へ行ったりして夜を迎えた。大きな船が岸壁に寄る港さえ、水はあくまでも澄んでいて、淡く明るい水色は光に満ちて輝いていた。少し覗いてみただけで、小さな魚が輝きながら群れをなしているのを見て、萄子はまたもや、誰かと一緒にこの景色を眺められたらと思った。だが、それが誰なのか分からない。もちろん、勝に決まっているではないかと思う、その一方では、勝とでは同じ感動を分かち合えないような気もした。彼はもはや、萄子と同じものを見ても同じようには感じない人になっているのではないか、そんな気がしてならなかった。

宮古島での初めての夜は、那覇同様にやはり暑かった。宿の食事は、階下の食堂でとるようになっている。萄子の他に、あと三組の泊まり客がいるという話だったが、一組はまだ帰ってきておらず、あとの二組は、いずれも那覇から来たというサラリーマンだった。彼らは一、二本のビールや泡盛という地酒を飲みながら、当たり前のように出された料理に箸を伸ばす。だが、苦みのある瓜に豆腐、卵をとき合わせたような炒め物は、萄子には初めての味だった。他にも、正体の分からないしゃきしゃきとした歯ごたえの和え物が出る。味噌汁には素麵が入っていた。瓜に似た野菜は、宮古ではゴーラ、沖縄本島ではゴーヤといい、炒め物はチャンプルーという。和え物はパパイヤだと教わった。素直に「美味しい」と目を細めることは、萄子には出来なかった。だが、この暑さでは、とにかく食べなければ参ってしまうと自分に言い聞かせて、萄子はその日の夕食をとった。

寝苦しいと思っても、たっぷり汗をかいた上に満腹なら、自然に瞼が重くなる。テレビもないのでは、さらにすることがなかった。その夜、萄子は九時前には、早々と眠りについてしまった。

八月三十日、萄子はまず、島内で一番人口の少ない上野村から歩くことにした。平良市街地から南東の位置にある村だが、果たしてどれくらいの距離にあるものかが、どうもぴんとこない。宿の主人に尋ねると、とても歩ける距離ではないという。バスを利用することも出来るが、なにぶん本数が少ない。結局、タクシーで行くのが良いだろうということになった。

「上野村の、どこに行きますか」

港近くの乗り場からタクシーに乗り込むと、まず聞かれた。どこと言われて、心当たりもない萄子は、とにかく村の一番賑やかな場所へ行って欲しいと頼んだ。

「上野村には、平良市内のような賑やかな場所は、ないですよ」

「あの、では、役場まで行ってください」

昨日、平良の市役所に行った経験を応用しての、苦し紛れの思いつきだ。運転手は、何となく胡散臭そうな顔で振り返り、しげしげと萄子を見た。頼る者も何もないのだから、警察か役場にでも頼るより仕方がないではないか。旅先でどう思われようと、構ったことではない。妙な開き直りが萄子を落ち着かせた。

島は今日も好天に恵まれていた。ところどころに緩やかな坂道はあるものの、大半は本当に平坦な道を、タクシーは軽快に飛ばしていく。運転手は、萄子が東京から来たと言うと初めて親切そうな口調になった。

「もともと、貧しい島でしたから。人頭税って分かりますか。あの島でしたからね」

子どもの頃、学校で習った記憶をたどりながら、萄子は曖昧な返事をした。

「自然が厳しいしね。水は少ないし、暮らしは大変です。特にこれからは台風が来るでしょう」

「台風は、すごいんですか」

「そりゃあすごいよ。サトウキビも何もかも、根こそぎやられますよ」

運転手は、この島は珊瑚礁が隆起して出来た島なだけに遮るものがなく、風がどこまでも吹き抜けるのだと言った。

「昭和三十四年にも、サラ台風というね、とても大きな台風が来て、第一宮古島台風ともいわれてね、それは大変な被害が出たんです」

昭和三十四年といえば萄子が短大に入った年だ。確か、伊勢湾台風がその年だった。もしかすると、サラ台風が後に伊勢湾台風になったのだろうかなどと考えながら、萄子は運転手の話を聞いた。

サトウキビの畑がどこまでも続いている。畑の脇に生えている木々さえ珍しく、方々で見かける赤く燃えるような花が印象に残る。花の名前を尋ねると、運転手はブッソウゲの花だと教えてくれた。ハイビスカスともリュウキュウムクゲともいい、一年中、咲き乱れているのだそうだ。いかにも南国らしい深紅の花を眺めながら、萄子は忘れないように、口の中で何度もブッソウゲという名前を繰り返した。

しばらく走ると、やがて右手に息を呑むほど青い海が姿を現した。運転手が与那覇湾だと教えてくれた。何と優しい、軽やかで澄んだ色なのだろうと感心しているのに、運転手は、宮古島にはまだまだ美しい海がいくらでもあるのだと言う。

「何しろ、島全体が珊瑚礁なんだから。遠浅だから、余計に水の色が綺麗でしょう。

飽きないねえ」

「地元の方でも、飽きませんか」

「飽きないよ。今日は仕事したくないなあなんて思う日は、一日中、ただ海を見て過ごすこともあるよ」

地図を眺めて与那覇湾の位置を確かめながら、萄子は、なるほど、この海ならばそうだろうと思った。熱海でも焼津でも、海を眺めれば懐かしい、穏やかな気持ちになったものだ。だが、あの海とこの海が本当につながっているとは思えないほど、南国の海は美しい。勝を探すという目的さえなければ、萄子だって日がな一日、浜辺に座っていたいものだと、残念な気さえしてくる。

「上野村には、知り合いでもいるんですか」

「知り合い、ですか——いることは、いるんですが、上野村とは限らなくて」

つい正直に答えていた。運転手は驚いたようにミラーを覗き込み、萄子の顔を映しながら、「上野村じゃないんですか？」と頓狂な声を上げた。萄子は仕方なく、探している人間はこの宮古島どころか、宮古群島のどこかにいるとしか分からないのだと説明した。それでも探さなければならない、連絡しなければならないことがあるのだと言うと、運転手は「へえ」と感心したような声を上げ、探している相手に興味を抱いたようだった。菊子は勝の年格好を説明し、ついでにハンドルを握る運転手に写真まで差し出した。

「こっちで何をしてるんですか」

片手でハンドルを握りながら、運転手は写真を眺め、そして、「見たことないな」と返してくる。

「それは、分かりません」

「名前は」

「——奥田というんですが」

「奥田、ねえ。東京から来てる人でねえ」

本名を使っているかどうか分からない。第一、宮古まで来るには、勝だって旅券を申請し、予防接種を受ける必要があったはずだ。それらの手続きを、きちんと行った上で沖縄へ渡ったか、または何か他の手段を使ったかも、菊子には分からなかった。

「私の家は城辺にあるんですがね、それなら、ちょっと聞いてみようかね。そんなに人の出入りの多い土地じゃないから、東京から来た人っていえば、それだけで目立つと思うから」

三十を少し過ぎたくらいに見える運転手だった。菊子は、初めて味方を得た気分で、

「お願いします」と身を乗り出した。そして、当分の間は港に近い旅館に泊まっているからと、宿の名を告げた。

「それにしても変わった人だね。最近は、島を捨てて、よそに移り住む人が増えてるんですよ。それなのに本土の、それも東京から引っ越してくるなんてね」

「本人が望んだことでしょうから」

運転手は「ふうん」と感心したように頷く。

「不便でしょうがないだろうに。東京なら交通だって便利だし、テレビだって何だってあるでしょう。この島からも集団就職で、毎年、中学を卒業した子どもたちが大勢行きますからね。船に乗って」

「こんなに遠くから――心細いでしょうね」

ふと、通天閣の近くで会った洋子を思い出した。芸者に憧れていたのに、今は飛田で客をとる少女。宮古のことを教えてくれた上で、もう二度と会うこともないと宣言した少女の姿が鮮やかに蘇る。彼女が着ていたひまわり柄のワンピースは、こんな風景の中でこそ、よく映えたように思う。もしも、本当に勝に会えたとしたら、どれだけ礼を言っても足りないと思うのに、連絡先さえ分からないのかと思うと、余計に洋子がいじらしく、哀れに思えてならなかった。

三十分ほども走って、タクシーはようやく上野村に着いた。バスの本数も少ないことだし、タクシーを呼ぼうにも電話が少ないことを考えると、時間を決めて迎えに来ようかと言ってくれたのは、運転手の方だった。

「よろしいんですか、お願いして」

そんな親切をタクシーの運転手から受けた記憶がない。ドル紙幣を差し出しながら、おずおずと覗き込んだ顔は、なかなか厳めしい、どちらかというと怖い顔だ。何となく、那覇の家々で見かけた向かい獅子に似ている気がした。それでも運転手は「構いませんよ」と気軽な口調で言ってくれた。

「何時にしますか。この、同じ場所まで来ましょう」

走り去るタクシーを見送りながら、萄子は改めて、旅先では特に人の情けが有り難いものだと思っていた。

早速張り切って役場を訪ねてみたのだが、この辺りに、最近よその土地から移り住んできた者はいないはずだと、いとも簡単に言われてしまった。念のために勝の写真も見せてみたが、やはり分からないという。今さら、そうすぐに見つかるなどと虫の良いことは考えていなかったから、萄子は「そうですか」と素直に引き下がった。

——いくら役場だって、すべてを把握しているとは限らない。

ここまで来ていながら、雑な調べ方をして見落としがあっては、悔やんでも悔やみきれない。やはり、自分の足で集落を歩くのが一番だと覚悟を決めた。萄子は、眩しい陽射しを受けながら、熱い風の吹き抜ける道を、一人で歩き始めた。それにしても、すぐに肌がひりひりしてくるような陽射しだ。この分では、あっという間に陽焼けしてしまうだろう。平良で帽子でも買えば良かったと後悔した。

上野村は、少し歩いただけでも、慎ましやかな暮らしぶりの村だということが分かった。ところどころに沖縄本島でも見かけた、枝から蔓（つる）のようなものが下がっている木が見受けられる。さっきのタクシー運転手は、その木をガジュマルだと教えてくれた。大木に育つという話だったが、その木はまだ驚くほどの大きさではなかった。

生け垣にはツバキのような印象の、小判型の葉が密生した木が植わっている家が多い。さらにブッソウゲの花も方々で咲き乱れ、他にも、いかにも南国らしい、鮮やかな濃いピンク色や赤、黄色などの花が咲いている。どれも絵のような美しさで、萄子にはすべてが珍しく、それらの花々を持って帰れないまでも、せめて名前が分かったら良いのにと思った。一昨年（おととし）の事件の前まで、ずっと活花を習っていた萄子だが、それでも、名前の分かる花は一つもなかった。

家々は、周囲に石垣が積まれて生け垣が巡らされているのが平均的な形のようだった。入り口や、時には屋根の上などに、那覇でも見かけた例の向かい獅子が据えつけられているし、時折、生け垣の途中や辻々に「石厳當」と書かれた石がある。意味は分からないが、どちらも、何かのまじないかも知れなかった。

那覇で見かけたような赤瓦の家がある。また、木造の家ばかりでなくコンクリートブロックを積んだだけの白く四角い家も見かける。一見するとモダンに見えるブロックの家は、ここを沖縄とも異なる、西洋かどこかの別の土地に見せていた。どの家も同程度の大きさで、やはり正方形に近く、木造の家の中には窓ガラスのない家もあるようだった。雨戸を開けると、そのまま素通しの状態になっているのだ。軒先に簾のようなものがかかっていて、それが日除けと目隠しを兼ねているらしい。通りすがりにそっと覗いてみたが、家の中は薄暗く、ひっそりとしていた。

いくら歩いても、なかなか人に出会わない。まだ夏休みのはずなのに、子どもの姿も見あたらなかった。小さな集落を抜けると、すぐにサトウキビの畑に出る。畑に沿って歩くうち、萄子は自分が地上でたった一人のような心持ちになっていった。それでも意外なほど淋しさを感じない。それは、この陽射しと、草や土の匂い、道の白さから来ているような気がした。すべてが明るく、乾いていた。何気なく白い道に屈んでみる。黒々とした自分の影も小さく縮んだ。幼い頃、空き地で隠れん坊をしたときのようにサトウキビに囲まれて、萄子は一人で風のそよぎを聞いた。頭上には、吸い込まれそうな青空が広がり、巨大な入道雲が湧（わ）いていた。道は、白い砂に丸い石のようなものが混ざっている。拾い上げてみると、ちょうどおはじきのような、貝のようなものだった。

ようやく小さな集落にたどり着いたとき、初めて人の姿が見えた。萄子は躊躇（ためら）わず、その人に声をかけた。

農家の主婦らしい中年の女性は、袖無（そでな）しのワンピース姿の萄子を珍しそうに眺め回していたが、萄子が差し出した勝の写真については、「知らない」と答えた。萄子は丁寧に礼を言って、再び歩き始めた。

それからも萄子はただ歩き回り、出会った人ごとに声をかけてみた。だが結局、誰一人として写真の顔に見覚えのある人に出会うことは出来なかった。人口四千人あまりの、地域のつながりが密だという村で、これだけ訪ねても分からないということは、もしかすると本当に、上野村にはいないのかも知れない。

「そう。いないのかも。つまり、少しは的を絞れたっていうことよ。がっかりする必要はないの」

いつの間にか独り言を呟きながら、萄子は見知らぬ土地を、ただうろうろと歩き回った。時には家の生け垣に寄りかかり、その向こうに牛を発見して驚いたり、鶏の声を聞きながら大きな木の下で屈んだりして、取りあえず諦めがつくまで歩き回った。どこかで昼食がとれると思ったのが甘かった。食堂らしい場所などまるでない。一軒だけ、万屋らしい店を発見して、コーラが売られていることに驚いたが、飲んだものはすぐに汗になった。

タクシーの運転手と約束した時間よりも、一時間以上も前に、萄子はもう精根尽き果てた気分になっていた。疲れた足を引きずるようにして役場の前まで戻り、恥を承知で手洗いを使わせてもらって、水道の水を飲んだ。建物の中に入ると目がくらんだように感じ、全身が燃えるように熱かった。ただ歩いただけなのに、息が弾んでいる。

「探してるような人は、いなかったでしょう」

さっき訪ねたときに応対してくれた職員が、気楽な様子で話しかけてきた。萄子は力なく頷き、礼を言って役場を出た。濡らしたハンカチで首の後ろを押さえる。吐き気がするほど、疲れていた。

——日数より、闘う相手は、この暑さだわ。

約束通りに迎えに来てくれたタクシーの運転手に対しても、萄子はほとんど話す気力さえ失っていた。運転手も黙って萄子を宿まで送り届けてくれた。

その夜は、ほとんど食欲も出ず、宿の女房に心配されながら、萄子はやっとの思いでご飯茶碗（ちゃわん）の半分だけを口に押し込むようにして食べた。

「本土の人のお口には合わないでしょうか」

「そうじゃないんです、何だか疲れて」

「ずい分、歩きましたか」

力なく頷く萄子に、女房は「疲れたんでしょう」と気の毒そうな顔になる。

「地元の人だって、夏場の昼間は、そんなに出歩きませんよ。何しろ、この陽射（ひざ）しだから」

「――そういえば、あまり人に会いませんでした」

やっとの思いで食事をとり終え、萄子はそのまま部屋に上がってしまった。あまりにもだるいと思ったら、夜中には熱が出始めた。

5

その夜は、ふらつく足で何度も部屋を抜け出し、タオルを濡らしては額の上にのせて過ごすことになった。開け放った窓からは、夜になっても熱い風が入ってくる。板張りの部屋の薄い布団に横たわっていると、勝の幻が見える気がした。翌朝になっても熱は引かないようで、萄子はだるい身体を引きずるようにして、朝食をとりに階下へ下りた。

「お客さん、今日は出かけるの、注意して下さいね。アリスが来ます」

給仕をしながら、女房が言った。

「アリス？」

「アリス台風。ほら、アメリカさんは、台風に女の人の名前つけるでしょう」

そういう話は、萄子も聞いたことがあった。アリスと聞けば、何だか可愛らしい気がするが、台風ならば侮れない。

そういえば、昨日とは風の匂いも雲の様子も違うようだ。風は湿気を含み、流れてくる雲も、灰色のものが多い。ラジオからは、アリスは南大東島に接近しているという放送が流れたが、萄子には南大東島が、宮古から見てどの辺りにあるのかも分からなかった。とにかく体調を考えても、今日は無理をしない方が良いらしい。朝食をとり終えて、『宮古毎日新聞』をゆっくりと読み、萄子は取りあえず午前の間に、平良の商店街に行って、麦藁帽子と水筒を買うことにした。あの陽射しと渇きには、きちんとした対応が必要だと、昨日一日で嫌というほど学んだからだ。

熱っぽい身体に、湿り気を含んだ風は奇妙に心地良かった。時間がゆっくり流れているような島の道を、萄子は何に急かされることもなく、ゆっくりと歩いた。時々、黒い大きな雲が猛スピードで流れてきて、その雲が通過したときだけ、さあっと雨が降った。そしてまた、ぎらぎらと太陽が顔を出す。傘をさす気にもなれない、そんな一瞬の通り雨さえ、珍しく愉快に思える。

コンクリート板を敷き詰めたような、昔の銀座辺りでも見かけた継ぎ接ぎだらけの舗装道路に面して延びる平良の商店街は、こぢんまりしているが意外なほどに充実していた。萄子は買い物を忘れて、しばらくその界隈を歩いてみた。

市場らしいところには、近所の農家から来ているのか、女たちが道路端で野菜などを売っている。ゆうべも食卓に上ったゴーラが、イボイボのついた巨大なキュウリのような姿をしていることを発見して、萄子はひどく驚いた。その他にも、黒砂糖やサツマイモ、昆布や鰹節、果物などが売られていた。表情のない、何を考えているのか分からない様子の女たちにも、萄子は勝の写真を見せた。だが、彼女たちは等しく、萄子自身を物珍しげに見るだけで、誰一人として写真には何の反応も示してはくれなかった。

——焦らない。焦らないこと。

自分に言い聞かせ、菊子は彼女たちから離れた。

洋品店で麦藁帽子を買い、さらに雑貨屋で水筒を買って、菊子はその都度、やはり店の人に勝の写真を見せた。だが、やはり知らないと首を振られた。

——女の人と一緒なら、こういう場所には来ないかも知れない。買い物は、女がすればいいんだもの。

だが、絶対にこの島にいる。今日のこの空を、同じように見上げている。それを信じるより他になかった。

何気なく道の左右を眺めて歩くうち、東京の、自宅の傍の化粧品店でも見かけるポスターが目にとまった。白いキャップと白い水着姿の前田美波里が、砂浜に横たわっている資生堂ビューティケイクのポスターだ。何故だかひどく懐かしいような気がした。そういえば、これだけの陽射しなのだから化粧品も替えた方が良いかも知れないと、ふと思いついた。汗で崩れないようにしなくては、いざ勝に会ったときに、どろどろの顔では会えたものではない。菊子は、迷わずその店に足を踏み入れた。薬局も兼ねている店だから、ついでにバファリンも買おうと考えて、店の奥に声をかける。

「はあい」と出てきたのは菊子と同年代の女性だった。

「つかぬことを伺いますが、こういう人、見かけたことはございませんか」

花椿のピンク色の袋に、化粧品と薬と、化粧品のサンプルも入れてくれていた女性に、萄子は勝の写真を差し出してみた。その人は小首を傾げながら写真を覗き込み、少しの間、目をぱちぱちとさせた。

「ああ、この方ね」

期待していなかった答えだった。萄子は、拍子抜けしそうになりながら「本当ですか」と顔を突き出した。

「ええ、何回か、いらしてますね」

「どこに住んでいるか、分かりませんか」

今度は、その女性は「さあ」と首を傾げた。

「何回かいらしただけですから。そういえば、あんまり見かけない人だとは思いましたけど、本土から出張か何かで来ている方なのかなと思って」

なるほど、そういう印象になるのか。萄子は、その人の記憶に間違いないことを祈りながら、丁寧に礼を言って店を出た。やはり、勝はこの島にいる。そうとなったら、アリスになど早く通り過ぎて欲しかった。

ラジオや新聞の予報通り、その日は昼過ぎから雨と風が断続的に強くなり、午後二時を過ぎた頃からは完全な暴風雨になった。閉め切った窓に、バケツで水を掛けているような音で雨が打ちつけてくる。外を眺めると、視界は水煙で遮られ、霞んで見える木々はちぎれんばかりに大きく揺れていた。

――これが、宮古の台風。

窓辺に立ち、萄子はただ息を呑んでいた。

荒れ狂うような風雨にさらされた翌日、九月一日は、まさしく台風一過の好天だった。ラジオでは、島内の各小中学校が揃って始業式を迎えていると報じている。この暑さの中で、もう二学期が始まるのは、何とも気の毒な気がした。

熱も下がり、化粧品も取り替えて、その日、萄子は張り切って朝食をたっぷりとった。いったん市街地から外れてしまえば、昼食をとれるかどうかも分からないのだ。この暑さでは、握り飯などを持っていっても昼までに傷む可能性が高かった。取りあえず、宿の人には昨日のうちに頼んで、買ってきた水筒に茶を入れてもらうことになっているが、せめて菓子パン程度でも、昼食に出来るものが買えるかどうかが、分からなかった。今日は、平良市に隣接する下地町へ行くつもりだった。

〈――次に、昨日グアム島の西で発生した台風十八号コラは、中心の気圧九百七十五ミリバール、中心付近の最大風速二十五メートルと、徐々に発達しながら毎時二十キ口の速さで北西に進んでいます。現在のところ、宮古島への上陸の可能性は低い模様ですが、今後の台風情報に十分注意して下さい〉

つい昨日、あんなに大きな台風が通過したばかりだというのに、もう次の台風の情報がラジオから流れてきた。昨日からラジオを聴いている限りでは、アリスは、今日は沖縄本島で暴れているらしい。だが宮古地方には、意外なことに大した被害はなかったようだ。本州では、台風といったらすぐに川の増水や土砂崩れなどの災害につながるものだが、平らな宮古島には、土砂崩れを起こすような地形そのものが存在せず、氾濫しようにも川がない、ということらしい。それでも、あれほどの暴風雨にさらされながら、ほとんど被害がないという事実に、萄子は密かに驚いていた。

張り切って宿を出て、その日もたっぷりと汗をかきながら歩いたものの、結局、下地町でも大した収穫は得られなかった。つい一昨日は青々としていたはずのサトウキビ畑は、ところどころ赤茶色に変色しており、あんなに青く穏やかだった与那覇湾までが濁っていた。すべては台風の爪痕だった。サトウキビは強風に飛ばされてきた海水によって、潮焼けを起こしたのだと後から教えられた。

〈台風十八号コラは、今日午後三時現在、北緯十七・八度、東経百三十六度付近にあって、中心の気圧九百六十ミリバール、中心付近の最大風速三十二メートルと発達を

続けながら、毎時二十キロの速度を保ったまま北西の方向に進んでいます――〉

一昨日ほど無理をしないことに決めて、適当な時刻に宿に戻ると、やはりラジオからは気象情報が流れ続けていた。男性の泊まり客が戻ってくる前に風呂を使わせてもらい、一日の汗を流して、萄子は明日も下地町を歩こうと決めていた。

ラジオでは、一日に何回も台風の情報を流しているが、九月二日も宮古島はぎらつく太陽に照らされていた。萄子は前日と同様に肩から水筒を下げ、麦藁帽子を被って、今日は「てんぷら」と呼ばれる食べ物を持たせてもらって出かけた。萄子の知っている天ぷらとは違い、パンケーキかホットケーキのような衣のついている揚げ物は、一見すると巨大なかりんとうのようにも見える。昼食時になって食べてみると、イモの衣揚げのようなものだと分かった。それは、ほんのりと甘みがあって、疲れのとれる優しい味だった。

「てんぷら、美味しかったです」

宿に戻って主人に礼を言うと、主人は嬉しそうに頷いた。そして、米のとれない宮古島では、サトウキビとイモとが主な収穫物なだけに、ことにイモを工夫して食べることが多いのだと教えてくれた。

正直に言うと、萄子はサツマイモがあまり好きではない。戦中戦後に、イモばかり食べさせられたせいもあるのかも知れないが、何となく悲しい気がして、ご馳走だとはとても思えないのだ。それでも、こうして旅先で食べるイモのてんぷらは、半ば懐かしささえ呼び起こす素朴な味だった。

「東京の天ぷらと、全然違うんですね」

「あら、そうですか。東京の天ぷらって、どんなものなんです。私、行ったことがないから」

数日の間に、宿の主人夫婦とも、すっかり打ち解けて話をするようになった。だが、その合間にもラジオの放送が聞こえてくる。

〈——中型で非常に強い台風十八号コラは、中心気圧九百二十五ミリバール、中心付近の最大風速は五十メートルと、発達しながら北西の方向に毎時二十キロで進んでおり、明日朝には南大東島の南方海上に達する見込みです。中心から半径百五十キロ圏内は、風速二十五メートル以上の暴風域となり——〉

「また、今度の台風は馬鹿にのろのろ進むなあ」

宿の主人がため息混じりに呟いた。

「こっちに来ます？」

「ラジオじゃあ、本島に向かってるようなこと言ってるけど。でも、九百二十五ミリバールっていったら、大変なもんだよ」

気圧のことなど、萄子にはよく分からなかった。とにかく、台風には来て欲しくない、勝探しの邪魔はして欲しくないと、願うのはそればかりだった。

〈――中型で非常に強い台風十八号コラは、午前六時には、南大東島の南方三百四十キロの海上を通過しました。中心の気圧は――〉

九月三日、朝食をとりながら萄子が聞いた情報では、コラは進路を変えていないようだった。自分が那覇にいれば、祈るような気持ちになったろうが、宮古にいる現在は、那覇に向かっているのなら構わないと考えるのだから、我ながら勝手なものだ。

その日は、平良からもっとも離れた城辺町を歩くことにしていた。

鹿の横顔が宮古島だとすると、平良から城辺へは、鹿の後頭部から鼻先への移動だった。城辺と書いて「ぐすくべ」と読む町は、平良市に次いで人口が多く、一万六千人以上になる。それを考えると、上野村や下地町のように、一日や二日では回りきれないかも知れなかった。それに、長距離になればタクシー代も高くなる。この際、贅沢は禁物だった。萄子はバスで往復する方法をとることに決めた。

港の前から乗ったバスは、地元の人たちで混雑していた。今ここで、大きな声で乗客たちに声をかけられれば、こんなに楽なことはないとは思ったが、さすがに、そこまでの度胸はない。一番後ろの窓際の席に座って、萄子は黙って人々や景色を眺めて過ごした。乗客の会話は、地元の言葉が大半らしく、萄子にはほとんど何も分からなかった。異国に紛れ込んだような不思議な気分で、萄子はごとごととバスに揺られた。

——城辺にいなかったら、今度は平良。あと一週間程度で、終わるだろうか。

いや、無理かも知れない。平良にもいなかったら、今度は離島を回らなければならないのだ。どんなに小さな島でも、往復を考えれば一日仕事になると考えた方が良い。つまり七つの島を回るのに、最低でも一週間かかる計算になる。宮古島にあと一週間、離島に一週間、つまり二週間も、この島で過ごすことになるのかと思うと、財布の心配をするよりも前に、ため息が出そうだった。こんなに平和でのんびりとした土地で、あくせく人探しなどすること自体が馬鹿馬鹿しくなってしまうかも知れない。もう、東京のテンポに合わなくなってしまうのではないかと、そんな気さえした。

途中で、役場の広報車と何度かすれ違った。どれもが、コラ台風への警戒を呼びかけていた。まだ来るとも来ないとも決まっていない台風に対して、島全体が慎重になっていることに感心する。だが、アリスの猛威を考えれば、警戒は当然のことかも知れない。また、こうして広報車まで回っているからこそ、大きな被害がないのかも知れなかった。

ようやくたどり着いた城辺町を午前中一杯歩き回ったが、目ぼしい収穫は得られなかった。やはり、まず役場へ寄った方が良いだろうかと考え直して、人に道を聞きながら町役場にたどり着いてみれば、今日は土曜日だった。昼を少し過ぎて、役場は既に閉じられていた。仕方なく、再び歩く。途中で、学校帰りの子どもたちと大勢、行き合った。

「このおじちゃん、見たことない?」

萄子の周りに集まって、「知らない」「誰、これ」と無邪気に言う子どもたちは、誰もが質素な服装で、人なつこい笑顔を持っていた。萄子はふと、彰文を思い出した。今でこそのっぽになって、髪まで伸ばそうとしている弟だが、本当についこの間までは、こんな子たちと変わらなかった。こうしていると、自分まで幼い頃に戻ったような錯覚に陥りそうだった。

肩からかけた水筒を空にしただけで、萄子はその日、夕方には平良の宿に戻ってきた。一階の食堂を覗くと、「どうも」と、陽に焼けた男が顔をほころばせて挨拶を寄越す。どこかで見た顔だと思い、次の瞬間には、萄子は「あら」と声を上げていた。初めて上野村へ行ったときに世話になったタクシーの運転手だ。こちらではシーサーと呼ぶという、あの家々を守る向かい獅子に似た運転手だった。

「探してる人、見つかりましたか」

萄子は微笑みながら首を振った。運転手は、どこへ行ってきたのかという。城辺だと答えると、彼は「あれ」と首を傾げた。

「城辺の、どの辺りに行きました？」

字名までは分からなかった。ただ、目にした風景や、近くに小学校があったことなどを話すと、運転手は大体の位置を理解したらしい。

「じゃあ、無理もないかな。あのね、私のお母さんが言うにはね、東平安名岬に行く方の、だから町の外れになりますが、そこに本土から来た夫婦がいるって」

そういえば、彼は城辺に家があると言っていたのを、今になって思い出した。急に、胸がぎゅっと縮んだような気がする。

「そのご夫婦って、いつ、来たんでしょう」

興奮を抑えるように、わざとゆっくり運転手の近くの椅子に腰掛けて、萄子は彼の顔を凝視した。運転手は、詳しいことは分からないが、この一年ほどのことらしいと答えた。

「何でも奥さんの方は、もともとは宮古の人らしいけど、もう何年も前に一家で島を出ていって、親戚を頼って帰ってきたらしいとかいう話ですね」

洋子の話と符合する。さらに鼓動が速くなった。萄子は、この数日、手放したことのない地図を開いて、運転手が言っている集落の位置を教えてもらった。確かに今日、萄子が歩いた場所とはかなり離れている。そこに、いるのだろうか。本当に勝なのだろうか。

「あの――名前は。名前は、何というんですか」

「名前までは聞かなかったけどね、近所まで行けばすぐに分かりますよ。近くの農家の手伝いなんか、してるらしいから」

急に頭が混乱してきた。どうしよう、どうしようという思いばかりが渦を巻いている。これだけ探していたはずなのに、いざ見つかりそうだというだけで、もう途方に暮れていた。

「――行ってみます。確かめに、行きます。明日にでも、すぐに」

半ば上の空で、萄子は呟（つぶや）くように言った。何気ない会話を覚えていてくれた運転手に礼を言うのさえ、忘れるくらいだった。この際、台風どころではない。

〈――次に、中型で非常に強い台風十八号コラは、南大東島の南南東にあって進路を西北西に変え、時速を十五キロに落として進んでいます。中心の気圧は九百三十二ミリバール、中心付近の最大風速は五十メートルと勢力は衰えず――〉

九月四日は朝から灰色の雲が広がり、昨日までとは異なる北寄りの風が吹いていた。だが、強風とはほど遠いものだったし、時折ぱらぱらと降る雨も弱々しく、優しいものだ。萄子は迷わず城辺を目指すことにした。今日を逃せばコラ台風のお陰で、また足止めを食う可能性がある。もしも、間違いなく勝なのだとしたら、目と鼻の先にいながら、そんなにのんびりとはしたくなかった。

「台風が来るかも知れないんですよ」

「でも、ラジオでは速度を落としてるって言ってますでしょう？」

宿の主人は心配そうな顔で、今日は出かけない方が良いのではないかと言う。だが萄子は、誰に何と言われようと、決心を変えるつもりはなかった。

「じゃあ、その人が見つからなかったら、今日はすぐに帰っていらっしゃい。今度の台風は風がすごいらしいから、この建物ならコンクリートで安全ですから。いいですね、分かった？　こっちの台風は本当にね、危ないんですから」

過保護なほど心配する主人に笑顔で応えて、萄子は宿を後にした。バス停まで歩く間に、市の広報車を見かけた。午前九時五分、島内に暴風雨警報が発令されたという。それを合図のように、方々の家では、窓に板を打ちつけたり、何かの荷物を運んだりしている。日曜日ということもあるのだろう、町には人の姿が多く、誰もが忙しそうに働いていた。

それほどまでに警戒しなければならないのかと、不思議な気がする。町中、総出で台風に備える姿は、萄子にはただ珍しいばかりだった。第一、萄子の頭は台風への警戒などよりも、勝のことで一杯なのだ。昨晩だって、ほとんど寝つかれなかった。旅に出て初めて、東京の家族と淳とに手紙を書いた。家族には当たり障りない内容——海の色が宝石のようだ、珍しい植物ばかりが目につく、料理は慣れてくると癖になるほど美味しい、などなど——で、淳には、台風が近づいていること、明日には勝に会うかも知れないことを記した。会いたいと書こうかと思ったが、それはやめた。婚約者に会いに行く自分が、そんなことを書くのは不謹慎な気がしたし、勝に対しても裏切り行為のような気がしたからだ。

——とっくに裏切られてるかも知れないのに。

本土から移り住んでいるのは夫婦者だという。男性の方が勝に間違いなければ、妻の方は、洋子が言っていた女性ということになる。それを、この目で確かめなければならないのは、何とも言えず残酷な気がする。だが、仕方がなかった。決着をつけるために。

バスに乗る前に郵便局に寄り、珍しい切手を貼って、ゆうべ書いた手紙を出した。

定刻よりも大分遅れて発車したバスには、萄子以外に乗客の姿はなかった。灰色の雲が次から次へと流れていく。その流れに合わせて、時折、さあ、さあ、と窓に雨が打ちつけた。車窓からも、やはり台風に備える人々の姿が見られた。バスの振動が、そのまま萄子の胸に響き、さらに緊張を高まらせる。

——今度こそ、あなたであって欲しい。

気がつけば、両手をきつく組み合わせ、祈るような格好になっていた。バスは、走り続けていた。

6

バスを降りる頃には、本降りになっていた。萄子は東京から持ってきた折り畳み傘を開いて、再び城辺の町を歩き始めた。雨のせいか、昨日とは異なる匂いがする。湿った土や、濡れた木材の匂いかも知れなかった。

この辺りにも台風情報が届いているのだろう。方々から金槌の音が響いてくる。どこか懐かしい匂いと金槌の音は、萄子にはのどかなものに感じられた。降る雨は優しい。蒸し暑いのは不快だが、濡れても身体が冷えないし、第一、これが宮古島の特徴なのか、白い砂の道は、ぬかるむということがないらしいのが嬉しかった。方々を旅して歩いてきたから少しは知恵もついて、ハイヒールこそ履いていないが、それでも長靴というわけではない。長時間履いても疲れない、踵(かかと)の低い革靴で踏むと、白い道は微(かす)かにしゃりしゃりとした感触を伝えてきた。

今日は、道を聞く相手に不自由はしなかった。菊子は、途中で何度も道を尋ねながら、ひたすら一つの集落を目指した。緊張が高まっていく。頭の中で、何かの映画音楽のようなものが鳴り響いている気がした。

バスを降りた場所を間違えたらしく、道のりは意外に遠かった。途中で迷ったこともあって、結局、一時間近くも歩いてから、菊子はようやく一つの集落にたどり着くことが出来た。

「この辺りに、本土から来たご夫婦がいらっしゃると聞いたんですが」

庭に出て、何かの作業をしている男性に声をかける。彼は特別、驚いたような顔もせずに「ああ」と頷(うなず)いた。その人から家の方向を聞き、さらに途中でも人に尋ねて、ようやく一軒の家を探し出した。その頃には、胸が痛み、息苦しさを覚えるほど緊張していた。

――ここにいる？　この家に？

やはり石垣に囲まれ、小判型の葉を持つ木が生け垣になっている家だった。だが、雨戸を閉めきりにしているせいで、留守なのか在宅なのかも分からない。声をかけるべきか、それとも、誰かが出てくるのを待とうかと、今さらのように萄子は身動きが取れなくなった。声をかけて、当たり前のように勝が姿を見せたら、どうしようかと思う。または、「妻」という人が出てきても、萄子にはどうすれば良いか分からなかった。

せっかく見つけた家なのに、萄子はその周辺をうろうろとするばかりで、まるで行動を起こすことが出来なかった。心臓ばかりが高鳴っている。時折、急に突風が吹いて、傘を奪い去ろうとした。

——何て言う。何て言えばいい。

何度も何度も自分に問い、これといった結論も得られないまま、ただ苛立っているとき、ふいに、その家から一人の女性が出てきた。ズボン姿に割烹着をつけた中年の女性だ。反射的に目を逸らし、その人が歩き始めたところで、慌てて追いかけた。

「ちょっと、お伺いいたしますが」

呼び止められて、女性は怪訝そうに振り向いた。萄子は意を決してその人に歩み寄り、勝の写真を見せた。

「こちらに、この人がお世話になっていると伺ったんですけれど」

「――お宅は？　どなた」

その人は、明らかに警戒した表情で萄子を見据える。いるのだ。勝はここにいる。その顔を見て、萄子は確信した。

「奥様の――大阪でお仕事をされていたときの、お友だちから教わったんです」

「じゃあ、和代（かずよ）の知り合いですか」

「あの――直接には。こちらの男性の方が知り合いなんです。私、東京からまいった者ですが」

雨がざあっと降りつけてきた。傘を持たないその人に、自分の傘をさしかけながら、萄子は女性の返答を待った。彼女は一瞬、何か考えている様子だった。

「誰かに、頼まれて、おいでになったんですか」

「ですから、大阪のお友だちから教わっただけです。誰にも頼まれてはいません」

「何、してる人ですか」

「何も――仕事は持っておりませんが」

かなりの警戒ぶりだった。よほど、勝たちから言い含められているのだろう。ずいぶん、萄子の全身を観察し、迷った様子を見せた後で、その人はやっと「今、二人とも畑ですけどね」と呟いた。

「畑、ですか」

「台風が来る前に、収穫出来るものはしておかなきゃなりませんから」

「その畑はどちらですか」

畑にまで行くつもりなのかと、女性の瞳（ひとみ）には、今度はあからさまな拒絶の表情が浮かんだ。今、ここで教えてもらえなくなるのは困る。咄嗟（とっさ）に、萄子は自分も天気が荒れてくる前に、平良の宿まで戻りたいのだと言い訳をした。

「今度の台風は、何だか大きいみたいですものね」

女性は初めて大きく頷いた。そして幾分、表情を和らげて、仕方なさそうに畑の場所を教えてくれた。

「でも、どれも似たような景色だから、そう簡単には分からないと思いますよ。案内してあげたいけど、こっちも忙しいものだから」

萄子は精一杯の笑顔で、出来るだけ丁寧に礼を言った。まだ不審そうな、心に引っかかるといった表情のまま、その人は行ってしまった。萄子は、傘を握り直して、再び歩き始めた。

日が照っていない分、歩くのは苦にならなかった。一歩一歩、足を踏み出すごとに、頭が鈍く振動を受ける。勝に向かっている。今度こそ、彼に会える。

——やっとよ。本当に、やっと。

早くも熱いものがこみ上げてきそうだ。それを懸命にこらえながら、萄子はサトウキビの畑に向かった。だが見渡す限りの畑には、人の姿さえ見えなかった。

サトウキビは、ただでさえ人の背よりも遥(はる)かに高く生長していた。それらが、風にそよいで、時折、ざあっと大きく揺れる。台風前に刈り入れている農家ばかりではないようだった。その間を、萄子はただうろうろと歩き回った。大声で呼んでみようかと思う。だが、さっきの女性は「二人とも」畑に行っていると言った。つまり、勝の傍には女性がいることになる。萄子は心に決めていた。その人とは話したくない。出来ることなら、顔も見たくはなかった。

——どこにいるの。ねえ、どこ。

一体、どれくらい歩き回ったことだろう。風が強くなったようだ。それと共に、雨足も強くなってきている。焦(あせ)る気持ちに心細さが重なって、萄子は無我夢中で歩き回った。

見つからない。やはり、あの家まで戻って待つ方が良いのだろうか。だが、さっきの女性は、萄子を家に入れてくれるだろうかと考えながら、ひたすら歩き回っていると、草むらのような畑の中から、ズボンにゴム長姿の男がぬっと現れた。手に鎌を持ち、首からタオルをかけている。あの人に聞いてみようと近づきかけて、萄子の足は、そのまま凍りついた。

頭上をごう、と風が吹き抜けた。しっかり握っていたつもりなのに、萄子の手の間から、傘の柄がするりと抜けた。赤いチェックの傘が、見る間に飛んでいく。そして、畑から出てきた男の方へと転がった。その色彩が視界に入ったのか、男は何気ない様子で傘の方に顔を向け、腰を屈めて傘を拾った。膝が震える。心臓が、動くことを忘れたように固まって感じられた。

男は手袋の手で萄子の傘を取り上げ、そして、陽に焼けた顔をこちらに向けた。その、何の表情も浮かんでいない頬骨の張った顔を、萄子は凝視していた。生唾を飲み込む音が、耳の奥に響く。叩きつけるように降り出した雨が、瞬く間に髪を濡らした。勝は、大股で二、三歩、こちらに歩みかけ、それから萄子に向かって、ちょっと待てというように手を差し出した。

——あの人がいる。生きて、動いて、私に合図を送っている。

頭のどこかでは、走り寄って抱きつきたいと思った。だが、足が動かないのだ。呼吸さえままならない気がする。胸の中で大きな渦が巻いて、すべての言葉も、感覚も、これまでの年月も、何もかもを呑み込んでいってしまいそうな気がする。目の前の、勝の一挙手一投足が、幻のように感じられてならなかった。

萄子の傘を持ったまま、勝は逆戻りをして畑の中に入っていった。微かに「おうい」という声が聞こえた。そして再び姿を現す。今度は俯きがちに、真っ直ぐにこちらに向かって歩いてきた。萄子は、痺れたように立ち尽くしていた。近づいてくる。大きな肩を揺らして、片手に萄子の傘を持って。

「どうしたんだ。こんなところまで」

それが勝の、最初のひと言だった。

そのひと言が、動きを停止していた萄子の頭を、猛然と回転させ始めた。どうしたんだ？　何という言い草なのだ。どうしたもこうしたも、探しに来たに決まっているではないか。どういうつもりで、そんな無責任なことが言えるのだ。呑気な反応を示せるのだ。

大きく息を吸い込んで、萄子は、手を伸ばせば触れられるほどまで近づいた勝の顔を見上げた。痩せた。何て痩せて、やつれて――こらえていた熱いかたまりが、堰を切ったようにこみ上げてくる。喉の奥が痛み、冷たい雨に混ざって熱いものが頬を濡らした。

「とにかく、行こう」

まるで、つい先週も会ったような口振りで、勝は萄子に傘を差し出し、前に立って歩いていく。何という落ち着きぶりなのだろうか。一体、どんな思いでここまでたどり着いたと思っているのだ。ずい分痩せた背中を睨（にら）みつけ、罵声（ばせい）を浴びせたい衝動に駆られながら、ふと振り返ると、畑の間から、小柄な女性が姿を現していた。雨がひどくなったせいもあって、はっきりした顔立ちまでは分からない。だが、その人は、いかにも悲しげな様子で、ただ黙ってこちらを見ていた。

「早く」

勝が振り返る。萄子は、背中に女性の視線を感じながら、ゆっくりと勝に従った。

――この背中。

この二年近く、何度となく夢に見、思い描いて、しがみつきたいと思った背中が、すぐ目の前にあった。だが、違う。痩せて、薄くなって。涙が止まらない。熱い涙が頬を濡らし、その涙を、激しい雨が洗い落とした。駆け寄って、あの背中に触れたかった。何故（なぜ）、そう出来ないのかが、自分でも分からなかった。萄子はただ泣きながら、勝の背中を見つめて歩いた。

「いつ、来た」

次に勝が口を開いたのは、畑の外れにある、粗末な農機具小屋の中だった。すすめられるままに、片隅の一斗缶に腰を下ろして、バッグからハンカチを取り出しながら、萄子は「月曜日」と答えた。自分の声とも思えないほど、細くかすれて、震えている。勝が小屋の戸を閉めると、中はほとんど闇に近いほど薄暗くなった。その薄闇に、勝の「月曜、か」という呟きが溶けた。

「どうして、ここが分かった」

答えるには時間がかかりそうだった。何から説明しようかと考え、だが、そんなことよりも先に言うべきこと、聞くべきことがあるのではないかとも思えて、萄子は余計に混乱した。何故、こんな質問の仕方をされなければならないのだろう。何故勝は、萄子の名さえ呼んではくれないのだろうか。一体、どれほどの思いを抱いて、地の果てにも思える、この島まで来たと思っているのだろうか。

悔しくて、情けなくて、やはり涙が出た。今度こそ嗚咽が洩れて、もう止めようがなかった。

どれくらいの時間、そうして泣いていたか分からない。いくら泣いても涙は涸れることなく、子どものように声が出た。外では風が強まっていることは分かったし、同時に間断なく雨が降り、風にあおられてざあ、ざあ、と小屋に当たるのも聞こえていた。それでも萄子は泣きやむことが出来なかった。

「——探したのよ」

嗚咽の合間に、それだけを、何度も繰り返し口にした。だが、勝は何も答えることなく、やはり小屋の片隅に置かれている、何かに腰掛けているだけだった。

「ずっと、ずっと、探してきたんだから」

それでも勝は答えない。泥で汚れた作業ズボンの上に置かれた手は、握り拳を作ったままで、彼はただ、横向きに俯いているだけだった。途中で一度、シャツの長い袖をたくし上げたときだけ、小さな声で「蒸すな」と呟き、また黙り込む。袖口から現れた勝の腕、襟元から覗いている首、顎の線、横顔、何を見ても新たな涙がこみ上げてきて、すべての言葉を奪ってしまう。やがて混乱の中から、生きていてくれたという思いだけが、徐々に広がってきた。

——私は、泣きたかった。こうして思い切り、思う存分に、泣きたかったんだ。

苦い涙ならいくらでも流した。こらえてもこらえきれず、滲み出るような涙も味わった。だが、こうして声を上げ、誰はばかることなく手放しで泣きたかったのだと、ようやく感じていた。二年近くの間、胸にためてきたすべてを吐き出すこと、それこそが、勝に会う目的だったような気がした。

あんまり泣いて、泣き疲れて、目の奥が痛み、頭まで痛くなった。萄子は腫れた目元をハンカチで押さえ、ようやく長いため息をついた。気だるい疲労感が全身を包んでいる。もう何も考えず、何も話したくもなかった。許されるなら清潔な夜具にくるまって、ぐっすり眠りたい気持ちだった。

「どうして、ここが分かった」

鼻をすすり、ようやく泣きやんできたのが分かったのか、勝が初めてはっきりと声を出した。懐かしい声。かつて萄子と未来を語り、刑事という仕事を語り、軽快に笑った声。その声を聞くだけで、新たな涙が滲んでくる。だが、もう一度声を上げて泣くには、疲れすぎていた。

「さっきの人――どういう人」

質問には答えず、逆に聞き返した。思い切って顔を上げる。薄闇の中でも、彼はやはり痩せていた。勝は、口元をきつく引き結んだまま、こちらを向いた。

「あなたと、どういう関係の人」

「今――一緒に暮らしてる」

「大阪から、ずっと一緒だったの」

勝の喉仏が大きく上下したのが分かった。ずい分尖って、老けてさえ見える横顔は、萄子の言葉を肯定しているのに違いなかった。

怒る気にもなれなかった。ただ、無力感ばかりが広がっていく。取り乱してみたい、裏切ったのねと、思い切り責めたかった。だが、自分の内のどこを探しても、そんな気力は湧いてきそうにもない。ありったけの涙を流した後には、がらんどうのような心しか残っていないのかも知れなかった。

「田川にも、一緒に行ってたの」

横を向いていた勝は、大きくため息をつきながら俯き、しばらくの間、身動きもしなかった。答えを待っているとき、ごう、と地鳴りのような音がした。同時に、ちっぽけな農機具小屋のあちこちが、みしみしと不気味な音を立てる。雨が一層強くなったようだ。板の継ぎ目からしぶきが吹き込んでくる。薄暗くて時計が見えないが、恐らく午後三時を回っているはずだった。

「何か言って」

促すのと同時に、また強風が襲いかかる。さっきよりも大きく小屋が揺れた。勝が、すっと顔を上げた。そして、次には立ち上がる。萄子は、すっかり腫れ上がった目のまま、ぼんやりとした勝の影を見上げた。

「出よう。もっとひどくなったら、ここからじゃあ避難のしようがない」

言うが早いか、強風に押されている引き戸を開ける。途端に、猛烈な雨と風が小屋に吹き込んできた。いよいよ台風が近づいているのだろうか。午前中とは比べものにならないほどの天候になった。

「傘はささない方がいい。かえって危ないから」

勝は、戸口に立ったまま振り向いて言う。風雨に立ち向かう彼を見上げて、萄子は「ああ」と思った。この人は、もはや自分の生命をかけてまで萄子を守る人ではなくなった。あの腕にも、背中にも、しがみつく人は別にいるのだということが、急に実感として迫ってきた。

「どこへ行くの」

「――俺の家に。あれには、親戚の家に行っているように、言ったから」

「あれって、さっきの人」

答える代わりに、勝は小屋から出ていった。萄子も慌てて立ち上がった。生乾きになっていたワンピースが、瞬く間に濡れる。服に当たるごとに、無数の雨粒がぽつぽつと音を立てた。

「早く！」

数歩先を行く勝が振り返った。辺りのサトウキビが、生き物のように激しく揺れている。靴が泥に埋まった。火照った顔は瞬く間に冷やされ、雨粒に痺れた。

懸命に勝の後を追い、畑地から集落にたどり着くと、大きな植え込みのお陰か、幾分、風が和らいで感じられた。さすがに白い砂の道にも、わずかに水たまりが出来つつある。歩いている人など一人もいなかった。強風からは守られているものの、木の葉に当たる雨音が、一層雨足を強く感じさせた。全身ずぶ濡れになって、萄子は勝を追い続け、そのままの勢いで、見知らぬ家に飛び込んだ。

〈——中型で非常に強い台風十八号コラは、午後三時現在、宮古島の南東二百キロに位置し、速度を十五キロに落としながら北西に進んでいます。中心気圧は九百二十四ミリバールと衰えておらず、宮古島地方は暴風雨圏内に入っています。台風の速度が遅いことから今後さらに発達するおそれもあり、通過に時間がかかり、大きな被害が予測されます。住民の方には、十分な警戒が必要です。また、台風が宮古島にもっとも接近するのは五日の未明になる模様で——〉

萄子が濡れた服を脱ぎ、勝に渡された服に着替える間、勝は早速ラジオのスイッチを入れたようだった。三時を過ぎた程度かと思っていたが、改めて時計を見ると、既に四時を回っていた。一体、何時間、泣いていたのだろうかと、萄子は初めて恥ずかしさを覚えた。その間、じっと黙って待っていた勝は、やはり萄子の知っていた勝に違いない。

　いや、分からなかった。昔の勝ならば、すぐに「泣くなよ」と言ったはずだ。ただ、めそめそと泣き続けるような真似(まね)は、彼がもっとも嫌ったものだった。

　——変わったんだ。

　さっきの中年女性が出てきた家の、裏手にある家だった。家と呼ぶにははばかられるほどの、粗末な住まいだ。板の間が二間あるだけの造りで、小さな茶簞笥(ちゃだんす)以外には家具らしい家具もなく、申し訳程度の流し台が片隅にある。殺風景な中で、鴨居(かもい)にかけられた女物のブラウスが、目に痛かった。だが勝なりに気を使ったのだろう、菊子が渡された着替えは勝のものだった。

　仕切り戸一枚を隔てただけの場所に婚約者がいる。それを意識しながら、菊子は濡れた服を脱いだ。今すぐにでも、後ろから抱きしめられるのではないか、または自分から、冷えた身体(からだ)でぶつかっていこうかなどと、ぼんやりと夢想しながら、のろのろと手を動かす。だが、夢想は夢想に過ぎず、勝は声の一つもかけてはこなかった。彼の服は菊子には見覚えのないもので、また、馴染(なじ)みのない匂(にお)いがした。

　——戻れない。もう。

　二人で探し、二人で契約したまま、ついに住むことのなかったアパートを思い出した。明るく清潔で、真新しいアパートだった。狭いけれど機能的なキッチンだった。だが、すべては幻のまま消えてしまった。今さら取り戻すことなど、出来るはずがない。どうしようもなく、時が流れたのだ。

「——服を、干させて欲しいの」

着替えを済ませてから声をかけた。隣の板の間で、彼は小さな卓袱台に向かったまま、「ああ」と力ない返事をしただけだった。萄子が着替えている間に自分も着替えたらしく、さっぱりとして見えたが、それでも以前とはまるで雰囲気が違う。顔立ちそのものは間違いなく彼なのに、別人のようだ。改めて見ると、痩せた顔の、左目の脇から頬にかけて、うっすらと傷痕が出来ていた。萄子の知らない傷だった。

7

すぐ目の前に、二年近くも探し求めてきた婚約者がいる。夢ではない、間違いなく現実だった。それなのに萄子は、彼の温もりを確かめることも出来なければ、心にしみる言葉を聞くことも出来ないまま、ただ見知らぬ家の片隅にいる。ただ気まずい沈黙ばかりが、馴染みのない狭い部屋を支配している。外では絶え間なく風が鳴り、激しい雨がざあ、ざあ、と壁に叩きつけられていた。

話したいことのないはずがなかった。なのに、言葉が出てこない。どこから話せば良いのか、何から話したら、もっともすんなりとすべてを吐き出せるか、萄子は、ちらちらと勝の顔を窺いながら、懸命に考えを巡らせていた。彼を必要以上に刺激せず、興奮させずに、こちらもまた、あまり感情的にならずに話せる方法はないものだろうか。そうやって努力して話をした後、最後には、どんな結論が待っているのだろう。

何よりも、勝に対して話題を選び、話をする順序まで考えなければならない自分に、萄子は戸惑っていた。相手は婚約者ではないか。以前なら何を計算することもなく、思ったままを口に出来た相手ではないか。いや、戸惑っているだけだ。やっと会えた、久しぶりの再会だから、そんな風に自然になれることを忘れているのかも知れない。

そう思いたかった。

——一緒に帰りましょう。

とにかくそのひと言さえ口に出来れば、それが一番良いのだと気がついた。細かい話は、後からすれば良い。ここで勝を責めて、余計に感情がこじれるよりも、とにかくそのひと言を口にすべきだ。

密かに深呼吸をして、改めて勝を見る。だが、彼の頑なな表情を眺めた途端、喉元まで出かかっていた言葉が凍った。ただでさえ頑固な性格の彼は、すべてを拒絶する表情を崩そうともしなかった。

ふいに、どんどんと激しく戸を叩く音がして、次には「いるかいっ」という男の声が響いた。それまで、身動き一つしなかった勝が、弾かれたように立ち上がった。反射的に身構える姿勢になって、萄子は勝が立っていく方を見た。狭い玄関口に、雨合羽を着た男が立っていた。

「もっとひどくなるそうだから、雨戸を外から打ちつけておいた方がいい。トランジスタラジオ、持ってるって？」

「持ってます」

勝の返答は、萄子に対するのとはまったく異なる、機敏で快活なものだった。戸口に現れた男は、ラジオの乾電池が切れていないかどうかを確認し、蠟燭を用意しろと言った。その間も、戸口からは激しい水しぶきが吹き込んでくる。勝と二言、三言、言葉を交わして、男は出ていった。その姿を見送ってから、勝は慌ただしく狭い家の中を動き回り、小さな卓袱台の上に、蠟燭とライター、懐中電灯にラジオなどを並べると、素早く雨合羽を羽織り、萄子には何も言わずに出ていってしまった。やがて、玄翁の音が家を震わせた。

激しさを増す風雨の中で、勝が家を守ろうとしている。玄翁の音ががん、がんと響いてくる。それが分かっていながら、萄子は様子を見に行き、声をかけることさえ出来なかった。ただ、情けなさと新たな孤独が、暗く湿った空間で、全身を縛りつけようとしている。

——彼が守ろうとするもの。

それは、もはや萄子ではないということなのだろうか。この沖縄の家であり、萄子の見知らぬ女であり、畑で汗を流す生活になってしまったのだろうか。そんな彼を、どうやって説得すれば良いのだろう。職も住む家もなくなった東京に、何と言えば帰る気になってくれるのだろうか。だが、簡単に諦めることなど出来るはずがなかった。何のために、これまで探し続けてきたのか、どんな思いでこの二年近くを過ごしてきたかを考えたら、勝にどう言われようと、おいそれと引き下がるつもりになど、なれるはずがない。

——私が、傍にいるから。

言えることがあるとしたら、それだけだった。生涯をかけて、彼と添い遂げる——全身に響き、脳味噌を震わすような玄翁の音を聞きながら、萄子は勝と生きていく自分を思い浮かべてみた。それは、かつて夢見ていた新婚の暮らしとはあまりにも異なるものに違いない。相当な覚悟が必要な選択に違いなかった。今度こそ、世間だけでなく家族までも敵に回すことになる。それだけの覚悟が自分にあるのか、そうまでして勝と共にいたいと本気で思っているか――それが分からない。以前と変わらない勝となら、迷うことなく決断出来たと思う。だからこそ彼を探し続けてきたのだし、その時には家族さえも捨てるつもりだった。だが、自信を持ってそう言いきることが出来たと思うのは、恐らく昨年までだった、今、生きている勝を目の前にして、互いの間に流れた時ばかりを感じてしまっている萄子には、容易にそんな言葉は口に出来なかった。

一際(ひときわ)強い風が吹いた。一瞬、建物全体がぐらりと揺れた気がした。外で誰かが大声で話し合っている。この風雨は、一体どこまで強くなるのだろう。つい不安になってトランジスタラジオのスイッチを入れ、感度の良い局を探しているうち、勝が戻ってきた。

「何やってるんだっ」

こちらを見るなり、勝が強い口調で言った。

「トランジスタラジオは停電になってからだ。電池がいつまでもつか分からないんだから」

雨合羽を脱ぎ、せっかく着替えたにもかかわらず、また濡れねずみになった格好のまま、勝は荒々しく近づいてきて、立ったままラジオを鷲掴み（わしづかみ）にしようとする。彼の手がラジオに触れる寸前、萄子は素早くラジオのスイッチを切った。それから勝を視線に力を込めて、見上げた。何故（なぜ）、頭ごなしに叱（しか）られなければならないのだ、どうして、優しい言葉の代わりに、こんな言い方をされなければならないのだと、腹立たしさが急速に膨らんだ。

「あなた、私を何だと思ってるの。どうして、そういう話し方しかして下さらないの。そんなに私が来たのは、ご迷惑だった？　私はあなたの敵なの？」

立ったままの勝を、萄子は初めてまともに睨（にら）みつけた。

少しの沈黙の後、勝の瞳（ひとみ）がふいに和らいだ。

「変わってないな」

「――何が」

「そういうところ。いかにも君らしい」

諦めたような、遠くを見る眼差しで、勝は呟（つぶや）く。その顔を見ているだけで、怒りは瞬く間に萎（しぼ）み、萄子の胸は痛いほど苦しくなった。喧嘩（けんか）さえ楽しかったあの頃、些細（ささい）なことで怒ったり膨れたりしていた頃が思い出される。無邪気で純粋で、何一つとして疑わなかった時代。

「そんなことない——変わったわ」

微かにため息をついて、萄子は静かに腰を下ろす勝を見た。瞳の和みは一瞬のことだった。風が吹く。外から板でも打ちつけたに違いない雨戸に、バラバラと激しい雨が当たって、どこからともなく隙間風が入り込んでくるようだ。勝は無表情のまま、用意したラジオや蠟燭の点検をしてから再び立ち上がり、もう一つのラジオの音量を上げる。そういえば、さっきも気象情報が流れていたはずなのに、まるで聞こえなくなっていた。それだけ、風雨が激しさを増したのだ。

「そっちのラジオは、トランジスタじゃないのね」

「こっちには、まだテレビもないのね。驚いたわ」

「親子ラジオっていうんだ。有線」

「電波が、届かないらしい」

「そうなんですってね。やっぱり遠いのね」

やっと会話が続きそうになったと思ったのに、勝は「東京から見れば、地の果てだ」とだけ言うと、それきり口を噤んでしまった。弱々しい電球の明かりが、何もない室内を余計に貧しげに見せる。この住まいを眺めただけで、勝の暮らしぶりがしのばれた。満ち足りておらず、すぐにでも引き払えるような、腰の落ち着かない生活――やはり彼は、逃亡者に違いなかった。

〈――大型で猛烈に強い台風十八号コラは、宮古島の東南東海上にあって、さらに勢力を強めながら速度を落として進んでいます。宮古地方は既に暴風雨圏内に入っていますが、雨風共に一層強くなるおそれがあり、十分な警戒が必要です。船舶は、しっかりと係留して下さい。今後、停電、断水などのおそれもありますので、懐中電灯、蠟燭などを用意し――〉

ついラジオに耳を傾けていたとき、再び戸口がどん、どんと鳴った。さっきから絶え間なく雨が打ちつけているし、外では時折、何かが倒れるらしい音なども聞こえているから、人が来たのかどうかも分からない。勝も同様らしく、訝る表情になって玄関の方を見ている。再び、どんどん、どんどん、と激しい音がして初めて、彼は立ち上がった。萄子は、勝の後ろ姿を眺めながら、この分では、宿へも容易には戻れそうにないと考えていた。きっと心配してくれていることだろう。電話でも入れておいた方が良いだろうか。だが、見回しても、この家には電話などない様子だった。

「これ、食べてくれって」

玄関口から勝が、皿を手に戻ってきた。

雨に濡れないように布巾(ふきん)をかけ、さらにビニールをかけてあった大きめの皿には、塩むすびがいくつかと漬け物がのっていた。

「これから台風がひどくなると、飯も食えなくなる可能性がある。今のうちに」

卓袱台に置かれた大きな丸い皿を、萄子は恨めしい気持ちで眺めた。

「これ——あの人が？」

勝は口の中だけで「ああ」と答えた。

「今、持ってきて下さったのも？」

答えないのが、認めている証拠だった。こんな台風の中を、彼女はどんな思いでこれを運んできたのだろうか。萄子のことを、どう考えているのだろう。

「あの人——私のこと、知ってるの？」

「細かくは知らない」

遠目に見ただけだから、顔形までは分からない。腹を立てるべき相手ではないことも分かっているつもりだ。第一、彼女が飛田で働き、宮川洋子と出会っていてくれたからこそ、萄子はここまでたどり着くことが出来た。その偶然を考えれば、むしろ感謝すべき相手なのかも知れない。それに、恐らく彼女は逃げ続けなければならない勝に、何くれとなく世話を焼き、彼を支えてもきたことだろう。まともな職にも就けず、過去を語ろうともしない男を、黙って受け容れてきた女性なのに違いない。それを考えれば、この気遣いさえも有り難く思うべきだった。それでも萄子は、素直に手を伸ばすことが躊躇われた。

「彼女、大阪に、いたんですってね。飛田っていうところ」

勝の顔が初めてぴくりと動いた。彼は訝るように萄子の顔をしげしげと眺め、やがて諦めたように、そっぽを向いてため息をついた。

「君とは――まるで別世界の女だ」

洋子を思い出した。通天閣の近くで、ひまわり柄のワンピースを着て、彼女は淋しそうに微笑んでいた。

「――そんな言い方、するものじゃないわ。誰だって、好きで苦労してきたわけじゃないんだもの」

勝が、またこちらを見る。彼の瞳が細かく震えて、まるで初めて見る相手のように、萄子の表情を探っているらしいことが分かる。そして彼は「やっぱり」とかすれたような声を出した。喉仏が大きく動いた。

「変わったかな」

萄子は諦めたように微かに微笑み、同時に背中から力が抜けるのを感じた。その時に初めて、自分がひどく緊張していたことに気づいた。見知らぬ男と二人きりになったかのように、全身が強張っていた。

「だから変わったって言ったでしょう。あんなことがあって変わらなかったら、そっちの方が不思議だわ」

勝も深々と息を吐き出した。いかにも疲れたような、長いため息だった。

「とにかく、食おう。こっちの人は台風に慣れてる。その人たちがこれだけ言うんだから、今度のは相当だ」

黙々と塩むすびを食べ始める勝をしばらく眺めて、萄子も皿に手を伸ばした。米は、日頃、萄子が口にしているものよりも少し細長くて、歯ごたえも異なるようだ。

絶え間なく風が鳴っている。頑丈に打ちつけたに違いないのに、雨戸ががたがたと震えた。数日前のアリスよりも確実に強い台風だということが、こうしているだけでも分かった。

「韮山さんね」

勝が二つ目の塩むすびを頰張り始めたところで、萄子は出来るだけ静かな口調で言った。勝の視線が、すっと下を向いた。

「奥様、亡くなったのよ」

勝のどんな表情も見逃すまいと、萄子は彼を見つめ続けていた。勝は、口の動きを止め、一点を見つめたままだった。

「今年の春ですって、去年——のぶ子さんの一周忌の時にお見かけしたきりだったけど。その時も、ずい分お疲れのようには見えたの」

勝の喉仏が大きく上下した。食べかけの塩むすびが宙に浮いている。それほど深く考えたつもりではなかったが、このままでは、すぐに核心に触れなければならないようだ。だが、注意深く話さなければならない。萄子はまだ、確かめていなかった。事件の真相については、まず勝自身が語るのを待ちたい気持ちもあった。

「韮山さん——」

「君は」

萄子の言葉を遮って、勝は一点を見つめたままで口を開いた。

「ニラさんに言われて、ここまで来たのか」

「韮山さんに言われたわけじゃない。あなたの居所を知ってるのは、私一人よ」

「じゃあ、どうやって」

「私、大阪に行ったのよ、この夏に。ほら、短大の時のお友だちで美津子っていたでしょう。覚えてる?」

勝が曖昧に頷く。その仕草を見るだけで、萄子の胸は再びぎゅっと縮んだように感じられた。この人は、何一つとして忘れてなどいないのだ。忘れていないのに、すべてを振り捨ててきた。そのことが改めて感じられた。萄子は、その美津子に会うために大阪へ行き、一人で歩き回っている間に、通天閣の傍で洋子に出会った話をした。

「うちの彰文と同い年の女の子でね、熱海でお世話になったの。ああ、熱海のことは、淳さん――兄の後輩の、柏木さんから聞いたわ。だから私、『晴山荘』へも行ったのよ。それから――小糸さんて覚えてるでしょう？　芸者さんの。あの方にも、会ってるのよ」

勝がまたこちらを見る。試すような、驚いたような表情で、彼は萄子を見つめ続けていた。

「あの時、小糸さんが変に気を回さなければ、こんなに長い間、あなたを探し回らなくてもよかったのにね。それを思うと、やっぱり腹が立つわ」

勝は呆気に取られたように萄子を凝視していた。

それでも萄子は話を続けた。小糸との連絡役になってくれたのが洋子であること。自分も芸者になるのだと言っていたのに、家の都合で関西に働きに出ることになったこと。

「その子と偶然、会ったんですもの。もう驚いたわ」

勝は、黙ってこちらを見ているだけだった。その顔を、萄子も見つめ返した。

「彼女、飛田で働いてるって言ったわ。あなたにも、何度か会ったって」

ようやく合点がいった表情になって、彼はため息混じりに頷いている。そして、食べかけの塩むすびをじっと見つめると、残りをすべて口に頬張った。ゆっくりと噛みしめながら、彼なりに何かを考えている様子だ。萄子も、残りの塩むすびを食べた。ラジオからは、再び台風情報が流れてくる。家を閉め切っているせいで、まるで真夜中のようだ。

「人のご縁て、本当に不思議よね。小糸さんにしても、その後も一度、連絡を下さって、私、焼津にも行ったんだから。でも、いつも一足違いだった。あなたはいつでも、煙みたいに消えていたわ」

勝の視線を感じながら、萄子は塩むすびの中に、甘辛い味噌を発見した。聞くと、勝は油味噌だと教えてくれた。地元で作っている味噌にカツオのなまり節を加えて油で炒めたものだという。確かに味噌の味とカツオの風味がして、佃煮のようでもあり、奇妙に懐かしい味がした。つい感心していると、勝は初めて表情を和らげて、「旨いだろう」と言った。萄子は素直に頷いた。そして、痩せてしまった勝を見つめた。

「どこにいるかも分からない人を探すのは、辛いものだわ。でも、どこに行けば安全かも分からないのに、ただ逃げ続けるのは、もっと辛いでしょう？」

少しの沈黙の間にも、容赦ない風雨の音が空間を埋めた。今度の台風は、ずい分速度が遅いらしい。もう十分に中心に達しているのではないかと感じるほどの猛威を振るっていると思うのに、ラジオでは、台風はまだ接近中だと言い続けていた。

「なぜなの？」

かすれかけた声でやっと言った途端に、勝は、すっと立ってしまった。そして、流しの脇のガス台から、大きな薬缶と湯飲み茶碗を持って戻ってくる。萄子と二人分、湯飲み茶碗に水を注ぐ彼を見つめながら、萄子はまた涙がこみ上げそうになっていた。

「ねえ、なぜ？　どうして、そんなにまでして逃げる必要があったの」

水を飲み干す勝の顔は、疲れて見えた。天井から下がる電球の明かりが、彼の顔に陰影を作り出し、それがさらに彼を年老いて、また苦悩に満ちて見せる。

「何もかも捨てなければならなかった理由は、何？」

風雨の音が、勝のため息もかき消した。彼は、背をそらして板張りの床に手をつき、虚ろな表情になって天井を見上げるばかりだった。

それからしばらく沈黙が続いた。眠いような、ぼんやりとした疲れが全身を包んでいる。だが、風雨はさらに強くなっているらしく、大地を揺るがしそうな音と共に、家ごと揺すられるような恐怖心が神経を刺激するのか、とても眠いなどと言っていられない。時刻は既に六時を回っていた。

「韮山さんは——」

「その名前は言わないでくれないか」

長い沈黙を破ると、即座に勝が遮ろうとする。その、ぴしゃりとした言い方は、以前の勝にはなかったものだと思う。少なくとも萄子に対しては、彼はこんな言い方はしなかった。そうはいかないと言いかけたとき、また戸口がどんどんと鳴った。勝は跳ね起きるようにして立ち上がった。彼が戸口を開けただけで、猛烈な風が家に吹き込んでくる。髪をかき乱され、その時になって初めて、萄子は髪も化粧も、すっかり崩れているに違いないことに思いがいった。平良の化粧品店で、せっかく夏用のビューティケイクを買ったのに。きちんと髪も梳かして、綺麗な姿で会うつもりだったのに。そんなことを言っている場合ではなくなった。第一、今の萄子ときたら、だぶだぶの勝の服を着たままで、とても人に見せられるような格好でもない。日が悪かった。こんな格好で改まった話の出来るはずもない。

——こんな格好、あの人にだって見せたくはない。

勝を守り、大阪から筑豊へ、筑豊からこの島へと、彼を連れてきた女性のことを思った。彼女にしてみれば、萄子は文字通り招かれざる客に違いない。だが、会えば挨拶だってしなければならないだろうし、権利を主張したいのは萄子の方だが、そんな時に、この格好ではどうしようもない。萄子は素早く立ち上がって服を着替えることにした。粗末な衝立で仕切られた隣室に行き、まだ湿っている下着とワンピースを手早く着込む。その間に、勝が戻ってきたらしかった。

「何、してる」

「来ないで。着替えてるから。今日のところはおいとまするわ」

「帰るのか」

「そうね――今日のところは。このままだと、帰れなくなるかも知れないから」

「もう、無理だ。バスも止まってる」

背中のファスナーを上げている最中に、勝の声が聞こえた。さすがにストッキングまで穿く気にはなれなくて、萄子は手櫛で髪だけ整えると急いで隣室に戻った。勝は手持ち無沙汰な表情で、立ったまま辺りを見回している。いつの間にか卓袱台の上の皿は片付けられていて、その代わりに今度は容器に詰められた何かの漬け物らしいものと、具も何も入っていないお好み焼きのようなものが数枚のった皿があった。

「非常食だな」

萄子は、初めて恐怖がこみ上げてくるのを感じながら、湿ったワンピースの冷たさに、思わず身震いしていた。

勝と同居している女性は、彼女の親類と共に揃って近くの集会所に避難したという話だった。そこならば、コンクリート造りだから心配はないという。つまり、木造家屋では心許ないほどの台風だということなのだろうか。そんなものが、この世に存在するのだろうか。

午後七時三十分現在、台風の中心は宮古島の東南東百五十キロに迫り、毎時十キロ以下の速度で進んでいるとラジオが伝えた。台風の目の直径は五十キロメートルにもなっているという。ラジオを聴きながら、萄子は巨大な怪物が、今この島を呑み込もうとしている様を思い描いていた。

「来るのね」

「ああ、来る」

久しぶりに交わした言葉は、それだった。意外にすんなりと返事が聞かれて、それを励みのようにして、萄子はまた勝を見つめた。最初は痩せて別人のようになったと思ったが、こうして慣れてくると、やはり勝は勝に違いない。本当なら毎日毎晩、飽きずに眺めていた顔かも知れなかった。

「どうして韮山さんの名前を出しちゃいけないの」

思い切って尋ねてみる。勝は聞こえなかったような顔をしてそっぽを向いている。

「あなたが辛くなるから？　のぶ子さんのことで？　それとも、韮山さんご本人のことで？」

やはり無言だ。だが、避けて通ることの出来る話題ではないことくらい、勝だって十分に承知しているはずだった。すべての原因は、そこにある。もはや、そこから目を逸らすことは出来なかった。

「韮山さん、あなたに会いたがってる。出てきて欲しいって言ってるの」

煙草に火を点して、勝は宙を見つめた。

「あの方、事件の後すぐに警察をお辞めになったわ。そして、うちにいらして私にこう言われた。あなたのことは自分の手で捕まえる。そして、自分なりの方法で復讐するって」

もう、遥か昔のことのような気がする。まるで悪い夢のような印象だ。あの頃の萄子は、混乱の渦の中にいて、何が何だか分からないまま、自分自身が壊れてしまいそうな気持ちで毎日を過ごしていた。せっかく縫い上げたウェディングドレスを見るのが辛くて、自分の部屋にさえ入りたくなかった。どん底に突き落とされたままの萄子に、韮山は当時、確かにそう言った。だからこそ萄子は、韮山が発見するよりも先に自分の手で勝を見つけ出さなければならないと思ったのだ。そして、旅が始まった。

「でも、それが間違いだったことも、今はもうお分かりになってる。あなたは何もしていないんでしょう？　のぶ子さんは確かにお気の毒だったけれど、でも、あなたがやったわけじゃない。そうよね？」

指先で煙草を灰にしながら、勝は一点を見つめるばかりだった。ざあ、ざあ、と雨が壁に打ちつけていた。

やがて、歯を食いしばったまま、呻（うめ）き声を洩（も）らすように、勝は「当たり前じゃないか」と呟（つぶや）いた。

「どうして俺が、この俺がのぶちゃんを殺せると思うんだ。そんなこと、出来るはずがないじゃないか」

その言葉が聞きたかった。萄子は思わず勝の方に身体（からだ）を寄せた。勝は顔を背けたまま、きつく目を閉じている。指の間で短くなった煙草が長い灰を作っていた。萄子は、そっとその煙草を抜き取り、灰皿に押しつけた。

「俺は、やってない――やってない！」

思わず、彼にしがみついていた。その胸に顔を寄せ、両手でその肩を抱きしめる。

「分かってる──分かってる。ずっと信じてたもの」

目をつぶったまま、萄子は囁くように言った。

「あなたが、そんなことをするはずがないって、私、ずっと信じてた」

勝の服も、また湿っていた。だが、その湿った服を通して、彼の体温が頰に伝わってくる。肉は落ちたものの、それでも広くて厚い肩が、萄子のすべてを受け止めようとしている。

「信じてたから、探したのよ──韮山さんよりも先に、どうしても私が見つけなきゃならないと思って」

萄子の背に、勝の腕が回された。次の瞬間、萄子は息も出来ないほど強く抱きすくめられていた。耳元で、勝の声が「ごめん」と言った。身体の奥底から熱く痺れるような感覚が湧き起こってくる。ああ、見つけた。本物の勝を、今、取り戻したのだと、萄子の全身が初めてそれを受け容れた。

「──すまなかった──だけど、ああするより他に、どうしようもなかったんだ」

勝の熱い息が囁いた。半ば夢見心地で、萄子はその息を感じ、彼が話す度に、胸に伝わる響きを感じていた。何て温かいんだろう。何て広く、何て安らげる場所なんだろう——やっぱり、この人の、この人を求めてる、この人の、この温もりが欲しかったのだと、心の底から思う。ところが次の瞬間、彼は腕の力を抜き、柔らかく萄子の身体を押し戻した。

「俺は——あの時点で一度死んだ。そう思うより他に仕方がなかった。だから今の俺は、もう君の知ってる俺じゃない」

「——何を言ってるの？」

「だから、忘れて欲しいって言ったはずだ」

さっきまでの無表情とは打って変わって、勝の顔には苦悩の色がありありと見て取れた。だが萄子は、容易に引き下がることなど出来ない気分になっていた。彼は何もしていないと自分の口から言ったではないか。それなのに何故、逃げ隠れし続ける必要があるのか、それが分からない。

「ねえ、一緒に帰りましょう」

思い切って言ってみた。勝は、絶望的な眼差しのまま、黙ってため息をついた。

「そうしましょう、ね？」

猛烈な風が吹きつけてきた。自分のいるこの狭い空間ごと、ふわりと動かされそうな気がして、それを合図のように、萄子はまた勝にしがみついた。

「韮山さんも、あなたに出てきて欲しいって仰ってるのよ。もうすぐ犯人が捕まりそうなんですって。でも、あなたがいないと主犯まで捕まえられないとかいう話だった。物証が何もないから、あなたに出てきてもらわなきゃ、本当の解決にはつながらないからって」

今度はいくら待っても、勝の手は萄子の背中に回されなかった。焦れったさに、萄子は彼の身体を揺すった。

「もう、あなたを追いかける人はいない。あなたさえ本当のことを言ってくれたら、それで済むんじゃないの。ねえ！」

「それでも——」

勝の低い声が、彼の胸を通して聞こえてくる。

「何もかも、もう元には戻らない」

その絶望的な響きに、萄子は思わず身体を離し、彼の腕に手をかけたままで、勝の顔を見つめた。彼は苦しげな表情のまま、萄子と視線を合わせようとはしなかった。

「そうだろう？　死んだ人は生き返らないし、失われたものが戻るわけじゃない」

「新しく始めればいい！　それに、あなたが殺したわけじゃないんでしょう？　だったら、あなたがこんなに苦しむこと、ないじゃないの。違う？　あなた、もう十分に苦しんだわ。でも、どうして犯人でもないのに、こんな思いまでしなきゃならないの？　何故、あの人のことで、私たちの運命まで、こんなに変えられなきゃいけなかったのっ」

豪雨が、萄子の叫びも狭い室内に封じ込めてくれているに違いなかった。雨と風に包まれて、今、この世の中にいるのは、萄子と勝の二人だけのような気がする。もはや、誰に遠慮して何を隠し立てする必要もない、二人だけの世界だった。

「第一、あなたをあの場所に連れていったのは、のぶ子さんなんじゃないの？」

いつまでも勝が言い出しそうにないから、萄子は意を決して切り出した。勝の眉がわずかにひそめられ、その口元がきつく引き結ばれた。

「そうなんでしょう？　のぶ子さん、本当にあなたが好きだったのね。だから、何とかしてあなたを振り向かせたかった。私との婚約を解消させて、あなたを自分のものにしたかった。違う？」

俯いたまま、勝は額に手を当てて黙り込んでしまっている。

「韮山さんも、そのことに気づいていらっしゃるのよ。きっと、のぶ子さんの方に問題があったんだって、そう言われてた」

口調を変えて、萄子は勝の腕に手を置いた。

それきり勝は押し黙ってしまったから、萄子は彼の腕に手を置いたままで、ぽつり、ぽつりとこの二年近くの月日のことを語った。郡山の勝の実家に何度か足を運んだこと。姑になるはずだった彼の母が、いかに悲しんでいたか。結婚式の予約をキャンセルしたときの騒ぎ。刑事の尾行がついたこと。警察署で事情を聞かれて、恥ずかしくなるくらいに失礼な質問にまで答えなければならなかったこと——すべて悪い夢を見ているような、まるで現実味のない日々だったが、こうして話してみれば、忘れていることなど、何一つとしてない。何度となく、新たな涙がこみ上げそうになりながら、それでも泣けないままなのは、既にかなりの涙を流してしまった後だからか、または勝が優しい相づちの一つも打ってくれないからだろうかと迷いながら、それでも萄子は話し続けた。

「おかしな雑誌記者の人に追いかけられたこともあったわ。あなたが刑事じゃなかったら、あんなにも騒ぎは大きくならなかったんだろうけど」

テレビで勝らしい人物を見かけたと言ったときに初めて、彼はこちらを見た。

「川崎のね、ドヤ街が映ったの。ほんの一瞬だけど、あなたらしい人が映ったのよ。それで私、川崎に飛んでいったわ」

「あそこまで、行ったのか」

信じられないといった表情で、勝はしげしげとこちらを見る。間近から見つめられて、萄子は急にはにかむ気持ちになった。

「アキが、つき合ってくれたの。公園の脇に出てる屋台を一軒ずつ覗いて、それから簡易宿の並んでる辺りにも行ったわ」

「君が？」

「そうよ、私が。父に言われて、出来るだけ地味な格好をしてね」

勝の瞳が揺れている。昔、飽きもせずに、ただ見つめ合っていた頃と、その瞳はまるで変わっていないように感じられた。この人が、この目で最初に萄子を見つけたのだ。そして、駅前で待ち伏せをしていた。偶然のような顔をして、何度となく待ち伏せをされて、そのうちに雨の日にキスをされた。彼の上着で雨を除けながら、彼の匂いに包まれて――。そういえば、あの日も雨だったのだと思い出した。自分たちはよくよく雨に縁があるのかも知れない。

「もちろん、あなたはもういなかった。でも、覚えてる人がいたわ。あなたのことも、伸二っていう人のことも」

伸二、という名前を出した途端、勝の瞳はまた曇る。一つずつ明らかにしなければならないことが、何と多いことだろう。

「彼が殺されたとき、私――」

「殺された？　伸二が？」

突然、勝の表情が険しくなった。

「本当なのか。伸二が？」

萄子は、半ば怯えながら頷いた。

「郡山で、誰かに刺されたんですって。その時、私、韮山さんと一緒に郡山まで行ったんですもの」

韮山は、伸二の殺害にも勝が関係しているのではないかと踏んでいたらしい。だから萄子も同行し、その時にも勝の実家を訪ねたと、萄子は出来るだけ静かに語った。勝は、途中まで食い入るように萄子の顔を見つめていたが、やがて両手を組み合わせ、自分の顎を殴るような仕草をしながら「畜生」と呟いた。

「殺されたなんて――伸二が。殺されてたなんて」

勝の全身から、殺気のようなものが燃え上がるのを、萄子は確かに感じていた。久しぶりの再会を果たして以来、常に暗い瞳をしてきた彼の目が、初めて燃えているように見える。萄子は、近づきがたい雰囲気に思わずたじろぎそうになったまま、一点を見つめている勝を眺めていた。わずかな沈黙の後、突然「くそっ」という声と共に、勝は卓袱台を殴りつけた。水の残っていた湯飲み茶碗（ちゃわん）が跳ねて、萄子は飛び上がるほどに驚いた。

「くそっ、くそっ、くそっ！　伸二が！」

握り拳（こぶし）を作り、勝は何度も卓袱台を殴り続けている。萄子には、それを止めることも出来なかった。やがて、肩で息をするように、勝は顔を上げた。

「——馬鹿野郎（ばかやろう）が。俺からまで逃げるから」

勝の唇は震えていた。萄子は怯えながら、ただ勝を見つめているより他なかった。

〈——木造家屋にいる方々は、出来るだけ速やかに付近の頑丈な建物に避難して下さい。学校、公民館、集会所はもとより、コンクリート製、またはコンクリートブロック製の建物に避難して下さい。今度の台風は毎時十キロ前後と遅い速度であることから、被害の拡大が予想されます。今後、避難場所からは外へ出ないようにして下さい。繰り返してお伝えします。大型で猛烈に強い台風十八号コラは——〉

ラジオの音が聞き取りにくいのは、外の雨風が激しいばかりではないようだった。ここは、木造の家だ。本当に、どうにかなってしまうのだろうか。避難した方が良いのだろうかと思いながらも、萄子は勝の様子を窺っていた。彼が動くと言い出すまでは、自分も身動き出来ない。

「——それで、伸二を殺った犯人は」

「確か、捕まっていないはずよ。でも、目撃者はいるらしいの。路上で、チンピラ風の男に絡まれて刺されたらしいって」

勝は一点を見つめたまま、卓袱台を殴り続けていた握り拳を、今もそのままにしている。親子ラジオがもう一度、繰り返して避難を呼びかけた頃、彼は目をつぶり、大きくはっきりとため息をついた。

「俺は——何をやってたんだ」

かすれた声で呻くように、勝は呟いた。

それからずい分長い間、彼は押し黙ったままだった。何度か声をかけようとして、結局、萄子も黙って彼を見つめているより他にしようがなかった。いつの間にか服は乾いたが、今度は閉め切っているせいで蒸し暑くてたまらない。じっとりとした生暖かい空気が、全身にまとわりついてくるようだ。ただでさえ息苦しい空間が、さらにいたたまれないものになる。

——彼の、人生。

部屋の片隅に移動して、柱に寄りかかったまま、萄子はぼんやりと勝を見つめて考えていた。

殺人者の疑いをかけられ、自信と誇りを持っていた仕事を失って、挙式寸前の婚約者まで振り捨てて姿を消した勝の人生。今日まで、こんな風に考えたことはなかった。だが今、風貌まで変わってしまった彼を見ていると、新たに胸が痛くなる。何故、彼がこんな目に遭わなければならなかったのかと思う。

何か悪いことをしたというわけでもないのだ。極端な言い方をすれば、この台風のような、降って湧いたような災難ではないか。その災難に、ここまで人生を台無しにされ、翻弄されるとは、どういうことなのだろう。本当は、誰を恨めば良いのだろう。恨むことで、何か救われるというのだろうか。そんな風に考えると、彼が痛ましく、また哀れに思えてならない。人生は、あまりにも重すぎる。だが、よくぞ生きていてくれた。もう良いではないか、どこかで報われなければならないはずだと思う。

——それを、私が出来るだろうか。

または東京が、出来るものだろうか。

萄子の手には、久しぶりに触れた彼の腕の感触が残っていた。頰にも彼の温もりが残っているし、胸の奥に響く声も覚えている。その懐かしさに、ずっと浸っていたいと思う。もう一度彼に寄り添い、その腕に抱かれたい。彼が萄子の気持ちを受け止めてさえくれるのであれば、すべて忘れられるような気もする。だがその一方で、萄子の頭のどこかが、もっとひんやりとしたものを感じていた。どうしても、すべてを任せてしまえない何かがあった。

――打算？　将来への不安？　世間体？

自分の内の何か不純なものが、今の勝を拒絶しようとしているのかも知れない。この二年の間に気持ちもすれて、純粋さやひたむきさなどは、失ってしまったのだろうか。または、彼と同じ荷を背負うのが嫌なのか。屈託なく笑い合うことさえ出来そうにない人と、世間から孤立して生きるのは、あまりにも過酷に思われるからか――。

彼が押し黙ったままでいる間、萄子も懸命に考えを巡らせていた。

ラジオが時報を告げた。時計を見ると、ちょうど午前零時だった。続いて、台風コラは、宮古島から百キロ近くにまで近づいてきているという情報がもたらされる。怪物が、いよいよ島全体をひと呑みにしようとしていた。

8

間もなく、何の前触れもなく突然に、部屋が闇に包まれた。思わず口の中で小さく悲鳴を上げ、萄子は勝がいるはずの方に向かって「停電？」と声を出した。返事をする代わりに、懐中電灯の明かりが灯った。その明かりを頼りに、勝は用意してあったトランジスタラジオのスイッチを入れ、周波数を合わせている。萄子は、まるで芝居でも眺めているように、闇の中から勝を見つめていた。どれほど弱々しくても室内全体を照らしていた明かりがあった頃には、恐怖心はそれほどでもなかった。だが、こうして闇に包まれると、外の音がさらに大きく、恐ろしく感じられる。

「暗いだろう。もう少し、こっちに来ないか」

ようやくラジオの周波数が合った後、勝が言った。萄子は、床の上に尻を滑らせて、そろそろと卓袱台に近づいた。

「蠟燭にするか。電池が勿体ないから」

「そんなに長い停電かしら」

「どうなるか分からないからさ。今晩中はまず、こんな状態が続きそうだし」

小さな音量でラジオが何か話している。一通り台風に関する情報を聴いてしまうと、勝はスイッチを切った。静寂以上の静寂が、闇と共に周囲から迫ってくる。木々の音、電線のうなりは亡者の叫びにも聞こえたし、強風にあおられて叩きつける雨の音も、この世ならぬ存在の激しい怒りに感じられた。

「でも――よかった」

萄子は小さく呟（つぶや）いた。勝が静かな視線を向ける。

「あなたに会えた後で。一人で旅館にいたら、きっと、たまらなく心細かったわ」

「宿は、どこ」

平良港近くの宿の名前を告げると、勝は「ああ」と頷（うなず）いた。

「だが、あっちの方が安全だったな。鉄筋だし、商売をしていれば食料だって水だって確保出来てるだろう。この家は、いつまでもつか分からないよ。何しろ古いんだから。やっと住めるようにしたんだ」

卓袱台に肘（ひじ）をつき、勝はほの暗い室内を見回した。そして大きくため息をついた。

蠟燭の炎が震える。

「こんなことに、なるなんてな」

がたん、という音が響いてきた。何かが飛ばされたのかも知れない。

「喧嘩（けんか）したこと、あったろう。ミロのビーナス観（み）に行ったころに」

「あったわね。あの日は、都電に乗って、落語を聴きに行って――のぶ子さんのことを聞いて」

「それからしばらく、君は機嫌が悪かった。それでついに、喧嘩になった」

「私、『馬鹿野郎』って言われたわ」

「君は何て下らないことで膨れるんだなんて思って、俺は馬鹿馬鹿しくなって、つい怒鳴った――だけど、あれは君の勘だったのかも知れないな」

「――勘？」

「のぶちゃんのこと。俺が、無神経だったのかも知れないんだ。俺は、まるで気づかなかった」

それから勝は、事件前までののぶ子のことを、少しずつ語り始めた。萄子は知らなかったが、実は、のぶ子は勝が当番勤務で泊まりの晩など、警察署に差し入れを持ってくることも珍しくなかったという。事件の前の年には、冬が近づく頃にセーターを編んでやると言い出して、寸法を測りたいからと寮を訪ねてきたこともあるのだそうだ。その都度、勝はのぶ子の好意を有り難く受け取ってきた。

「そんなこと、してもらっていて、彼女の気持ちに気づかなかったの？」

萄子は半ば呆れながら尋ねた。だが、のぶ子は勝に会う度に、父親には内緒にして欲しいと念を押した上で、好きな男がいる、つき合っている男がいるなどという話をしたし、その男のことも細かく話していたのだという。だからこそ勝は、自分は一人っ子の彼女にとっては、兄貴のような存在なのだろうと解釈していたらしい。

「おふくろさんは病気がちだし、親父さんは、あんな人だ。何かと頼れる兄貴みたいな存在が欲しいんだろうくらいに思ってた。だから、ニラさんが嫁にどうだって言ったときも、俺は笑って取り合わなかったんだ。約束してたから、のぶちゃんにはつき合ってる人がいますとは、言えなかったけど」

「そんな人が、どうして急に、心変わりしたのかしら――お兄さんみたいな人を、取られたくないと思ったから？　それにしては、変よ」

菊子も身を乗り出して、横座りのまま、卓袱台に肘をついた。話している間も、外の様子が気になってならない。今、外はどんな状態なのだろう。音からしか察することの出来ないもどかしさが、落ち着きをなくさせる。その苛立ちが、のぶ子への憤りと重なった。

「私たちが婚約した途端、急に惜しくなったっていうこと？」

「――分からないが、そうかも知れない。だけど、あの夜だって、彼女は最初のうちは、そういうことは言わなかった――なあ、菊子」

初めて、勝が菊子を呼んだ。騒がしい外に比べて、湿った空気だけがこもっている暗い室内に、その声が溶けていく。受話器を通して名を呼ばれただけで、震えるほどに嬉しかった。会いたくて、切なくてたまらなかったときのことを、菊子は思い出していた。

「二度と、思い出したくもないことなんだ」

勝は、絞り出すような声で呟いた。

「だが、忘れることなんて、出来るはずもなかった。俺は人間として、絶対に見ちゃいけないものを見た。ただ、見てるより他に、しようがなかった――萄子は彼女を恨んでるかも知れない、彼女さえ馬鹿なことを考えなければって。だけど――」

勝はきつく目を閉じ、震えるように息を吐いた。

「あんな最期（さいご）を見たら、俺にはもう、何も言えないんだよ」

萄子の両腕を、ぞくぞくする感覚が駆け上がった。詳細を知らされているわけではない。だが、韮山のぶ子が暴行を受け、その上で絞殺（こうさつ）されたことくらいは知っている。その一部始終を、勝は見ていたというのだろうか。その目で、見せられていたというのだろうか。

――ひどすぎる。

のぶ子も哀れだと思う。だが、勝が哀れで仕方がなかった。助けられない状態だったのに違いない。腕に覚えもあり、正義感の強い勝が、ただ手をこまねいていたはずがないのだ。

「——たまらない」

思わず呟いた。勝は、ちらりとこちらを見て、何とも言えない笑みを浮かべた。蝋燭の明かりのせいだろうか、その笑みはひどく残忍な、ぞっとするような唇の歪みに見えた。

「たまらない？　ああ、たまらないさ。たまらないなんていうものじゃない——君に、それが分かるか」

「本当には分からないかも知れないけど、でも——」

「分かりっこない！　簡単に、そんな言葉で片づけるなっ！」

こらえ続けていたものを吐き出すような声だった。反射的に身を硬くして、萄子は卓袱台から後ずさりそうになった。

「——そんな簡単なひと言で済むものじゃない。この気持ちは、経験したものじゃなけりゃあ分かるはずがないっ！　あの子は、必死で叫んでたんだぞ！　助けて、助けてって、何度も悲鳴を上げて、俺の名前を呼んで——あの声が、今も耳について離れないんだ。ずっと俺を呼び続けてるんだ——」

さっきは涸れたかと思った涙が、またこみ上げてくる。悲しみとも恐怖とも、哀れみともつかない、ただ涙が溢れて仕方がなかった。勝は唇を噛みしめ、握り拳を作ったまま、今、目の前でのぶ子が殺されようとしているような顔をしていた。切れ長の目を見開いて、彼は闇の中に確かにのぶ子の姿を見ているのに違いなかった。

「俺が傍にいながら——みすみす見殺しにしたんだ」

勝は呻くように言った。

「俺が殺したのも、同然だ——」

「そんな言い方しないで、お願いだから」

鼻をすすりながら、萄子は懸命に勝を見つめた。

「そんな風に自分を責めないで。確かに、彼女は気の毒だった。どうしようもない、不幸な事件だった。でも、元はと言えば彼女が仕組んだことなんじゃないの？　あなたを自分のものにしたくて、計画したことがどこかで狂ったんじゃないの？」

勝は、微動だにしないまま闇を見つめていた。萄子はさらに懸命になって、韮山から聞いた話を思い出そうとした。のぶ子は、計略を練った——確か、そんなことではなかっただろうか。だとしたら、犠牲になったのは勝の方ではないか。ここまで運命を変えられ、心に傷を負った勝には、誰がどう責任をとってくれるというのだ。

「——彼女が、どういうつもりでいたのか、どうしてあんなことを考えついたのかなんて」

だが勝は、萄子が何か言うのを拒絶するように呟く。

「今さら、無意味だ。あるのは現実だけだ。のぶちゃんは殺された——あんな辱めを受けて、全身を痛めつけられて——何をたくらんでいたにせよ、どんなつもりだったにせよ、元はといえば、俺に原因があることだ。俺に関わったのが間違いだった。下手すりゃあ、あれが君だって——」

風が激しさを増したようだ。がらがらと、どこかで激しい音がする。ごう、という地鳴りのような音がして、その瞬間、家全体が揺れるように感じた。

「——私だって？　私だって、何？」

勝は虚ろな表情で闇を見つめ、唇を噛みしめている。萄子は、外の嵐が自分の中にまで入り込んでくるように感じながら、勝を見つめた。

「私だって、どうなっていたというのよ。どういうこと。ねえ、勝さん！」

勝は、まるで亡霊を見るような目つきでこちらを見た。何故、こんなに悲しい目をするのだろう。一体、この視線にどんな意味がこめられているのだろうか。萄子は苛立ち、もう一度「ねえ！」と声を荒らげた。釘を打ちつけてあるはずの雨戸ががたがたと震えている。蠟燭の炎が細かく震えた。

「どういうことなのっ。勝さん！　私が、のぶ子さんみたいになったかも知れないっていうの。じゃあ——じゃあ、つまり、のぶ子さんは私の身代わりになったって——本当は私が殺されていなきゃならなかったの？　どうして？」

勝は、余計なことを言ってしまったとでもいうように、弛緩した顔に後悔だけを露わにし、諦めたようにうなだれた。

「——相手が悪かったんだ。のぶちゃんは、確かに俺を罠にはめるつもりだったのかも知れないけど、罠にかかったのは、のぶちゃんの方だった。関わった相手が悪かった。悪すぎたんだ」

「それが、伸二っていう人？」

「伸二じゃない。だが、無関係でもない。伸二と同じ、ある男の子分だった。一体どういうわけで、のぶちゃんがそんな連中とつながりが出来たのかは分からない。だが、相手にしてみれば、それこそ飛んで火にいる夏の虫だったんだろう。何しろ俺が邪魔で邪魔でどうしようもない男だ」

「それが——寺瀬っていう人？」

韮山から聞いた名前を口にした。勝は、そこまで知っているのかというような表情になって、ため息と共に頷いた。それでも、萄子にはすべてを呑み込むことが出来なかった。ただでさえ緊張している心臓を、暴風雨の音がさらに刺激する。一体、この雨と風はいつまで続くのだろうか。

「寺瀬の望みは、俺の破滅だった。そのためなら何でも利用するつもりだったんだ」

「――もう少し、分かるように説明して」

ひどく喉(のど)が渇いていた。萄子は卓袱台ににじり寄り、薬缶(やかん)の水を湯飲み茶碗(ちゃわん)に注いで一気に飲んだ。動悸がする。呼吸が乱れていた。

「――すまない。こんな話、これからも誰にも、死ぬまでしないつもりだった。だけど、こうなったら話すしかないのかな」

　雨は空から降るものとばかり思っていた。だが、この小さな家を包む雨の音は、自然の法則も引力も無視して、あらゆる方向から叩きつけてくるようだ。大地さえ震わせるような、それは雨と呼べるようなものではなかった。

「――あなたを破滅させるために、本当に狙われていたのは、私なの？」

「君に責任があるという意味じゃないんだ。いや、君こそ最大の犠牲者だとは思う。君とは本当に、何の関係もないところで起きた話だ。本当は、君が一番、可哀想(かわいそう)かも知れない」

　その時点で、萄子は覚悟を決めなければならなかった。これから先、何を聞かされようと、どういう現実を突きつけられようと、それを受け容れていかなければならない。

その上、これから聞くことは、生涯にわたって萄子の記憶から消えることはないだろう。たとえ、再び共に生きようと決めたとしても、萄子と勝との間に、永遠に横たわる苦々しい過去になることは間違いがない。それを互いに見つめ合い、または見えないふりをしながら、二人で生き続けることは、恐らく想像以上に耐え難いことに違いない。果たして、そんな重苦しい関係に耐え続けていかれるものだろうか。それでもなお、幸福になれるのだろうか。それとも、幸福など求めてはいけないということなのだろうか。

——今度は私が逃げたくなるかも知れない。

ふと、そんな気がした。たとえ笑い合い、ふざけ合うことがあったとしても、自分たちの間には、常にのぶ子の亡霊が横たわっているのだ。そんな生活が、果たして穏やかで満ち足りたものになり得るか——。家の外で何かの壊れる音がした。木々とも電線とも異なる何かが、風を受けて唸っていた。

「思えば、大切な日にはいつも雨が降る」

勝がぽつりと呟いた。

「君に心を打ち明けた日にも、事件の夜も、今夜も」

しばらくの間、沈黙が続いた。萄子は、その沈黙の重さに耐えきれなくなって、ついトランジスタラジオに手を伸ばした。時間が中途半端だったのか、民謡のようなものが流れてきた。高い音色の笛と太鼓が調子をとり、三味線に似た音が流れて、男の嗄れた声が何かを歌う。その言葉は萄子には聞き取り難く、また、哀感のこもった曲調も馴染みのないものだった。

「琉球民謡だ」

「意味、分かる？」

勝は小さく首を振った。そして、湯飲みに水を注ぎ、ゆっくりと喉を潤す。大きくため息をつき、それから改めて、ぽつり、ぽつりと語り始めた勝の顔は、萄子の愛していた男そのものだったり、まるで見知らぬ男のようにも見えた。萄子はひたすら彼の話に聞き入った。

二年前の十月八日、あの日は午後から雨が降り出した。萄子も、その日のことは鮮明に覚えている。

勝は既に数日前にのぶ子からの電話を受けていた。そしてあの日、仕事の帰りにのぶ子と会った。折り入って話したいことがあると言われていたからだ。オリンピックの開会式を二日後に控えて、警察も勤務体制が変わり、慌ただしい最中だった。夕方から雨足が強くなって、待ち合わせの場所に向かう頃には本降りになっていた。

「あの娘は、最初はどういう用件か、なかなか言い出そうとしなかった」

勝は何度も深呼吸を繰り返し、忘れたくても忘れられない日のことを、極めて淡々と、静かに語ろうと努力しているらしかった。

「ねえ、本当に結婚するの？　どうしても？」

やがてのぶ子は急に改まった表情になって、そう切り出したという。唐突な質問に、勝は一瞬戸惑い、のぶ子の気持ちを推し量ろうとした。自分の結婚が、彼女にどういう影響を与えるか、彼女とどう関係しているかが、急にはぴんとこなかった。勝は、多くの言葉を使わず、ただ「来月ね」とだけ答えた。すると、のぶ子は急に泣き始めたのだという。

「彼女は『そう』って答えて、あとはしくしく泣くばかりだった。あの娘が泣くなんて思ってもみなかったから、俺はすごく慌てて驚いた。そうするとのぶちゃんは、自分は俺の結婚に反対だって言い出したんだ」

萄子と結婚しても、勝は絶対に幸福になどなれないと、のぶ子は力説した。気まぐれなお嬢さん育ちの娘など、刑事の妻として耐えられないに違いないというのだ。勝は戸惑い、何故のぶ子に、そんなことを言われなければならないのか、それとものぶ子の意見は、韮山の考えなのだろうか、または韮山を通じて上司たちの意向まで反映されているのだろうかと考えた。めそめそと泣くのぶ子を前に、あれこれと考えているうちに、無性に腹が立ってきた。誰が何と言おうと、自分は萄子と所帯を持つつもりでいる。勝自身が選び、生涯を共にしようと決めた相手について、身内は賛成してくれているのに、赤の他人にとやかく言われたくはないという思いだった。

「そんなことで俺の気持ちが変わるわけないじゃないかって、本気で怒ったよ」

その言葉を聞いたとき、萄子はまた胸が苦しくなった。萄子だって同じ思いだった。渋る両親を説き伏せて、美津子たち友人に冷やかされながら、萄子はひたすら、勝の妻になることだけを夢見ていた。

「そういう下らない話をするために呼び出したのなら帰るって、言ったんだ。だけど、のぶちゃんは俺を止めて――そこで、聞いてきた」

「――何て？」

「――自分じゃだめなのかって。『あの人じゃなきゃいけないの？　私じゃ、だめなの』って言われた」

その時に初めて、勝はのぶ子の気持ちに気づいた。正直なところ、面喰らった。だが、下手に優しくすれば、もっと相手を傷つける気がして、混乱したまま、席を立ってしまった。

「そのまま、知らん顔して帰ればよかったんだ」

ところが店を出て、歩き始めたところで背後から悲鳴のような声が聞こえた。振り返ると、見知らぬ男がのぶ子の腕を摑んでいる。勝は驚いてのぶ子の近くにとって返した。男の手を振りほどこうとしたとき、その男の手に光る物が見えた。あっと思った瞬間、いつの間にか自分の横にも別の男が立っていて、今度は脇腹に何かが突きつけられた。

男たちは「騒ぐな」というようなおきまりの台詞を口にした。勝一人なら、どうということもない相手に見えたが、のぶ子に万が一のことがあってはならないから、手も足も出せなかった。第一、のぶ子自身が「言う通りにして」と哀願したのだ。

「後から考えれば、確かにのぶちゃんは意外なくらいに落ち着いてたかも知れない。だが、その時にはそんなことは気づかなかった。ただ、先輩の娘さんに何かあったらって、それだけで頭が一杯だった」

それに、たとえその時、計画通りにことが進んでいると安心していたとしても、そののぶ子の落ち着きは、やがて簡単に失われることになったのだ。とにかく、待ち受けていた車に乗せられたときに目隠しをされたから、当初はどこに行くのかも分からないまま、勝とのぶ子とは連れ去られた。

やがて、連れていかれたがらんとした倉庫には数人の男たちが待ち構えていた。その中に寺瀬と伸二の姿もあった。伸二というのは、以前から勝が気にかけていた少年で、何かと相談にのることも多く、根っからのワルでもないことから、勝は何とかして仲間と手を切らせたいと考えていた。そのための就職口も、オリンピックが終わったら具体的に探してやるつもりでいたという。

「とりたてて、きっかけがあったっていうわけじゃない。だが、結果として、俺はいつも目の上のたんこぶだったんだろう。寺瀬は前々から俺を逆恨みしていた。だから、その時点で、奴らの狙い（ねら）は俺だと確信したよ。つまり、のぶちゃんは巻き添えを食っただけだと思った。だから当然、俺はのぶちゃんを帰してやってくれと言った」

ところが、その時のぶ子が「いいえ！」と叫んだ。彼女は、勝は傷つけないで欲しい、自分たちを引き離さないで欲しいというようなことを言ったというのだ。

「誰だ、おめえ」

寺瀬はのぶ子ににじり寄った。勝は、彼女が刑事の娘だと分かっては、どんなふうに利用されるかも分からないと考えた。

「言うんじゃないっ」

勝は怒鳴った。

「駄目だっ。黙っているんだ」

勝の言葉に、のぶ子は一瞬、戸惑うような表情を見せていたという。確かにその顔は、後から考えれば恐怖というよりも、戸惑いに見えた。

「何だよ。言わねえ気か」

寺瀬は、ふん、と鼻を鳴らし、勝の足もとに唾(つば)など吐いていたが、ふいに「そういやあ」と表情を変えた。

「あんた、もうすぐ結婚するんだってなあ、刑事さんよ」

勝を見据える寺瀬の、そのヘビのような目が、冷やかに、ゆっくりと滑って、のぶ子の方に向けられた。

「ひょっとして、この女が相手か。また、えらく不細工なのが好みだな」

勝が「ちがう」と言うのと同時に、のぶ子が「悪かったわねっ」と声を上げた。

「不細工な女が結婚しちゃあ、いけないのっ」

「やっぱり、おめえが結婚相手か」

「そうよ！」

その瞬間、寺瀬の顔つきが変わった。薄ら笑いを浮かべて、上から下までのぶ子を眺め回していたという。

「俺には分からなかった。のぶちゃんは、一体、何を言ってるんだって。何度も『馬鹿なこと言うな』って言ったんだが、のぶちゃんは、ますます意地を張るみたいな、妙に勝ち誇った顔にまで、なってた」

そこまで話して、勝は口を噤み、目も閉じてしまった。蠟燭が少しずつ短くなっていく。風のうなりがさらに大きくなったようだ。萄子は、胸を鷲摑みにされたような息苦しさを覚えながら、遺影ののぶ子を思い出していた。

〈――超大型で猛烈に強い台風十八号コラは、進路を北西寄りに変えながら、さらに宮古島に接近しています。午前三時現在、中心の気圧は九百七十一・九ミリバール、中心から半径二百キロ圏内の風速は三十五メートル以上と非常に強く、また、時速が十キロ内外と依然として遅いことから、宮古島では今日一杯、暴風雨が続く見込みです〉

一体、どうすれば良いのだろう。この二年間、ずっと自分たちを引き裂いた元凶だと思ってきたのぶ子が、自分の身代わりのような形で、あんな最期を遂げたと知らされて、自分はどう考えれば良いのだろう。これ以上、話の続きを聞いて良いものだろうか――。

泣くに泣けない気分だった。何度もため息をつき、自分もうなだれたときだった。ガチャン、と大きな音がして、室内に猛烈な風が吹き込んできた。あっと思う間もなく蠟燭の炎が吹き消される。まったくの闇の中に、ごうごうと風が吹き込み、同時に床を叩く雨の音がばらばらと聞こえた。

「勝さん！」

「大丈夫だ。動かないで」

勝が手早く懐中電灯をつけた。その細い明かりで照らすと、釘を打ちつけてあったはずの雨戸がなくなっていて、同時にガラス窓を突き破って、家の中に何か黒いかたまりが飛び込んできている。

「屋根瓦だ。飛ばされたんだろう。やっぱり、ここにいたら危険だな」

半分割れたガラスにも、バラバラと猛烈な音を立てて雨が当たり、その雨の勢いだけで、割れ目が大きくなるようだった。思わず飛び上がるように立ち上がった萄子に、勝は靴を履くようにと言った。

「ガラスを踏むとまずい。窓からも、窓の向かいからも離れて。少し明るくなったら、よそに避難しよう」

勝は自分も立ち上がって、懐中電灯を片手に近づいてくる。そして、萄子に寄り添うように玄関口に向かった。萄子が靴を履く間、彼は足もとを照らしてくれている。そして、勝が靴を履く間は、萄子が彼の手から懐中電灯を受け取った。

——だとしたら、義理？　のぶ子さんへの義理のために、あなたは私の前からまで姿を消したの？

雨戸が外れたせいで、外の音が一層生々しく聞こえるようになった。萄子は振り向いて、あの破れた窓をふさがなくて良いのかと聞いた。

「無駄だろう。五寸釘を打ち込んであった雨戸が飛んだんだ。今頃、窓だけふさいだって、またあっという間に飛ばされる」

家がぐらぐらと揺れた。どこかよそでも、何かの割れる音がする。めりめりと、不気味な響きが聞こえてきた。勝は蠟燭やラジオを玄関口まで運び、布製の袋に卓袱台の上に置かれていた食料などを詰め込んで、上がり框（かまち）に腰掛けた。

「家が壊れる危険があるから。いつでも飛び出せるように、ここにいよう」

狭い玄関口に、萄子は自分もそろそろと腰を下ろした。勝が懐中電灯のスイッチを切った。闇の中に大地のうなりばかりが広がった。身体（からだ）の右側に、勝の温（ぬく）もりがある。萄子はそっと、その肩口に頭をのせた。勝の呼吸が、闇の中で微（かす）かに感じられた。

それからどれくらい、二人で黙っていたことだろう。ただごうごうと風の鳴る音を聞いているだけで、時間が過ぎていく。背中に重い疲労を感じる。本当なら眠くてたまらないはずなのに、とても眠るどころではなかった。もう二度と、安らかな眠りなど訪れないような気さえした。

「——確かに」

やがて、勝が呟いた。

「その頃までは、のぶちゃんも芝居を打ってるつもりだったのかも知れない。後から考えれば、そんな気もするんだ。あの落ち着き方は、そういうことだったんじゃないかって。だけど、俺がさんざん殴られて縛りつけられてる間は、彼女は『やめて』って騒いでた。その上で寺瀬が手下に命じて、のぶちゃんのことも押さえたとき、彼女は初めて言ったんだ。『約束が違うじゃない』ってね」

寺瀬は、それには答えずに、にやにやと笑いながら勝に向かって言ったという。許嫁が傷物にされたなんて、人には言えないだろうな、と。彼女のためにも、勝に出来ることは一生涯、ただ固く口を噤んでいることだけだ。大事に大事にしてきた許嫁が、今、目の前で犯される場面をよく見ておけと。そして、のぶ子の悲鳴が響いた。勝がどんなに顔を背けても、その声だけは聞こえてしまう。もがけばもがくほど、寺瀬の笑い声が響いた。

のぶ子も懸命に抵抗はしていたらしい。だが、途中から口をふさがれたらしく、大声は聞こえなくなった。男たちの野卑な言葉が飛んだ。高く細い泣き声だけが、がらんとした倉庫に響いた。

「あの時、俺の中で完璧（かんぺき）に何かが壊れた――本当に壊れる音が聞こえたような気さえしたよ。もう、駄目だと思った。俺のために、のぶちゃんは犠牲になった。そののぶちゃんに何の責任もとらずに、自分だけ萄子と結婚するなんて、どう考えても無理だと思った」

こうなったら、何が何でも復讐（ふくしゅう）してやろうと心に誓ったとき、口をふさがれていたのぶ子が、相手の指でも嚙（か）んだのか、急にはっきりとした声を上げた。「こんなの、約束が違う」と。そして、寺瀬に向かって、あんたは誰なのよ、とも言ったという。寺瀬は、「誰でもいい」と答えた。するとのぶ子は、自分は勝の婚約者などではないと訴えた。寺瀬は眉（まゆ）をひそめ、のぶ子に近づいてどういうことだと問いただした。のぶ子は泣きながら、勝の婚約者は別にいる、藤島萄子という娘だと告げた。

「俺の前に戻ってきた寺瀬は言った。『この女は馬鹿か』と。まあ、だが、今度は嘘はついていないらしい。手間はかかったが、これで藤島萄子という名は完全に覚えたからなって。その女には恨みも何もないが、もしも俺と一緒になるようだったら、その時は放っておかない。何年たっても、何十年過ぎても、俺が幸せに暮らしているのを知ったら、女房だけじゃなく子どもにも、どんなことが起きるか分からないぞって」

隣で囁（ささや）くように話す勝の声を聞きながら、萄子は恐怖のあまり身震いをしそうになった。背後では割れた窓から吹き込んだ風がうなり声を上げている。その風が家の中で荒れ狂い、何もないはずの部屋の、ありとあらゆるものを壊しているようだ。

「そこまで恨まれるようなことを、あなた、したの」

「刑事として、当たり前のことをしただけだ。だが、寺瀬の執念深さは想像以上だった。奴（やつ）がそう言うからには、本気だろうと思った」

そんな理不尽な話があるものかと言いかけたとき、ばりばりという激しい音がして、家全体が揺れたように感じた。萄子は思わず勝にしがみついた。一体、何が起きたのか分からない。勝も全身を硬くしたのが分かった。

「まずいな。ちょっと待って」

しがみつく萄子の手を振りほどいて、風が当たらない方向に面しているらしい玄関を開ける。その途端、目の前を猛烈な勢いで何かが飛んでいくのが見えた。家の周りに植わっている木々が、なぎ倒されそうに傾いでいる。辺りはまだ暗かったが、その中でも、よく分からない何かが暴れ狂っていることだけは分かる。

「畜生、早く避難しておけばよかった」

「避難って、どこへ？」

玄関を開けたお陰で、割れた窓から吹き込んでいた風が逃げ場を得て、一気に背後から強烈に吹き抜け始めた。

「隣の家の台所に避難することになってるんだ。ほんの少しの距離だから、行けるな？」

「でも、他の人たちもいるんでしょう？」

この期に及んでもまだ、そんなことを気にするのかと言われるかも知れない。それでも、ここに見知らぬ女性が加わることだけは嫌だった。まだまだ、話さなければならないことがある。もしかすると、これが最後になるかも知れない勝との時を、誰にも邪魔されたくなかった。

「心配いらない。隣の家の人たちは、うちの奴と一緒に集会所に避難してる。隣は、台所だけはコンクリートブロックで造ったんだ。行くぞ！」

言うが早いか、勝が萄子の手を摑んだ。萄子は勝の「うちの奴」という言葉だけを頭の中で響かせながら、引かれるままに立ち上がった。

「身体を低くして、俺の背中に摑まって歩け。何が飛んでくるか分からないから、俺から離れるなよ」

玄関口に立つと、勝は振り返っていった。萄子は小さく頷いて、勝のシャツの背中を摑んだ。

一歩、足を踏み出しただけで、簡単に吹き飛ばされそうな風だった。雨が石つぶてのように全身を叩く。

「ひどい！　これじゃあ無理よ、行かれない！」

「駄目だ、行くんだ！」

お互いに身を寄せ合っているのに、その声さえ聞き取れないほどの風だった。雨が痛い。ワンピースの裾が引っ張られて、まるで悪魔に摑まれているようだ。ただ、勝の背中だけがすぐ目の前にある。大好きだった、しがみつきたかった背中に、こんな形で触れることになろうとは考えてもみなかった。

一歩一歩、全身に力を込めて、勝は進んでいく。萄子も二人の間に風が吹き込まないように、なるべく身体を寄せて歩いた。何気なく横を見ると、まだ暗い空に、黒い鳥のようなものがたくさん飛んでいるのが見えた。屋根から剝がされた瓦に違いなかった。

9

午前四時過ぎから、風は一層強くなった。これ以上、強い風などあるものかと思っているのに、さらに音がひどくなる。大地そのものがうなりを上げ、または、この島全体が、猛スピードで宇宙の彼方(かなた)まで飛ばされているのではないかと思うような、恐ろしい風だった。

見知らぬ家の台所は、確かにコンクリートブロックで建てられていて、室内からもむき出しのブロックを見ることが出来た。広さは三畳ほどだろうか、そこに流し台とガスコンロ、冷蔵庫に食器棚などが詰め込まれている。残ったわずかな床面に、片隅に積み上げられていた新聞紙を敷いて、萄子は勝と並んで座り込んだ。早く朝が来て欲しい、せめて明るくなって欲しいと、そればかり思う。だが、流し台の上の窓には、板を打ちつけているせいもあるだろうが、ただ闇が貼(は)りついているばかりだった。調理台の上に置いた蠟燭だけが、ちらちらと揺れながら頼りない明かりを周囲に散らす。外では、風のうなりに加えて相変わらず何かの壊れる音や、ぶつかる音、バラバラという石でも叩きつけるような音などが絶え間なく続いていた。

「あなたは——」

膝を抱えるような姿勢のまま、萄子は小さく呟いた。

「じゃあ、あなたは、その寺瀬っていう男がいる限り、人並みの幸せを望めないっていうことなの？　今も、そう思ってる？」

言いながら、首を巡らせる。萄子の隣であぐらをかいていた勝は、靴を履いたままの足もとをじっと見つめていた。

「そんな男に、自分の人生を台無しにされて、そのままでいるつもりなの？」

「——」

「その男をどうにかすることが、のぶ子さんへの、せめてもの供養でしょう？　あなたの責任でもあるんじゃない？　あなたは刑事だったのよ。自分の手で何とかすることだって、出来たはずじゃないの」

返事の代わりに、勝は深々とため息をついた。そして、「分かってるさ」と呟いた。

「俺だって、そのつもりでいた——いつか必ず、この手で決着をつけてやるって、そう思ってきた。あいつは、制裁を受けなけりゃ、ならない。絶対に許さないって」

「だったら、どうして逃げ続けたりするの？　言ってることと、やってることが違うじゃない。私を守りたかったから？　あなたと一緒になったら私がのぶ子さんと同じ目に遭うかも知れなかったから？　だったら、何よりも、寺瀬を何とかするべきだったんじゃないの？　それなのに自分から逃げ出すなんて。あなたって、そういう人だった？」

勝は苦しげな顔をこちらに向けた。まるで、今にもすがりついてきそうな表情。彼のこんな顔を、萄子は見たことがなかった。少なくとも、萄子の知っていた勝は、こんな目で萄子を見たことは一度もない。

——見たくない。

反射的に、そう思った。勝のこんな顔は、絶対に見たくなかった。いたたまれなくなる。どうすれば良いのか分からなくなる。受け止めきれないと思う。

「あの時は——他にどうしようもなかった」

勝は呻（うめ）くように呟いた。

その横顔は苦悩に満ちている。その勝を、萄子は黙って見つめていた。もう少し、何か出来ることはないのか、責めるのでなく、抱きしめるなり、慰めるなり、もっと彼の心を楽にする方法はないものだろうかと思う。だが、身動きが取れなかった。宙を睨（にら）みつけたまま、握りしめた両手をわずかに震わせている勝に向かって、手を伸ばすことさえ躊躇われた。

「何も、君のためだけじゃない。理由は、他にもある」

勝は大きく息を吸い込んで、姿勢を伸ばした。

「伸二を、何とかしてやりたかった——あいつが、寺瀬に命令されて俺を殴ったときの顔を、今でも思い出すよ。自分を裏切ってないことを態度で証明しろって言われて、あいつは泣きそうな顔で俺を殴った。もっと強く、もっと本気でって言われながら、何度もな」

菊子は、人が人を殴る場面を見たことがない。それも今、目の前にいる勝が縄で縛られ、身動きの出来ない状態にされて何度も殴られる場面など、想像することも難しかった。ただ、怖いと思う。そんなにひどい、恐ろしい、痛い思いを、どうして、と思う。しかも相手は、目をかけてきた少年だというではないか。菊子は、何とも不愉快な気分になった。

「結局は、恩をあだで返したんじゃないの。そんな子のために、あなたは逃げたっていうの？　自分の将来の、すべてを抛ってまで？」

そうじゃないんだ、と、勝は鋭い一瞥をくれた。菊子は、苛立ちを募らせながら、勝を見つめ返した。そんなお人好しな話は、聞いたことがない。

「あいつの気持ちは、俺にはよく分かってた。あいつはずっと苦しんできたんだ。寺瀬の執念深さと残酷さは俺以上に、骨身にしみて分かってたはずだし、かといって、これ以上ずるずると引きずられて、深みにはまったら、それこそまっとうな人生は歩めなくなる。足を洗いたいっていう気持ちは決まっていても、きっかけを摑めなくて、悩んでた。俺が、もっと早く力になってやっていれば、あんなことにはならなかっただろうし、ましてや——生命まで落とすことはなかっただろう」

「勝さんは、仲二くんを殺した犯人、分かってるの？」

勝はゆっくり頷き、「寺瀬に決まってる」と呟いた。

「あの夜、あいつは、寺瀬を刺したんだ」

萄子は驚いて勝を見つめた。そんな話を聞くとは思っていなかった。第一、寺瀬は今でもきちんと生きているはずだ。だからこそ韮山が、本当の事件解決のためには、寺瀬を逮捕しなければならないと言ったのではないか。そのことを尋ねると、勝は、恐らく致命傷には至らなかったのだろうと答えた。

「だが、とにかく刺した。俺は、寺瀬の服に血がにじみ出すところも見てる。仲二にしてみれば、俺を殴らされた上に、のぶちゃんを犯すようにも命令されて、ついに耐えきれなくなったんだろう。急にナイフを取り出すと、大声を上げて寺瀬に向かっていった。それが、あいつが奴らに追われることになった、直接の理由だ——結局は、俺のせいだ」

ごしごしと手のひらで顔をこすり、今度は髪を掻きむしり、勝は舌打ちをしてうなだれた。

「郡山とはな——あいつ、俺が郡山にいると思ったのかな。俺には田舎があって羨ましいって、よく言ってたから——可哀想に。馬鹿なんだよ。俺は、あいつを追いかけるつもりでいたのに」

何とかまっとうな道を歩ませようと思ってきた伸二が、自分の目の前で人を刺し、最後には生命を落としたことさえ、勝は自分の責任だと感じているらしかった。萄子は、勝のそんな部分を好ましく思い、その一方で、お人好しが過ぎるのではないかと、やはり腹立たしくも感じていた。何も、勝一人がすべてを背負い込む必要などないではないか。伸二という少年も、確かに哀れだとは思う。だが、そんな連中の仲間に入らなければ、面倒なことにはならなかったのだし、それは勝とは関係のないことだ。

「そんな風に、何でも抱え込んでしまうのは、よくないわ。だって、あなたは精一杯、その子の力になってやってたんでしょう？　その子は自分の意志で、寺瀬を刺したんでしょう？」

「だが、子どもなんだぞ。図体はでかいし、言うことも生意気だったが、何ていったってまだ二十歳前の子どもだったんだ。ちゃんと考えてるようでも、分かってないことの方が多い。たまたま生い立ちが不幸で、生き延びていくために、そんな連中に仲間入りしたような奴だったんだ。根は人なつっこくて、真面目なところもあって、素直な奴だった。これからいくらだってやり直しのきく、本人にもその気のある、そういう奴だったんだ」

だからこそ、仲二自身のためにも、事件解決のためにも、勝はどうしても仲二を追う必要があると考えたらしい。つまり勝自身、自分から望んで川崎や熱海まで行ったのではなく、途中までは仲二を追って旅をすることになったという話だった。

「俺が、ちゃんと捕まえてさえいればな」

何度目かも分からないため息と共に勝は呟いた。

風の音は一向にやまない。それどころかまたさらに強さを増しているようだ。腰が痺れてきたこともあって、萄子はついに立ち上がった。流しの上の窓の向こうも、斜めに打ちつけられている板がはっきりと見えるくらいに、外は明るくなってきている。

「ちょっと、開けてみていいかしら」

振り向いて見下ろすと、勝は疲れた顔のまま、「細くなら」と答える。それから自分も立ち上がって、萄子の隣に来た。彼が窓の鍵を開けて、ほんの少し窓を動かしただけで、もがり笛のような音がする。がたがたと激しく揺れる窓を、勝が手で押さえた。萄子はその隙間から外の景色を見て、息を呑んだ。

すぐ目の前で、バラバラと激しい音がする。よく見ると、台所の真ん前に生えている木が、その音と共に幹の色を変えているのに気づいた。さっきから聞こえていた音は、雨粒が木に当たる音だったのだ。しかも、雨が当たった部分から、樹皮が剝がれていく。石つぶてのように、いや、それ以上の力を持って、雨は木々を攻撃していた。

「ひどい――」

背筋が寒くなった。萄子は信じられない思いで、その様を見、音を聞いていた。次に窓を開けてみたとき、目の前に見えていた樹皮の剝かれた木は、姿を消してしまっていた。根こそぎ飛ばされていったのだろうと勝が言った。

「あれはバナナの木だったんだが、意外に弱いんだな。だけど、こんな状態じゃあ、フクギだってたまらないはずだ」

「フクギ？」

それが、この辺りの家々を取り巻いている、つややかな小判型の葉を持つ木の名前だそうだ。丈夫で大きく育ち、昔から台風避けとして利用されてきた木で、沖縄ではそこここに見られるという。そんな説明を聞いている間にも、何かが猛スピードで窓の前を横切っていった。空を舞い飛んでいるのは、屋根瓦ばかりではない。ちぎれた木や、トタン板や、もっと形のはっきりした何かまでが飛んでいた。まるで、この世の終わりのような光景だった。

それからも、外では絶え間なく何かの壊れる音がした。風が、建物さえ引きずり倒そうとしているようだ。その抗いようのない力を、こうしていても感じた。徐々に明るくなってきた台所の床で、萄子は自分の膝を抱きしめていた。すぐ隣には勝がいる。手を伸ばせば届く位置にいる。彼に、しがみついていたいとも思う。だが、寄り添おうとして拒絶されるのが怖かった。そんな雰囲気が、伝わってくるのだ。

――傷つきすぎた人。見なくてもいいものを、見すぎた人。

安易な慰めなど、何の役にも立ちはしないのだろう。むしろ、彼を余計に苛立たせるだけなのかも知れない。慰めて欲しければ、最初から姿を消したりしなかったはずだ。真っ先に萄子を求めていたはずではないかとも思う。だが彼は、そうしなかった。敢えて自分一人ですべてを背負い込むことに決めたのだ。

言葉がなかった。第一、外の様子が気になって、集中して考えることが出来ない。過去や未来より、今現在のことで頭が一杯だ。このまま、嵐はいつまで続くか、いつになったら台風は通過してくれるのだろうか。

ちょうど時計の針が六時半を指した頃だった。絶え間なく唸り続けていた風の音が一層強くなり、室内にいても、耳をふさぎたくなるような瞬間があった。それに続いて激しい崩壊の音が聞こえ、地響きがしたのと同時に、隣室との境の戸ががたがたと震え、その隙間から風が吹き込んできた。その瞬間、勝の腕が萄子を強く抱き寄せた。萄子はそのまま勝に抱きすくめられ、息を殺した。

「――怖い。怖い！」

死ぬだろうか。自分たちも、あのバナナの木のように痛めつけられ、どこかに吹き飛ばされるのだろうか。勝の胸にしがみつきながら、萄子は自分が全身を震わせていることに初めて気がついた。

「家が、崩れたんだろう。台所以外は木造だ。それも、かなり古いから。何年か前の台風の時には、持ちこたえたって言ってたのにな」

勝が、囁くように呟いた。その口調は、怯えているというよりも、半ば感心し、呆れているようにも聞こえた。萄子は彼の胸に手を置いたまま、そっと彼の顔を見上げた。それから、彼の言葉を確かめるように仕切り戸の方を見る。激しく震えている戸の向こうで何が起こっているというのだろう。だが、勝の言う通りかも知れない。木の皮まで剝ぎ取る雨粒の音が、さっきよりずっと近く聞こえる。

「――どうする？　ここも、駄目？」

「まさか、ここまで駄目っていうことはないと思うんだが。第一こんな状態じゃあ、他に行こうにも歩けるような状態じゃない」

勝が言っている間に、びしっと音がした。萄子は思わず小さな悲鳴を上げて、また勝にしがみついた。

「今度は？　今度のは、何？」

泣きたくなってきた。恐怖と緊張で全身が強張（こわば）っている。勝はそんな萄子の手を柔らかく引き離すと、立ち上がって狭い台所内を点検し始めた。そして、仕切り戸の近くまで行ったときに「これだ」と食器棚を指さした。萄子も膝をついて身体（からだ）を伸ばし、彼の指さす方を見る。食器棚の脇腹（わきばら）の部分に、白っぽい、丸い小石のようなものがめり込んでいる。勝が引っ張ろうとしても、それは容易に取れないほど強く、深く食い込んでいた。

「飛んできたんだろう」

勝は、今度は仕切り戸の方を見た。萄子も一緒になって視線を移動させた。確かに、さっきまでなかったはずの小さな穴があいている。

「すごい――こんな石まで飛ばされるなんて」

「石じゃないんだ。サザエのフタ。この辺の道に敷いてある」

そういえば、白い砂の上に、こんなものが敷き詰められていたのを覚えている。それがサザエのフタだとは、思いもよらなかった。

「こっちの人は、何でも工夫するよ。まだまだ不便だから余計にね、無駄なものを出さないように、大切にする」

言いながら、勝は食器棚に両手を置いて、それを引きずるようにして仕切り戸の前に移動させ始めた。少しでも、この空間を守るために。再びこんなものが飛んできて、萄子が怪我をしないように、出来得る限りのことをしようとしているのが分かる。

空間が変わったために、座り込む位置を移動させ、ラジオをつけて、二人はまた床に腰を下ろした。しばらくの間、ラジオに耳を傾ける。

〈――大型で猛烈に強い台風十八号コラは、宮古島の東南東約四十キロの海上に中心があり、相変わらず非常に遅い速度でさらに宮古島に接近しています。

現在、宮古島は全島で平均五十メートルの猛烈な暴風雨が吹き荒れており、午前六時三十一分には、瞬間最大風速八十五・三メートルを記録しました。台風がもっとも宮古島に接近するのは、今日午前十時頃とみられ、その後は徐々に宮古島から離れて石垣島の北方へ抜ける見込みです。台風の速度が非常に遅いことから、今後、宮古島では今日一杯は暴風雨が続く見込みで、さらに十分な警戒が必要です。

現在のところ、宮古島は全島で停電、断水の状態が続いており、電信電話回線も不通になっていることから、連絡が途絶えている状態です。そのため、詳しい被害状況等は分かっておらず、台風の通過後、電信電話の復旧を待つ以外にありません。ただ、未曾有の被害が予想されることから、琉球政府では最悪の事態を想定し、対策本部の設置を検討しています――〉

本当に最悪だった。この状態が、まだ今日一杯も続くというのだろうか。自分たち以外の、島の人たちはどう過ごしているのだろう。それぞれの身を守りながら、恐らく、ひたすら祈っているのだろうか。

ふと、勝と一緒に暮らしている女性のことを思った。親戚と共に過ごしているとはいえ、夫と思ってきた男が、こんな状況の中で他の女と長時間、二人きりで過ごしていることを、その人はどう感じていることだろうか。

懸命にラジオを聴いているらしい勝の顔を改めて眺める。もしかすると、顔の傷は事件の夜につけられたものなのかも知れない。そして、以前はなかったはずの眉間の皺。削げ落ちた頰の肉。そこここに、彼の苦悩の痕が見える。そして、今のその顔を朝晩見つめているのは、萄子ではなかった。

「――彼女、心配してるんじゃない?」

勝がラジオのスイッチを切ったところで、思い切って言ってみた。勝は思い出したように、避難するときに持ってきた布製の袋から、差し入れられたお好み焼きのような物を取り出した。

「食おう。いつまでもたせなきゃならないか分からないが。取りあえず少し。もう少し風がおさまらないと、火を使うのも危険だから」

それは、ナビパンビンというのだそうだ。ナビとは鍋(なべ)、パンビンとは、こちらでいうてんぷらを指すのだという。水で溶いた小麦粉を薄く伸ばして焼いたもので、塩で味つけしてある、素朴なものだった。暑い沖縄では握り飯などを作っても傷(いた)みが早い。保存の意味でも、こちらの方が非常食としては適しているのだという。萄子はそのナビパンビンを、ゆっくりと食べた。もしも萄子が彼女の立場だったら、たとえ台風だとしても、こんなものまで差し入れておくことが出来ただろうか。何も言わず、夫を責めもせずに。

静かな表情で顎(あご)を動かしている勝を見ているうち、萄子は改めて、勝との間に広がってしまった距離を感じていた。彼はもう、萄子のものではなかった。

寝不足でただでさえピリピリとしている神経に、外の音はさらに恐ろしく感じられる。時間ばかりが過ぎていった。勝は一時間に一回ずつラジオを聴く以外は、ほとんど口もきかなくなった。萄子からも、何を話せば良いか分からない。傍にいながら、こんなにも淋しい。その思いが、さらに萄子を打ちのめす。

午前十時過ぎまで絶え間なく続いた猛烈な雨と風が十一時頃から急に弱まった。勝は窓から外を覗きながら、ようやく「目に入ったかな」と口を開いた。そして、萄子の方を見る。かつて、世の中でもっとも愛おしく感じた顔。逢いたくて逢いたくて、思い浮かべただけで胸が苦しくなった顔。心を震わせ、片時も見失いたくないと思っていた顔――。

「少し、出てみようか。君、手洗いは大丈夫」

「――ずっと我慢してたわ」

正直に答える。勝は、初めて目を細めた。

「我慢しないで、言えばいいのに」

「だって、言ったって外に出られないんじゃ、しようがないじゃない？」

思わず膨れ面で言い返すと、彼はさらに笑った。それから、はっと我に返ったように真顔になり、小さく息を吐き出す。

「とにかく、出てみよう」

視線を逸らされて、萄子は何とも言えない気持ちになった。二人が結婚に向かってひた走っていた頃は、こんな言い合いは日常茶飯事だった。お互いに膨れたり睨めっこをしたりしながら、最後には必ず笑い合った。つい、そんな感覚が戻ってきそうだったのに、互いの間に流れた時が、それを阻む。勝はもう二度と、屈託なく笑うようなことはないのだろうか。腹の底から笑い転げるようなことは、彼のこれから先の人生には許されないというのだろうか。

──ただ自分を責め続けて。逝った人たちに詫び続けて。

あれこれと考えている間に、勝は食器棚を移動させて、仕切り戸を開けた。その向こうには、信じられないほど無惨な光景が広がっていた。彼が言っていた通り、木造家屋の半分以上が、既に壊れてしまっているのだ。屋根は吹き飛び、座敷だったらしいところに太い木が転がっていた。おまけに、柱の向こうには抜けるような青空が見えていた。

弱まったとはいえ、かなり強い風が吹き続けていた。その風が、野ざらしになった家具の隙間を抜けていく。本や新聞などが飛び散って濡れている。つい昨日まで、この家の人々の生活を彩っていたすべてのものが、壊され、汚されて散らばっていた。

「ちょっと、向こうの様子を見てくる。じきに戻るから、君はあんまり遠くまで行かない方がいい。この後、絶対に吹き返しが来るから」

手洗いに案内してくれた後、勝が言った。

「待って！　一人になんて、しないで！」

「心配するな、すぐ戻るから」

立ち尽くす萄子に向かって、勝は静かな口調で言った。そして、倒壊した家の向こうに大股（おおまた）で歩み去っていく。

――駄目だわ。

取り残されて、しばらくぼんやりとした後、萄子の中にはそんな思いが広がっていった。駄目だ。もう、かつてのように無邪気に信じることが出来ない。第一、久しぶりに一人になって、あの狭苦しい空間から放たれたというだけで、ほっとしているではないか。広がる思いは、索漠とした寂寥感（せきりょうかん）ばかりではないか――。

そよ風というわけではなかった。だが、さっきまでの風と比べれば、顔を背けたくなる程度の風など、どうということはなかった。萄子は、ほとんどの家屋が倒壊し、あまりにも無惨に変わり果ててしまった集落を見回していた。崩れ去ったのは、萄子が避難していた家ばかりではなかった。勝が暮らしていた家も跡形もなくつぶれていたし、その他にも多くの家が屋根や壁、または建物としての姿そのものを失い、陽に照らされて、人形や本、衣料品や布団などが辺り一面に散らばっている。家の中に木が飛び込んでいるのなど、当たり前の光景だった。道に沿って続いていたフクギの生け垣も、ところどころに見えた大きな木も、何もかもがなくなって、遥か遠くまで見渡すことが出来る。

頭上には青空が広がっていた。鳥のさえずりが聞こえ、トンボが群れをなして飛んでいる。地上に貼りついて生きなければならない我々に比べて、その伸びやかさ、守るべきものを持たない生き物の健やかさが眩しい。羨ましくさえ感じられた。

——何ていうこと。

ところどころに、やはり途方に暮れて立ち尽くしている人の姿がある。片づけようにも、どこから手をつければ良いものか、まったく見当もつかないのだろう。菊子さえ、これだけの衝撃を受けている。それが、自分の家、自分の暮らしてきた集落ならなおさらだ。ここから、人々はどうやって立ち直っていけば良いのだろうか。

青空は見えているのに、遠くからは、ごうごうと地鳴りのような音が響き続けていた。それは、本能的に恐怖を呼び覚まし、警戒を呼びかける響きだった。遥か彼方から、再び暗雲のかたまりが徐々に近づいてくるのが分かる。台風の目を抜ければ、また暴風雨が始まるのに違いない。

一時間ほども歩き回りながら、萄子は勝を待った。来ないかも知れない。萄子よりも、あの女性を選ぶかも知れないと、心のどこかで諦めの準備を始めている。その一方で、昨夜から聞いた話を整理していく。どんな旅を続けていたかはまだ聞いていない。だが、それとは別に、まだ何かが心に引っかかっていた。

――のぶ子さんの仇を討ちたかった。私を守りたかった。自分の手で伸二を保護したかった。

そして今も、勝は自分を責め続けている――。それは、十分に理解出来た。確かに、聞いているだけで苦しくなる話だった。だが、何か変だという気がする。勝本人の口から聞いている話なのに、どこか勝らしくないと感じてしまう。その理由が分からなかった。

結局、それほどは彼を理解していなかったということなのだろうか。本当の勝など知りもせず、ただ単に買いかぶっていただけなのだろうか。なぜか、そんな感じがしてならないのだ。

青空が見えていたのはわずかな時間だった。ごうごうという不気味な音は次第に大きくなり、午後一時を過ぎた頃、再び急に風雨が強くなった。萄子は一人で台所に戻り、トランジスタラジオのスイッチを入れて、放送に聞き入っていた。勝は戻らない。二度と、来てはくれないのかも知れない。いや、彼にそのつもりがあったとしても、共に暮らしてきた女性が、それを許さない可能性だって考えられた。

「済まない。遅くなった」

ところが二時近くなって、再び暴風雨が吹き荒れる中を、勝はずぶ濡れになって戻ってきた。両手で抱え込むように食料と飲み物など、さらに数枚の毛布まで持って、彼は息を切らして台所の戸口に立っていた。萄子は不思議な感動と苛立ちの両方を覚えながら、膝を抱えた姿勢のままで、彼を見上げた。

「――戻ってこないのかと思った」

つい、正直な感想を口にした。勝は一瞬、驚いた表情になり、それからいかにも自嘲的に口元を歪めた。

「無理もないよな」

ため息混じりに呟いてから、少しでも居心地の良い空間を作ろうと、せっせと床に毛布を敷く彼を、萄子は悲しい気持ちで眺めていた。

――彼は、いつも一生懸命だわ。

それは、彼女の中の勝そのものだ。彼はいつもひたむきで、情熱的で、正義感と責任感が強かった。刑事という仕事を愛し、誇りを持っていた――。

「少し、眠らないか。昨日から一睡もしてない」

最後に彼は、一枚残った毛布をこちらに差し出した。萄子は素直にそれを受け取り、目をつぶった。流し台に寄りかかったままの不自然な姿勢だし、外ではまた嵐が吹き荒れ始めているというのに、やはり疲れている。こうして目をつぶっているだけで、重苦しく、安らぎとはほど遠い眠りが押し寄せてこようとする。

――何か、変よ。どこか、おかしい。

うとうととしながらも、萄子は考え続けていた。時折、目を開けると、勝も腕組みをしたままの姿勢で目をつぶっている。疲れた顔。眉根を寄せたまま、口をきつく引き結んで、彼はまだ何かを背負っているのではないだろうかと思った。ふと、淳に相談してみたいと思った。彼の意見を聞いてみたい。今の状況も、昨夜からのことも、何もかも話してみたい。

――この人だって、とっくに私を裏切っていたんだから。

外で激しい音がする度に驚いて目覚め、それでもまた眠りに戻り、ようやくはっきりと目覚めたときには、もう夕方になっていた。昨日の恐ろしさに比べれば、外の音は大分、弱まったと思う。それでもやはり、暴風雨は続いていた。勝も目覚めているのだろう、小さな音でラジオが聞こえてくる。もう少しまどろんでいたい誘惑と闘いながら、萄子はそっと背筋を伸ばした。身体の節々が痛む。勝を探して夜汽車に飛び乗り、筑豊へ向かったときのことを思い出した。

「台風、もう行ったって?」

小声で尋ねると、勝はちらりとこちらを見て「いや」と答えた。

「少しずつ遠ざかってはいるけど、何しろ動きが遅いから、今夜一杯は駄目だろうって。飯、食おうか。暗くなると、また不自由だ」

言うが早いか、勝は立ち上がって流し台に向かう。家人に断ってきたのか、棚の方々を覗き込み、彼はインスタントラーメンを作り始めた。

「私がするわ」

「いいよ。これくらい」

彼はさらに、布袋から新しいナビパンビンや缶詰なども取り出す。それらを床に広げて、二人は向き合って食事をとった。勢い良くラーメンをすすり、黙々と箸を動かす勝を見ているうち、やはり割り切れない思いが広がっていく。

「——彼女の方は、大丈夫だった?」

「親戚と一緒だし、近所の人たちも集まってる場所だから」

「あなたのこと、心配してるんじゃない？」

「ちゃんと、言ってあるから」

「何て？」

少し待ったが、答えは返ってこない。

「あの人のこと、好きなの？」

箸を置き、萄子は改めて勝を見た。だが、それでも彼は何も言わない。萄子への気遣いか、それとも、好きではないのか、顔を見ているだけでは分からない。

「愛してるの？」

もう一度、畳みかけるように言ってみた。勝はちらりとこちらを見て、手の甲で額に滲（にじ）んだ汗を拭（ぬぐ）った。

「あいつには――世話になった。口では言い表せないくらいに」

そう、と答えるより他なかった。責任感の強い彼は、ここでもまた、重荷を増やしたということなのだろう。どう世話になったのかは知らないが、勝はもう、彼女を振り捨てることは出来ないのに違いない。つまり、彼のそういう部分は変わっていないということだ。長い沈黙が続いた。することもなく、見るべきものもない空間で、萄子が「ねえ」と口を開いたのは、またもや外が暗くなり始めた頃だった。

「どうしても、分からないことがあるの」

蠟燭(ろうそく)に火を点(とも)していた勝が、こちらを向いた。

「あなたが嘘(うそ)をついているとは思わない。でも、分からない」

「――何が」

蠟燭の頼りない炎が、逆に室内を暗く、湿っぽく感じさせる。萄子は自分の中で懸命に言葉を探し、出来るだけ落ち着いて、静かに話すように心がけた。

「私なりに――あなたっていう人を理解してるつもりだったし、事件のことも、よく分かったつもり。もちろん、あなたが受けた傷の深さや、本当の気持ちは、完全に分かってるわけじゃないと思うけど。でも――」

勝は黙って蠟燭を見つめている。その瞳(ひとみ)に、小さな炎が映っていた。

「でも、私の知ってるあなたなら、刑事を辞めなかったはずじゃないかって、そう思えて仕方がないの。あなたは、きちんと身の潔白を主張して、警察官として動くべきだったんじゃないかって。その方が、伸二っていう子のことだって、もっと楽に探せたはずじゃない？　たとえ、のぶ子さんのことで傷ついていたとしても、韮山さんに責められたり、恨まれたとしても、そして、私と――結婚出来なかったとしても。あなたは、そんなことから逃げる人じゃなかったんじゃないかって」

言いながら、もしもあの時、目の前に勝が現れて、破談にして欲しいと言われていたら、萄子はどうなっていただろうかと考えていた。何故（なぜ）、と聞いただろう。冗談ではない、承知出来ないと泣きわめいたに違いない。言葉の限りを尽くして勝を責め、家族中を巻き込んでの大騒ぎになったと思う。だが、それでもこんな状態になるよりはましだった。宙ぶらりんな気持ちのまま、どこに行ったかも分からない婚約者を探して、日本中をさまよう必要などなかったに違いないのだ。

「あなたにしては、無責任な気がして。あなたの、一番嫌いそうな方法をとったような気がするのよ」

勝は、小さく「ああ」と答えた。そしてため息。昨日から、一体何回、彼のため息を聞いただろう。

「どうしようもない男なんだ、俺は」

「そんなはずないわ、自分で自分をそんな風に言うなんて、勝さんらしくない」

「だから、俺は変わったんだって」

「変わってないじゃないっ！　昨日から見てるけど、あなた、ちっとも変わってなんかいないっ。それなのに、どうしてあの時だけ、人生で一番大切な時だけ、あんなことになったの？　ねえ、他にまだ何か、あるんじゃないの？」

一息に言ってしまった。勝は、あぐらをかいていた姿勢から、膝を抱きかかえる姿勢になり、上目遣いにちらりとこちらを見て、また横を向く。切れ長の目元が一点を見据えている。引き結ばれた口元は、何度か動きかけ、自らを押しとどめるように、また止まる。

「私、どうしても分からないのよ」

その顔を見つめて、萄子は囁くように呟いた。納得出来ないのよ」

「確かに、分からないだろうな」

ようやく諦めたように彼が口を開いたのは、それからさらに数十分が経過してからだった。このまま、もう何も語ってはくれないのかと、萄子が諦めかけていたときだった。

「――君の言う通り、まだ言ってないことがある」

勝の声はかすれていた。疲れた身体と長い緊張が、萄子から集中力を奪おうとしている。それでも萄子は、彼を見つめていた。膝を抱える勝の手に力がこもっているのが分かる。握りしめた手が筋張り、手の甲の血管がさらに浮き上がって見えた。

「聞かせて。何があったの」

　萄子は、自分の口調が厳しく聞こえないように、細心の注意を払いながら話しかけた。勝は何度となく深呼吸を繰り返し、途中、何度か口を開きかけては、また唇を引き結んだ。

「あの晩は――俺が経験した夜の中で一番長くて、こんな台風なんかより、もっとずっと長くて――そして短かった」

　ずい分、時間が流れた。やがて、ようやく絞り出すような声で、勝はゆっくりと口を開いた。

「倉庫に連れていかれて、さんざん殴られて、俺は生まれて初めて気を失った。気がついたときには縛られていて、その上――」

「――その上？」

「何ていうか、妙な感じになってたんだ」

「妙な感じ？」

　勝は絶望的な表情でこちらを見、呻くように「ああ」と頷いた。

「あんな感じ――気分は初めてだった。自分に何が起こったのか、最初はまるで分からなかった。目の前に、にやにや笑ってる寺瀬たちの顔があった。その時は、のぶちゃんもまだ生きていて、猿ぐつわをかまされてた」

事件の現場の様子は、萄子には分からなかった。だが、がらんとした倉庫の様子がぼんやりと思い浮かんだ。

「怖く、ないんだよな。そんな状況だっていうのに、まるで恐怖心が湧いてこなくてさ。それどころか、下手をすれば笑い出しそうな気分だった。手足が冷たくて、そのくせ、さんざん殴られた上に縛られてることも忘れるくらいに身体が軽かった——理由は、すぐに分かった。奴らは俺に——」

そこで、勝は大きく息を吸い込んだ。吐き出す息が震えている。萄子は、彼の話の半分も理解出来ていない気分で、ひたすら息をひそめていた。

「奴らは俺に、シャブを打ったんだ」

「シャブ?」

「昔、ヒロポンて流行ったろう。覚醒剤」

「覚醒剤を?」

胸を衝かれたような衝撃を受けて、萄子は信じられない思いで勝を見つめた。彼は表情を変えることもなく、ただ苦しげに宙を見ていた。

寺瀬という男は、勝が気絶している間に、シャブといわれる覚醒剤を注射していたのだという。覚醒剤は気分を高揚させ、興奮作用があり、そして、不安定にさせる。

そんな状態にさせられて、なおかつ縛られているから、勝は余計にもがき、暴れた。自分でも驚くほど、恐怖も疲れも感じないままに、彼らに抵抗しようとした。

「奴らは待ってたんだ。そのシャブが切れるのを」

数時間後、急に全身がだるくなり、疲労感が押し寄せてきた。それを待ちわびていた涙がこみ上げてきた。萄子は言葉を失ったまま、ただ勝の話に聞き入っていた。

たように、寺瀬は手下のチンピラたちに、のぶ子を襲わせたのだという。薬が切れたせいで、声を出すのも辛い、絶望感に打ちひしがれた状態で、勝はのぶ子が暴行される様を見ていなければならなかったのだという。そして、のぶ子が自分は勝の婚約者などではないと叫んだ頃、寺瀬はさらに勝に二本目のシャブを打った。瞬く間に気持ちが楽になり、今すぐにでものぶ子を助けられるとさえ思った。目の前の現実が認識出来ていないわけではない。だが、どうということはない。笑い飛ばせば何とかなると感じたという。

「俺は、奴らをさんざん罵って、笑いながら殴られてたと思うよ。伸二が寺瀬を刺したときでさえ、俺は確か、げらげら笑って、あいつを褒めたように思う。よおし、よくやったって。そして、また痛めつけられて気絶した。気がついたときには、また気分は最悪で、おまけに――のぶちゃんは、もう動かなくなってた。這っていって触ったら、もう冷たくなりかけてたよ。そして、連中は、いつの間にか消えてた。縄はもう外されてて、その上、置き土産に、注射器と何回分かのシャブが、目の前にあった――」

口元を手で押さえ、萄子は必死で嗚咽をこらえていた。改めて、寺瀬という男を憎いと思った。心の底から憎かった。人の人生を弄んで、薬まで使って、勝を破滅に追いやって――何という男なのだろう。そんな人間が、この世の中にいるのだろうか。殺せるものなら、殺してやりたい。誰かに対して本気でそんな風に思うのは、生まれて初めてのことだった。

「人間なんて、弱いものだ」

薬が効いている間の高揚感が忘れられなかった。それに、目の前の現実を受け容れるには、多少の気つけが必要だとも自分に言い訳をした。いや、目の前に見えている光景こそが、薬の作り出した幻覚なのだと思いこみたかった。もう、何が現実か分からなくなりかけていた。とにかく、その時の疲労感とだるさ、そして、最悪な気分から抜け出したい一心で、結局、勝は自らの手でシャブを打ってしまった。それが、どんなに危険なことか承知していながら、そうせずにはいられなくなっていた。途端に気持ちが軽くなった。魔法のように、のぶ子が生き返るのではないかとさえ本気で思うくらいだった。だが、のぶ子は動かない。それでも勝は、死んでしまっているのぶ子にでさえ、平気で話しかけられるくらいになっていた。「任せておけ、きっとあいつらを捕まえるからな」と。だが、この現実をすべて認識できるまでは、すぐに警察に連絡する勇気も出ずに、街をさまよっている間に、また薬が切れた。薬が切れたら、冷静に戻って警察に連絡するつもりでいたのに、途端に不安に襲われ、いてもたってもいられなくなった。喫茶店に飛び込み、手洗いに入って、すぐにまたシャブを打った。頭では、十分すぎるほど承知していた。このままでは破滅に向かってしまうと。だが、自分を襲った現実から少しでも遠ざかりたい一心で、勝は、さらに泥沼にはまっていった。

「気がつけば、もう、立派なシャブ中さ。あっという間だ。そんな人間が、まともにデカを続けられると思うか？　何事もなかったような顔をして、君の前に戻れると思うか？　そりゃあ、仕事のことや君のことや、ニラさんたちのことを考えたら、すぐにでもシャブを捨てて、治療を受けるべきだった。本当に、頭では十分すぎるほど分かってたんだ。寺瀬の思うつぼだったことも悔しくてならなかった。全部分かっていながら、俺は――」

言葉を詰まらせて、勝は自分の膝に額を打ちつけた。何度も、何度も打ちつけた。

髪を掻きむしる彼に、萄子は何を言ってやることも出来ないままだった。外では相変わらず風が鳴っている。いつの間にか、辺りは闇に包まれていた。

やがて、勝が嗚咽を洩らし始めた。うずくまり、頭を抱え込んだまま、勝は泣いていた。外の嵐と呼応するように、彼の泣き声は長く続き、その姿は、驚くほどちっぽけに見えた。蠟燭の炎が、絶えずちらちらと揺れる狭い空間に、勝の泣き声だけが、いつまでも続いた。

エピローグ

1

あの、長かった嵐のことは金輪際、思い出したくないと思っていた。だが、一度蘇った思い出は、とどめようもなく萄子の中から溢れ出し、あの時の蠟燭の匂いや、揺れていた炎までを鮮明に浮かび上がらせた。

台風が完全に去ったのは、さらに翌日の九月六日になってからのことだ。勝と過ごした最後の夜、ほんのわずかずつでも風がおさまるのを感じながら、萄子は疲労と泣きすぎたせいで、ぼんやりと重たい瞼のまま、蠟燭の炎を眺めて過ごした記憶がある。呆けたような表情の勝と寄り添い、かといって、二度と触れ合うこともせずに、二人は黙って夜明けを待った。

事件の直後、勝は、覚醒剤にさいなまれながらも、とにかく伸二に連絡をとろうとした。だが、案の定、彼は行方をくらましている様子だった。勝は焦った。仲二の身も心配だったし、何よりも、彼がいなければ、のぶ子を殺害した犯人も、寺瀬のことも、挙げることが出来ないと考えたからだ。のぶ子の傍で呆然としているよりも、とにかく彼女の仇を討つためにも、まず仲二を見つけなければならないと、勝は考えたという。そして仲二の仲間の一人を問いつめて、彼が川崎のドヤ街に潜り込んだらしいことを突き止めた。自分も川崎へ行き、何とかして仲二の身柄を確保したかったのに、一足違いで逃げられたのだという。その時、彼が熱海へ向かったらしいと聞いたので、勝も熱海へ向かった。『晴山荘』で柏木に姿を見られてしまってからは、萄子が摑んだ通りに芸者の小糸の紹介で焼津へ行った。仲二は既に見失っていたという。その後は名古屋、下呂温泉、京都と、各地を転々とした。時には山奥のダム工事現場に潜り込んだこともあるという。仲二のことは気にかかりながらも、勝は流されるまま、何よりも、どこまで行ってもシャブと手を切ることが出来ずにいた。

そろそろ夜も明けようという頃になって、勝は口を開いた。

「大阪で、あいつと知り合ったとき、俺はもう最悪の状態だった。いつ死んでもいいと思いながら、死にきれないような状態だったんだ。あいつは、俺がシャブを打ってることにすぐ気づいたよ。そして、言ったんだ。『その気になりさえすれば、きっとやり直しがきくから』って。あいつ自身が、自分にそう言い聞かせて、あの街で生きてきたんだろう」

何もかも失って、完全な覚醒剤中毒になり、半分は死に場所を求めるようにして日本中をさまよっていた勝にとって、惨めな生い立ちを背負い、楽しい思い出さえ持たない女は、哀れでもあり、また心安らぐ存在になったらしい。

彼女の両親は宮古島から筑豊に移り住み、それでも貧しさから逃れられなくて、彼女を働きに出すより仕方がなくなった。家の抱える借金や、育ち盛りの弟妹のために、結局は身体を売る身の上になってしまった女は、それ以来、勝の支えになり続けてきたという。

当時、釜ケ崎に潜り込んでいた勝は、束の間でも孤独を紛らし、生命や、温もりを感じたい一心で、飛田で働く彼女の店へ通うようになった。勝は自分のことは名前すら偽ったままで、ほとんど語ることはなかったが、それでも彼女は、自分から細かいことを聞こうともしなかった。

「身体を治すには、空気のいいところに住んで、よく身体を動かすことよ」

彼女は勝の覚醒剤中毒のことだけ心配し続けた。そしてある日、こんな都会にいては、誘惑が多すぎる、いっそ筑豊へ行かないかと言い出したのだそうだ。客をとる店の女が、まさか本気で自分のことをそこまで考えていると思っていなかった勝は面食らった。だが、どこかで薬と手を切りたい気持ちに嘘はなかったし、人目につきやすい都会の工事現場などより、筑豊の炭鉱で働く方が安全な気もした。事件後、新聞だけは欠かさず目を通してきたが、あの後、寺瀬が逮捕されたという記事は見ていない。つまり、もしかすると未だに自分は追われているかも知れない、のぶ子殺しの犯人として、警察は地の果てまでも自分を追ってくるつもりだと、勝は信じていた。寺瀬に復讐するにしても、警察へ出向いて真実を語るにしても、覚醒剤中毒のままでは、発言さえ信じてもらえないかも知れない。これ以上、みっともない姿は見せられない。

勝は、筑豊へ行く決意をした。

「そういえば——どうして電話してきたの」

萄子は、勝の横顔を覗き込んだ。勝は力なくこちらを見、小さくため息をついた。

「伝言板に書くくらいなら、どうして一目でも、会ってくれようとしなかったの」

「——見てたさ。君を、見てた」

やはり、そうだったのか。田川の町を歩きながら、時折、背中に感じていた視線は、やはり勝だったのか。今さらと思いながらも、悔しさがこみ上げてくる。あの時の疲労感、絶望感がまざまざと蘇ってきた。

「私が、どんな思いで――」

「悪かったよ。申し訳ないと、思ってる――だけど、俺だって――何も好きで君を捨てたわけじゃない。俺だって、君と生きていくつもりで、君を妻と呼んで、君と一生、離れないつもりだった――あの日な、後藤寺の駅の傍で、君と似てる人を見かけたんだ。よく見たら、全然、別人だったけど、後ろ姿が特にそっくりだった。俺としては、男らしく諦めたつもりでいた。だけど、その人を見かけた途端――いてもたってもいられなくなった」

勝は目を伏せたまま、「自分でも、慌てたよ」と呟いた。

「君の必死な声を聞いて、時間まで逆流しそうな気がしたくらいだ。待ってるのよ、探してるのよって言われて、もう、どうしようもなくなった。だから、言うつもりなんかなかったのに、つい、田川なんて口にした」

嬉しいはずの言葉だった。勝は自分を忘れていたわけではない、後ろ姿が似ている人を見かけただけで、たまらずに電話を寄越す人だったのだ。だが、結果として、萄子はまたもや捨てられた。勝は単に萄子を翻弄したにすぎないのだ。それは勝も十分に承知しているようだった。彼は、最後に一目でも萄子を見て、それで完全に諦めるつもりだったと言った。過去は取り戻しようがない。同時に、新たな現実が、勝を縛り始めてもいた。ひたすら勝のことを思い、覚醒剤に手を出さないように、可能な限り傍にい続けようとしている女だ。

「損得勘定じゃないことは確かなんだ。俺なんかと一緒にいたって、あいつが得することも、嬉しいことも、何一つないはずなのに、何だか一生懸命でさ。あいつがいなかったら、俺はとっくに、どこかで野垂れ死にしてたと思う」

そんな彼女が、宮古島へ帰ろうと言い出したのも、勝を覚醒剤から遠ざけ、出来るだけ健康的な生活へ戻らせたい一心からだったのだと聞いたとき、萄子ははっきりと自分の敗北を認めないわけにいかなかった。

「今は、幸せなのね」

萄子の言葉に、勝は静かな表情で頷（うなず）いた。それから、初めて素直な眼差しをこちらに向けた。

「君には、何と言って謝ったらいいか分からない。本当に、済まなかった」

居ずまいをただし、狭い台所の床で、勝は手をついて頭を下げた。萄子は、その背中を、やはり悲しい思いで見つめていた。大好きだった背中は、あまりにもたくさんのものを背負いすぎていた。

「私にしてくれた話を、警察にするつもりはない？」

空が白んできた頃、萄子は改めて尋ねた。朝になれば嵐も去るだろう。それが二人の別れだ。今度こそ本物の別れになる。そして恐らく、今後もう二度と、彼に会うことはないだろう。だからこそ、必要なことは言っておかなければならなかった。

「あなたは、ちっとも変わってない。自信を持っていいと思うの。だから、あなたらしく、けじめをつけなきゃいけないと思うわ」

勝の瞳がわずかに不安げに見えた。都会に出てしまったら、また覚醒剤に手を出しかねない不安があるのだと彼は苦しげに言った。

「でも、これが最後のチャンスかも知れないのよ」

本当は自分がつき添ってやりたい気持ちがある。だが、それをするべきではないとも思った。寄り添うべきなのは、萄子ではない。

「彼女を幸せにしてあげて。そのためにも、きちんとするべき時でしょう」

勝は、しばらく逡巡する様子を見せていたが、やがて意を決したように頷いた。ただ、正当な手続きを踏んで沖縄まで来たわけではなく、旅券も持っていないことから、多少の時間がかかる可能性があるという。萄子は自分なりに懸命に考え、取りあえず、自分が宮古島から出られたら、沖縄本島からでも、出来るだけ早急に韮山に連絡をつけると請け合った。

「ニラさんじゃない方がいいかも知れない。最初から捜査本部に連絡を入れてくれないか」

勝は静かな口調で言った。韮山は、今は警察を辞めている。それに、萄子がどういう説明をするかにもよるだろうが、自分の娘にも問題があったことは既に承知しているのだし、その上、勝がたどった道を知ったら、彼は、またもや自分の手で寺瀬に制裁を下したいと考えるかも知れないというのだ。

「どのみち、時間がないんだろう？　ニラさんから警察に連絡が入ることを考えれば、二度手間だ」

「でも――」

「いや、それでいい。ニラさんには、その後で俺から連絡を入れるよ。いいかい。君に、頼めるかな」

萄子が請け合って初めて、勝はほっとした表情になった。そして、この台風で家を失ったからには、住所を書き記しても役には立たないかも知れないが、取りあえずと言って萄子の差し出した手帳に住所を書いた。見覚えのある、角張った文字を眺めて、萄子はまた切なくなった。この文字だけは、いつまでも手許に残るのだと思うと、やり切れなかった。

〈――続いて、大型で猛烈に強い台風十八号コラは午前六時現在、宮古島の北西およそ百八十キロの海上にあって、徐々に勢力を弱めながら、ゆっくりと北西に進んでいます。宮古島、石垣島共に風雨は弱まりつつありますが、まだ十五メートル以上の風が吹いています。今後、台風は徐々に勢力を弱めながら先島近海から遠ざかり、明日午前九時には華南東岸に接近する見込みです。

なお、琉球政府気象庁によれば、今回の台風は特に宮古島に接近した折にもっとも勢力を強め、宮古島での最大瞬間風速は五日午前六時三十一分の八十五・三メートル、平均最大風速は六十・八メートルが記録されており、この記録は琉球においては従来にないもので、さらに、日本の平地における記録としても、第二室戸台風の室戸岬における平均最大風速、六十六・七メートルにつぐ第二位となっています。

今回の台風の影響で、宮古島は今現在も電信電話とも不通の状態が続いており、詳しい被害状況等は入ってきておりません――〉

ようやく雨もやんで、菊子たちが外に出られたのは、午前七時半過ぎのことだった。

「――ひどい」

前日の昼間に、一度、外へ出たときよりもさらに、周囲の状況はひどいものになっていた。残っている家屋はほとんどない。不気味なほどの静けさと、穏やかなそよ風が、雨に濡れ、無惨に崩れ去った家々を包んでいた。

「とにかく、宿まで戻れるように手配する。それまで、もう少し辛抱してくれ」

勝も腰に手を当て、途方に暮れたように辺りを見回している。こんな時にわがままの言えるはずがないことは、萄子だって十分に承知している。だが、連絡もしないまま宿にも戻っていないし、もしもこの台風のことを、東京の両親や淳たちが知ったら、どれほど気を揉んでいることかと思うと、やはり落ち着いてはいられなかった。

急に蒸し暑さが戻ってきた。避難していたらしい人々が、ぽつりぽつりと姿を現したものの、やはり、どこから手をつければ良いか分からない様子で、ただ呆然と佇んでいる。

土の匂いと草の匂い、それに湿った木や藁の匂いが、陽に照らされて立ち上ってくる。おかっぱ頭の女の子が、木材の山の間から泣きながら学校の教科書を拾い上げていた。

「私も、なんかお手伝いしなきゃ」

つい呟くと、隣にいた勝は「いや」と首を振った。

「もしも助けてくれるつもりがあるんだったら、一日も早く東京に戻って、この被害の状況を伝えてもらう方がいい。この島だけで、自力で立ち直ろうとしたら、この状況じゃいつまでかかるか分からないんじゃないかな。何もかも、本当になくなったんだから」

痛ましい表情で辺りを見回している勝を見上げているだけで、萄子は、彼はまた、この状況を背負い込むのだろうという気がしていた。そして、島が元通りの状態に戻るまで、また身を粉にして働くに違いない。彼は、そういう人に違いなかった。

その日の昼過ぎ、萄子は勝に送られて、やっとの思いで宿まで戻った記憶がある。使ったのは馬だった。何しろ、車は多くが風に飛ばされてひっくり返っていたし、平坦な地形であることから土砂崩れなどは起こっていなかったものの、崩れた家や木などが道をふさいでいて、とても車の通れる状況ではなかった。強烈な陽射しに照らされて、島は全体が死に絶えたかのように見えた。残っているのはごくわずかな家と、学校や公民館などの鉄筋の建物だけで、風にそよいで伸びていたサトウキビも、何もかもが押しつぶされ、赤茶色に変色していた。

——今度こそ、お別れ。

馬の背に揺られ、障害物を乗り越えて進む勝の背中を見つめながら、萄子はそればかり思っていた。

緑という緑を失い、すっかり赤茶色に変色してしまった宮古島を後にしたのは翌九月七日の午前だった。前日、萄子を宿まで送り届けると、そのまま慌ただしく戻っていった勝が、飛行機の切符が取れたからと、朝早く宿にやってきた。

「もう？」

萄子は複雑な思いで、急いで支度をしろと言う勝を見た。敵前逃亡という気がする。何もかも失った人たちを置き去りにして、自分一人が安全な場所へ逃げる後ろめたさがあった。だが勝は、「早く」と促した。

「それに、ここだって近所の人たちを収容してる。客の相手をしてる余裕なんか、ないんじゃないか？」

それは、確かに勝の言う通りだった。平良の中心でも、屋根が吹き飛び、骨組みだけになり、ぺしゃんこにつぶれている家は数え切れない。鉄筋だったお陰で無傷で済んだ旅館は、家を失った近所の人たちの、格好の避難場所になっていた。そんな中にいて、たとえ客としてでも一人で一部屋を使うことは確かに迷惑な話だ。萄子は素直に荷造りをした。

「ゆうべは、よく眠れた？」

「泥のように眠ったわ。あなたは？」

「ああ、よく寝た。手足を伸ばしてね」

互いに言葉を交わしながら、それが嘘だと分かっている。勝の目は真っ赤に充血し、頬の肉はさらに削げていたし、萄子だって、沖縄の陽射しに目眩を起こすほど疲労がたまっている。

小さな空港は、予想外の人でごった返していた。誰もが言葉も少なく、疲れた顔をしている。それらの人に混ざって、萄子は自分が乗る便を待つことになった。

――今度こそ、お別れ。

昨日から、何度となく繰り返し呟いてきた言葉が、喉元まで出かかる。勝は、泥だらけの作業着のままで、気ぜわしげに時計を気にしていた。少しでも早く戻って、復旧作業を続けなければならないのだろう。明日以降、彼がどういう日程で動くことになるか分からないことを考えれば、可能な限り、片づけておきたいと考えるのが当然だった。

「――もう、いいわ」

ついに、萄子から口を開いた。

「ここから先は一人で大丈夫だから。早く戻って」

勝は小さく首を振って見せる。だが、萄子は、もっとはっきりと首を振った。

「本当に。もう、いいから。ここで、お別れしましょう――今度こそ」

　胸がつかえていた。人々のざわめきが遠く感じられる。

「私——那覇に着いたら、すぐに東京と連絡を取ります。こんな状態で大変だと思うけど、あなたが出来るだけ早く、来られるようにお願いします。でも——」

　呼吸がうまく出来ない。喉元で声がつまった。萄子は目をつぶり、ゆっくりと深呼吸をした。

「私に、連絡していただく必要は、もうないから」

　目の前の勝が滲んでぼやける。萄子は涙を拭わずに、唇を噛んで彼を見つめた。

「いつか——これでよかったんだって思えるように、なるかしら」

　顔が強張り、眉が引きつった。ぼやけたままの勝が、わずかに俯いた。

「——そう、しなきゃいけない。少なくとも君は。君には、もう泣いて欲しくはない」

　それ以上、向き合っているのさえ辛かった。萄子は顔を背け、初めて指先で涙を拭いながら、懸命に呼吸を整えようとした。これが、最後の旅になる。彼を探し求めてさまようことも、すべてが終わるのだということが、初めて実感としてこみ上げてくる。搭乗案内のアナウンスが流れた。

「あなたもよ。あなたも」

最後に、それだけ言うと、萄子はきびすを返した。そのまま歩き出そうとしたところで、強い力が二の腕を引いた。

「萄子！」

大好きだった声が、名前を呼ぶ。どうして振り向かずにいられるだろうと思うくらい、どうして、もっとずっと名前を呼び続けていてくれなかったのかと思うくらい、当たり前のように萄子の名を呼んだ。

「——幸せになれ」

勝は、低い声で、ゆっくりと言った。そして、萄子から手を離した。

それが、最後だった。満席の乗客を詰め込んで、飛行機は午前十時過ぎに、瀕死(ひんし)の島を後にした。上空から眺める宮古島は、来たときとはまるで様相を異にしていた。この島が、緑を取り戻すのはいつのことだろう。普段通りの生活は、いつになったら戻るのだろうと考えながら、やがて眼下は、嵐(あらし)など経験もしなかったような青い海だけになった。

——さようなら。ごきげんよう。

恐らく、もう二度と、萄子はこの島を訪れることはないだろう。その代わりに、生涯忘れることもないと思う。あの、かつて経験したことのない嵐と共に、ずっと記憶し続けることは間違いがない。

こらえてもこらえても、涙が溢れてならなかった。勝の人生。勝の将来。勝という人そのものが、これで本当に、自分とは無縁になったのだ。どう足掻いても、時は戻らない。たとえ、お互いにそのつもりがあったとしても、決して共には歩めない——その思いが、次から次へと涙を呼ぶのだ。別れが悲しいというわけではないという気がする。ただ、人生にはどうしようもないことがあるという、その思いが辛かった。

宮古島の被害状況が分かったのは、沖縄本島まで戻った後のことだった。その日の夕刊によれば、住宅の全壊四千五百、半壊は七千。家畜の被害も多く、農作物はサトウキビが六十五パーセント、他のものは全滅だという。だが、死者は一人も出ていなかった。

2

娘の真希は、翌週、真っ黒に陽焼けして笑顔で戻ってきた。旅に出る前の、思い詰めてやつれた様子は跡形もなく消え去り、まるで学生時代に戻ったかのような溌剌とした表情で、彼女は山のような土産物を広げ始めた。

「色んな島があってねえ、それぞれ表情が全然違うのよ。不思議ねえ、何でかしら」

土曜日ということもあって、その日は淳（あつし）も家にいた。日頃から言葉の少ない夫は、居間のテーブル一杯に広げられた土産物を、黙って一つ一つ手に取り、眺めている。

「何だか、向こうに住みたくなっちゃった。そういう人も結構、いるのよね。海が好きだからとか、ダイビングをしたいからとか、理由は色々なんだろうけど、ああ、そういう生き方もあるよなあって。ほら、もともと東京に家があると、まあ転勤なんかは別として、自分から他の土地に住もうなんて思わないものじゃない？　でも、あくせくしてなくて、自然が豊かで、ああいうところ、いいよねえ」

萄子は複雑な思いで娘の話を聞き、また、ただ頷（うなず）いている夫の様子を窺（うかが）っていた。淳だって、思い出していないはずがないのだ。久しぶりに東京まで戻ってきた日、淳は真っ先に家までやってきて、初めて萄子を怒鳴りつけた。

「もう、わがまま勝手は許さないからなっ。二度と一人で旅行なんかさせないぞ！」

台風が宮古島を襲ったという報道がなされて、通信網は途絶え、何の情報も入らなくなってからというもの、彼がどれほど萄子の身を案じてくれていたか、その時の顔を見て、萄子は嫌というほど思い知った。そして、待っていてくれる人がいたからこそ、自分は無茶な旅が出来たのだということを知った。

「しないわ。もう、終わったから」

その場には、おろおろとしている母も、彰文（あきふみ）もいたと思う。萄子は淳に向かって、また家族に向かっても、旅は終わったと宣言した。詳しい話はしたくなかった。とにかく疲れていたし、あまりにも生々しい話になりそうな気がして、嵐のことも勝から聞いた真実についても、結局は口を噤（つぐ）んでしまった。

淳に対してだけ、少しずつ語るようになったのは、韮山を通じて勝が姿を現したことを聞き、新聞やテレビで寺瀬恭三（きょうぞう）という男が逮捕されたことを知った後のことだった。そして翌昭和四十二年、萄子は正式に淳と婚約し、三カ月後に挙式した。

「――でねえ、何しろ宮古島にはハブがいないっていうの。それって、いいと思わない？　やっぱりハブがいたら怖いもん。ああ、本気で住みたくなっちゃった。どうせ一人で身軽なんだし」

「行きたけりゃ、どこへ行ったって構わないが、あっちは台風がすごいんだぞ」

ふいに淳が言った。真希は「それくらい平気よ」と朗らかな声で笑った。

その夜、夫婦二人になったところで、淳が急に「どうしてるかな」と呟（つぶや）いた。萄子は黙って夫を見た。

「何ていったかな、あの刑事さ。平べったい顔の」

「――韮山さん？　どうなさってるのかしら。確か、タクシーをお辞めになってからは、例の養女にした女の子がいたでしょう。その子のために家を美容院に建て替えて、どうとかって聞いたような気がするけど」

淳が初めて韮山に会った頃には、韮山は完全なタクシー運転手になっていた。萄子との婚約が整った後で、彼がのぶ子に線香を上げたいと言い出し、二人で韮山家を訪ねたことがある。すべての嵐が過ぎ去った後の、不思議なくらいに穏やかな日々を送るようになって、韮山は少し老けこみ、また少し、表情が和らいでいた。それ以降も、萄子は時折、韮山の家を訪ねた。

「最近はもう、行ってないのか」

萄子は小さく微笑んだ。

「最後に伺ったのは、のぶ子さんの十三回忌の時だったでしょう？　第一、うちだって、それどころじゃなかったじゃない？　子どもたちだって小さかったし、倒産とか、彰文のこととかで」

「まあ、それはそうだ」

「もう、亡くなってるのかも知れないわね。十三回忌の時も、もうずい分、お年を召されたなあと思ったもの」

淳は静かに頷く。そして、萄子の淹れた茶をすすり、ふう、と長く息を吐き出した。

萄子と同様に、やはり時の流れを嚙みしめているのに違いなかった。

萄子が三十二歳の時、父が逝った。心筋梗塞で苦しむこともなく、呆気ない最期だった。その三年後、父の後を継いでいた兄が不渡りを出した。高度成長の波に乗り、多角経営に乗り出したのが災いして、いつの間にか経営が行き詰まっていたらしい。当時、既に三人の子の父親にもなっていた兄は金策に走り回っていたが、結局は駄目だった。その結果、萄子たちが育った土地家屋は手放すことになり、母はずい分泣いていた。あの頃、彰文はまだ学生で、何の頼りにもならなかった。

高校時代までちゃらんぽらんで遊び回っていた彰文は、何を考えたか急に医者になりたいと言い出し、二年浪人した後で、医学部に進んだ。兄が家の大半の財産を失った後も何とか卒業して、国家試験にも合格し、ようやく医師として独り立ちしてくれると思ったら、家族の誰にも相談せずにブラジルへ行ってしまった。その後十年近くは、滅多に連絡もなく、生きているのか死んでいるのかも分からない状態だったくらいだ。

「あんたたちは、本当に次から次へと」

晩年の母は、よくそう言って嘆いていたものだ。淳と結婚してからは、萄子自身は母にそう心配をかけることもなく、穏やかに暮らしてきたつもりだが、母にしてみれば三人の子どもの誰かが、常に問題を起こしているように感じたのだろう。

一時はサラリーマンとして生計を立てていた兄だが、その後、再び事業を興し、以前ほどではないにしろ、それなりに安定した経営状態を保っているらしい。ブラジルから戻った後、病院の勤務医になった彰文は、医者仲間と結婚して、今は二人で開業している。晩年の母は、彰文たちと暮らし、つい三年前に亡くなった。

「奥田さんがどうしてるかは、知ってるかい」

少し間を置いてから、淳がまた言った。

萄子は、胸の底に小さな疼きを覚えながら「さあ」としか答えられなかった。

「知らないの」

「当たり前よ。あの時以来、まるっきり」

勝が事件の真相を語ったことで寺瀬は逮捕され、その後の裁判で、事件の全容が明らかにされた。

寺瀬という男には、当初は鉄壁のアリバイがあると思われていたが、逮捕されたことによって、新しい証言者が現れた。それによれば、のぶ子が殺害された当日、寺瀬は女たちと熱海へ行っていたのは事実であるものの、日暮れ過ぎにタクシーを利用して東京に戻り、その夜のうちに、また熱海へとって返していたという。

また、伸二については自分を刺して逃走した時点から、全国の暴力団仲間や知人に、発見し次第、連絡をくれるようにと頼んであった。伸二が郡山に現れた理由については不明なままだったが、彼を直接、殺害したのは、かっての仲間でもあり、また、のぶ子を暴行、殺害した犯人でもある、荒井直樹と吉村一夫だと断定された。吉村一夫というチンピラが、たまたま飲み屋かどこかでのぶ子に声をかけ、知り合ったことから、すべては始まったということも分かった。

寺瀬は、さらにのぶ子の事件の三年前にも殺人を犯しており、また、覚醒剤（かくせいざい）によるショック死と見られていた愛人の死にも疑惑が浮上して、結局、すべてに有罪、死刑の判決を受けた。それらの情報を、萄子は新聞やテレビのニュースと、韮山から得ていた。

韮山は、寺瀬の逮捕後と、裁判が終わったとき、家にやってきた。

「虚（むな）しいもんです。たとえ死刑の判決が下りたとしてもね」

判決後には、韮山はそんなことを言っていた。

「何一つ、元通りに出来ないんですから。のぶ子が生き返るわけでもなけりゃ、奥田の人生がやり直せるわけでもない——もちろん、あんたの人生もね」

かつて、自分の手で必ず犯人を捕える、その手で復讐（ふくしゅう）すると宣言した男とも思えなかった。穏やかさというより、それは、生きる気力まで失（な）くした者の姿にも、見えなくはなかった。憎しみもエネルギーにはなる。だが憎しみは、その感情を抱いた本人を消耗させ、変化させ、最後には食い尽くそうとまでしてしまう。それを誰よりもよく知っているのは萄子だった。

「お疲れに、なりましたでしょう」

思わず言うと、韮山はその時、初めて、小さく笑みを浮かべた。そして、今は手のかかる娘を預かっているので、その娘が一人前になるまでは、まだ疲れてはいられないのだと言った。

「今度の事件がきっかけで、縁の出来た娘なんですわ。のぶ子の代わりとは思わんが、あいつにしてやれなかったことをね、せめて、その娘には、してやりたいと思っとるんです」

それに勝も、萄子も、心底ではないにしろ、自分を許してくれたことで、気持ちが楽になったとも言った。勝は、言ったのだそうだ。確かに自分は地獄を見た。大切にしたいもの、愛するもののすべてを失った。悔いることにも憎むことにも、そして逃げることにも疲れ果てた。生きる意味も、誇りも、何もかもなくなった。

「それでも、生きていれば、また何かが始まります」

台風によって壊滅的な打撃を受けた宮古島も、再び立ち上がろうとしている。生きてさえいれば、人間は何度でも、また新しい風に吹かれることが出来る。そしていつか、すべては遠くへ流れていくだろう。それを今は、眺めてみたいと思っている。思いもよらなかった風景の中に身を置きながら、よくぞここまで来たものだと、生きていて良かったと思いたい。

「だから、自分は生き続けます。今、大切にしなければならないもののために、過去のすべては、忘れようと思います」

それが、勝の精一杯の誠意であることを、韮山は理解していた。忘れることなど出来るはずもないのに、敢えて「忘れる」と言ってくれたことが何よりも有り難かったと、韮山は言っていた。その話を聞きながら、もう、終わったのだと、萄子は改めて感じていた。すべては自分の手を離れた。萄子も、すべてを忘れるべきだと思った。そして、記憶に封印をした。

「今でも、宮古島にいるのかも知れないわね」

こうして冷静に言葉に出せる方が不思議な気がする。本当は、忘れていることなど何一つとしてないことに、改めて驚いてもいる。それでも、すべては遠い過去の思い出だ。今頃、夫婦の間で話題にしたところで、どうなるものでもないはずだった。だが、淳は腕組みをしたまま、難しい顔で何かを考えている。

「なぁに？　今さら、三十年以上も前のことを自分から言っておいて、ご機嫌ななめになるの？」

菊子は、わずかに批判的な眼差しを向けた。

「いや——そうじゃないが。まいったな、真希のお陰で、余計なことを思い出した」

「本当にね。でも、今は若い人たちが遊びに行く島なんですもの。あの子が何を知るわけでもないし」

「奥田さんな——亡くなった」

つい、微笑みかけようとしていた顔が凍りついた。急に、何を言われたのか分からない。菊子は両手で湯飲み茶碗（ちゃわん）を包み込んだまま、夫を凝視した。

「もう、ずい分、前だ。昭和——五十何年だったか」

「——どうして？　病気か、事故？」

淳は、いかにも言いにくそうな顔になり、それから一つため息をついて首を振る。

「どうして——あなたが、そんなことを知ってるの。ねえ、何で亡くなったの？　どこで？」

「――東京」

「東京？　あの人、東京に戻ってきてたの？」

すぐに話そうとしない淳に苛立(いらだ)ちながら、萄子は身を乗り出した。宮古島にいるのだとばかり思っていた。まさか、同じ東京の空の下にいるなどと、考えたこともなかった。

「君が、入院してたことがあったろう」

確かに、そんなことがあった。子宮に腫瘍(しゅよう)が見つかり、発見されたときには癌(がん)ではないかと一時は大騒ぎになった。結果的には、悪性のものではなかったが、確かに萄子は二週間ほど入院したことがある。

「あの間だった。急に、会社に電話がかかってきた。病院からだって聞いて、君のことだとばっかり思って慌(あわ)てて出たら、違う病院だった。奥田さんが――刺されて、運び込まれたって。連絡をもらって知らん顔も出来ないから、行ったんだ。その時には、もう亡くなってた」

言葉がなかった。萄子は呆然(ぼうぜん)と、ただ夫を見つめていた。刺されたということは、また犯罪に巻き込まれたということか、まさか、寺瀬の関係者にやられたのだろうかと、一気に様々な思いが駆け巡った。淳は、黙っていて悪かったと前置きした上で、実は勝は、萄子の説得を受け入れて上京してきたとき、淳にも連絡をしてきたのだと言った。

「あの時も驚いたけど、でも、とにかく僕は会うことにした。沖縄での話を聞きたかったから。君は当時、まだ何も話してくれてなかったし、ただでさえ傷ついているらしい君から、無理に聞き出すことも出来なかったから。あの人は全部、話してくれたよ」

そして、淳は萄子と結婚するつもりであることを勝に告げたのだそうだ。彼は深々と頭を下げ、「よろしく」と言って去っていった。その時に淳が差し出した名刺を、彼は大切に持っていたらしい。大学を卒業して以来、ずっと今の会社に勤めている夫だからこそ、容易に連絡がついたということだ。

「あの後、何年かしてから上京して、こっちの警備会社で働いてたんだそうだ。奥さんと子どももいてね。それが、勤め帰りに喧嘩の仲裁か何かに入って、逆に刺されたっていう話だった。二十歳くらいの大学生に」

「喧嘩の仲裁——」

何という愚かしい話なのだろうかと思った。過去のつまずきから立ち直って、やっと新たな人生を歩み出したのだろうに、こともあろうに、そんなことで生命を落とすなんて。何というお人好し。何という正義感。

「定期入れに僕の名刺が入ってたんで、向こうの奥さんは最近の知り合いかと思ったらしいんだな。他に、取り立てて友だちづき合いもなかったそうで、慌てて連絡してきたらしい。最初は名乗られても、すぐには思い出せなかったくらいだ」

「――あの人らしい」

第一、もう二十年近くも前のことだという。今になって聞かされても、心の持っていきどころがなかった。ただ、ここでもやはり年月を感じるばかりだった。

――幸せになれ。

宮古島の空港で、着の身着のままの格好で最後に聞いた言葉が、今も耳の底に残っていた。だから、萄子は幸せになった。泣いて暮らすことでなく、そうすることが彼の望みだと理解出来たし、今度、幸福を摑まえたら、何があろうと守り抜こうと思ったからだ。無論、淳と暮らした年月だって、ずっと平和なばかりだったわけではない。さざ波は常に起こったし、ちょっとしたきっかけから、何もかも放り出してしまいたい気持ちになったこともないわけではない。だが、その都度、萄子の耳にはあの時の勝の声が響いた。だから、これまでやってこられた。

「驚いたろう」

「――驚いた。あなたの辛抱強さには、本当に」

萄子は、静かに微笑んだ。同じ微笑みを浮かべて、淳は相変わらず、茶をすすっていた。

追いかけて、追いかけて、未練でなく

おすぎ

私が、小説や随筆の巻末に載せる〝エッセイ〟（解説を依頼されることがありますが、解説というものは、ある種の分析であったりします。私はそんな難しい事は出来ないし、勝手なことを書きますので、〝エッセイ〟にしてくださいと、いつもお願いしています）を書くきっかけとなったのは、佐野洋子さんの本で、彼女とは友人なので気安く引き受け、その後、気心の知れている方達の作品には、幾つか書かせていただきました。

乃南アサさんの書くものはとても好きで、ファンと言っていいのですが、その憧れに近い人の著書を文庫にするので、何か書いて欲しいと頼まれた時（前々回の文庫作品『ダメージ』）は、何も乃南さんについて知らないし、どんな人なのかは著書に載っていた写真と経歴くらい。それで書く事が出来るのか大変不安でしたが、何とか仕上げることが出来ました。それも、ちょっぴり作為的な文章にしてみたりして、我なさんのご本がまた文庫になるので、是非おすぎさんに〝エッセイ〟を……」と、再び言われたのです。私は多忙を理由に断ろうとしたのですが、「何が文庫になるの？」と何気なく聞き返すと、「〝涙〟とかいうタイトル……」、終わりまで聞かないで、『涙』、もうそれだけで、何が何でも書こうと決めてしまいました。

　しかしスケジュールの都合で、落ち着いて書く事が出来るのは二〇〇三年の正月三が日のみ。それで大丈夫なら、と出版社の方に聞いてもらったところ、ギリギリＯＫです、とのこと。

　私はそのことが頭の隅から離れないまま、二〇〇二年の十二月二十六日、兄のピーコと一緒の仕事を終え、二人で四谷の駅に向かって歩きながら、今後の予定について喋っていました。その時、私は「乃南さんの『涙』って文庫本の巻末エッセイを書かなくちゃあならないのよ」と、ふっと口にしたのです。「乃南さんと知り合いなの？」とピーコ。「ウウン、一度、文庫でエッセイを書いた事はあるけど、お会いした事はないのよ」……そんな事を話しながら渋谷で、その年最後の試写を観るため、ピーコと別れました。

　試写の開始まで、かなり時間があったので、少し買い物をし、それでもまだ余裕があり、そのビルに本屋があることを思い出した私は、一階からエスカレーターで上がり、新刊が並んでいる棚のあたりを、買う気もなく見ていたのです。背表紙の文字は一様に死んでいるみたいで、どれひとつ輝いて見えませんでした。右隣りには女性の方が立っていて、同じように棚を見ていましたが、急に私の方を向きました。

「おすぎさん？」

その人の口から出たとは思わず、いつものように知らない顔をしようと思い、声を掛けられても、彼女の顔を見ないようにして歩きかけました。すると、「乃南です。乃南アサです」。その人は畳み掛けるように言ったのです。

こういうのって、超常現象の世界では何と言うのでしょうか。〝以心伝心〟とも違う。ちょっと前にその人の事を口にした、それも、今まで会った事もないのに、それでもその人のことは知っている。そして、自分がその人に関する仕事をするのだという、この不思議な出会い……。

お会い出来て勿論(もちろん)、私は嬉(うれ)しくなりました。思ったより若くて、チャーミングな女性、そして、明るくハッキリしている事に、二度嬉しくなったのです。「初めまして……」と言って、すぐに『涙』の巻末エッセイについて、思っている事を少し喋りました。その時、私の頭の中で、この『涙』という小説について勘違いがあったのも知らないで……。そういうのってありますよね。映画なんかでも、ストーリーを思い込んでしまっている事が。

私が映画評論家として知られるようになったのは、「フィールド・オブ・ドリームス」という映画がきっかけでした。たった一人で観たのでした。配給会社の宣伝部にいる人に、是非観て宣伝を手伝って欲しいと言われ、タイトル字幕が映った後、とうもろこし畑の中で主人公が〝天の声〟を聞くシーンで、それが映画であることを忘れてしまうくらい、感動をしてしまったのです。そして宣伝を手伝うことに……。その後、立て続けに三回もその映画を観、多くの人に、それがどんなに素晴らしい映画であるかを喋りつづけました。映画は大ヒットしました。

しかし何年か経って、その映画を再見することになり、スクリーンに映し出された冒頭シーンを観てビックリ。私の思っていたシーンと違うものが映っていたのです。そうです、自分で勝手に映画の冒頭シーンを作っていたのです。たぶん、あまりの感動のゆえに……。

『涙』もそうでした。私は乃南さんにこのエッセイの構想を話しました。「オリンピックの年に起きた匋子の事件を追い、その頃、自分自身が何をしていたのか、思い出しながら書いて、萄子が大人になっていく姿を追ってみようと思っているんです」と。ところが何てことでしょう。お会いしてから、作品を今回読み直して、ガーン!!　私はラストの宮古島まで、少なくとも十数年の月日が流れていると思い込んでいたのです。どうしよう……という気分になってしまいました。初っ端からつまずいてしまったのです。大好きな、大感動した『涙』にどうアプローチするか、大問題が発生したのでした。

作品の中で、萄子が勝と出会った頃、私は東京の、名もないデザイン学校の夜間部に通っていました。昼間は義理の兄に当たる人の紹介で、「東京ガス渋谷営業所」の窓口で、今で言うパートをしていて、そのパートで結構重宝がられ、窓口業務の他、営業、販売にかかわる仕事も社員の人と一緒にやらせてもらいました。東京オリンピックの時は、駒沢競技場の聖火台が都市ガスを使用しているため、係員が車で巡回しなければならず、会期中は毎日のように出動していました。私もその巡回車に同乗させてもらいました。ただし、車は止まってはいけなかったのです。止まって競技を見せる行為は、入場料をとられるからでした。私がそんな生活をしていた頃、萄子は思いがけない事件に巻き込まれていた訳ですね。

デザイナーになるために通っていた学校はいい加減なものでしたから、翌年の春(昭和四十年)には、「阿佐ヶ谷美術学園」のデザインコースに入学し直し、昼間、勉強する事にしました。双子の兄が働きながら、多少のお金を授業料として回してくれたのです。その学校に講師としていらした人達が、後の私の仕事に大きくかかわって来るのです。萄子が熱海に初めて新幹線で訪れた時、私は〝阿佐美〟で、ひとりの先生に恋らしきものを抱いていました……。

そう、『涙』という小説は読みながら、この時私は何々をしていた、という自分の人生の経過を重ね合わせてしまう要素があります。乃南さんが、読者のそういう心理を意識して書いているかどうかは判断しかねますが、そうした読み方があってもいいと思って、書いたのではないかと思います。ストーリーに時事的な事柄を書き添えていることも、「ああ、あの時私は、こんな事をしていた」と、明快に当時の様子が浮かんで来る手助けになっていますから……。

それにしても萄子という女性は、ある種の嫌味な部分を持った人ですねえ。お嬢さまである事は仕方ないとしても……。たとえば、後に夫となる兄の友人である柏木淳(かしわぎあつし)と映画の「飢餓海峡」を観た時、彼女が受けた感情などを読んでいると……。勿論、映画や小説に出て来る人物になりきってしまうのは悪い事ではありません。しかし、その嫌味な女性も、時が経ち、熱海で会った洋子が一年後、大阪の飛田で娼婦になっているのを知ったりしながら、グローイング・アップしてゆくのだから、一概に嫌味な事を責めてみても始まらない訳ですが……。

そう言えば『涙』は、事件の捜査と、行方をくらました婚約者を捜す筋立てのため、登場人物が色々な土地に行きますね。熱海だったり（熱海は私とピーコのホームドクターが病院を経営しているところで、坂が多く、海辺に近い旅館やホテルは、萄子が訪ねた頃は大変賑わって〝東京の奥座敷〟なんて呼ばれてましたが、現在は大きなホテルはどこも経営不振で、その勢いも今は昔と言った感じ）、他に福岡県田川、筑豊地域の炭鉱の町も出て来る。萄子が勝の電話で駆けつけた頃は、まだ石炭で生活している人達がいましたが、現在の筑豊地域は穏やかな風景が広がっているだけで、ボタ山も判然としなくなり、遠賀川には山陽新幹線の鉄橋が架かっています。

『涙』を読んでいると、このように主人公や登場人物が訪れる場所さえも、過去と現在が交差して、一種の懐かしさがこみあげてくるのです。

そして、いよいよ沖縄・宮古島へ。私はこの『涙』を最初に読んだ時、今の日本では、とてもこれを映画には出来ないなあと思っていました。日本の風景や街は変貌が激しくて、当時の街の様子を再現するのは無理だろうと考えたからです。勿論、再現の仕方として、幾つか新しい手法が考えられない訳ではありませんが、普通に考えれば再現は不可能でしょう。

しかし、宮古島の嵐（あらし）のシークエンスを前面に持ってくれば、もしかして映画化も可能かもしれない、読み直して、そう考え始めました。それほど、この小説の中の「宮古島」の章は見事だし、魅力的。その上、悲しすぎるのです。何度、本を閉じざるを得なかったでしょうか。旅の途中の飛行機の中で、新幹線のシートの上で……。本当に〝涙〟で活字が見えなくなってしまったのです。

沖縄での台風の経験を、私は一度だけしました。那覇でのことでしたが……。風速は四十メートルを超えていたでしょう。舗道を歩くのに、風に背中を向けて歩くと、自分の意志とは関係なく体を持っていかれてしまう。それだけのことなのに、乃南さんの台風の描写は、私の経験と比べて、いかにリアルであることか。そして、その激しい天候の中で向かい合う男と女。もう、何も思えなくなりました。こういう人生ってあるのだ。あって不思議はないのだ、と……。男が男であるためには、そうあらねばならないという、美学と弱さが……。追いかけて、追いかけて、未練でなく、自分自身の納得のために、どうしても会わなければならない女の真実が……。

『涙』は「第六章　涙」があってこその作品です。私はこの作品から〝生きる〟ということの新たな側面を教えてもらいました。

（二〇〇三年一月、映画評論家）

この作品は平成十二年十二月幻冬舎より刊行された。
文庫化にあたり、本文の一部を加筆・改稿した。

涙（下）

新潮文庫　の - 9 - 16

平成十五年二月一日発行
平成十五年五月三十日七刷

著者　乃南アサ
発行者　佐藤隆信
発行所　株式会社新潮社

郵便番号　一六二―八七一一
東京都新宿区矢来町七一
電話　編集部(〇三)三二六六―五四四〇
読者係(〇三)三二六六―五一一一

価格はカバーに表示してあります。

乱丁・落丁本は、ご面倒ですが小社読者係宛ご送付ください。送料小社負担にてお取替えいたします。

印刷・二光印刷株式会社　製本・株式会社植木製本所

ISBN4-10-142526-4 C0193